左腦爸爸 右腦女兒

關於家庭、工作、
金錢、生死、信仰
與愛的人生對話

陳建仁、陳怡如——著
翁嘉瑩——文字整理

目錄

輯二

工作——學習與服務

輯三

信仰——金錢觀與人際關係

輯七 環境——變遷與應對

各界好評

蔡英文／前總統

女兒真摯的文字，映照出父愛的和煦。在這本跨世代的父女對話中，我們看見了「溫柔堅韌」的信念和實踐。

李遠哲／諾貝爾獎得主、前中央研究院院長

這本書記錄了一位我十分欣賞的科學家與女兒之間溫暖真摯的對話。他以熱情投入所愛，活出「選擇你所愛，愛你所選」的精神。父女間的交流令人動容，也引發對生命價值與親情的深刻省思。

翁啟惠／美國加州 Scripps 研究院化學講座教授、前中央研究院院長

一位受人景仰的父親與已身為人母的女兒的對談，輕鬆之間，勾勒了一個美滿和樂的家庭和他們的故事。有溫馨感人的生活片段，有深刻睿智的生命思考。話題觸及人生方方面面，尤其從宗教觀中談社會、價值問題，雋永深刻。父女之情更是躍然紙上，令人稱羨。

廖俊智／中央研究院院長

同在中研院服務，我常見到陳建仁院士，他總以專業、誠摯態度應對每件事情，令人敬重。閱讀這本父女間的「對話錄」，書中坦率且深入的對談，讓我更加理解陳院士在公私領域所展現的深厚智慧、謙遜與關懷，也得以窺見他身為父親、丈夫與公僕的多重面貌。

本書不僅是父女之間的談心，更是關於理想、責任與成長的對話，也引領反思人生與社會的重要課題。相信讀者能從此書的思辨過程，探尋生命的重要意義，衷心推薦。

推薦序

左腦爸爸和右腦女兒的智慧對談

林信男

陳建仁院士的女兒陳怡如全人關懷師是我內人「高齡靈性照顧」課程的老師。今年二月中內人告訴我，怡如關懷師要將她和陳院士父女談心的心得整理出書，邀請我為這本書寫序文。能為這本書寫序又能先睹為快，我至感榮幸與感恩。

陳院士是我在台大醫學院的老同事、好朋友，大家肯定他是溫文儒雅、和藹可親的老師。記得曾有兩位老師因意見不同而爭執得不可開交，雖然我們和陳院士不同科系，但我當時腦中閃出的念頭是「最好找陳院士來調解」。讀完這本書，可以見證陳院士無論是在家庭生活、學習與工作、領導與服務等各方面，都是促進和平的人，是天主喜悅的兒女。

這本父女談心的書，內容涵蓋家庭、工作、信仰、生命、死亡、群體、環境共七輯。研究生命科學的左腦爸爸和從事臨終關懷的右腦女兒談心所激盪出來的火花，值得讀者細讀品味。陳院士的原生家庭和他自己建立的小家庭，都有家中成員彼此平等尊重的傳承。夫妻間彼此留給對方空間，親子兩代間則採取自由、信任與放手的教養方式。這樣的家庭讓人看到，結婚是愛情的搖籃，而不是愛情的墳墓，也能孕育出欣賞與理解世代差異的胸懷。

不卑不亢，勇敢向前行

陳院士三十五歲成為台大醫學院有史以來最年輕的教授，國科會傑出研究獎最年輕得主。但他曾大學聯考失常、公費留考數次落榜，以及成為中央研究院研究員後接受評鑑時，得到「要成為國際一流的學者，還有很長的路要走」的評語。他不避諱提自己連串挫折經歷，鼓勵大家從挫折中學習，化挫折為踏腳石。

二〇〇三年SARS肆虐台灣，陳水扁總統看中陳院士享譽國際的流行病學專家才能，希望他出任衛生署長，解決當時台灣的需要；可是他心裡又想留在學術圈。在陷入只考慮個人成就，還是社會民眾的需要之兩難時，《聖經》所提耶穌在最後晚餐為門徒洗腳，及緊接著在山園祈禱所說唯照天主的意願成就的話，讓他在別人的需要上看到自己的責任，毅然跳入火坑。後來擔任副總統及行政院長，也是出於同樣的考量。

陳院士生長於佛教家庭，結識夫人後開始接觸天主教信仰。婚後有一天，夫人說要送他一個最好的禮物。而當他對夫人說「你就是最好的禮物」時，夫人回答「最好的禮物是認識天主，領洗成為天主教徒」。他深受感動，後來在慕道班學習並領洗成為天主教徒。之後面對研究、工作、各種社會議題、擔任公職所遭遇的種種刁難，他都以愛與包容的態度去思考解決的方案。每天一大早和夫人一起到教堂參加平日彌撒及祈禱，成為他安穩的力量。他將信仰落實在生活中，特別是在擔任行政院長期間，信仰使他能坦然面對各方面的異樣眼光及壓力，堅持造福民眾的方向，不卑不亢，勇敢向前行。

無論你是好奇想了解他們父女如何談心、想知道陳院士如何成為享譽國際的流行病學專家學者，或是他如何從關心個人走向造福大眾的志業，這本書絕對是值得推薦的好書。（作者為台大醫學院教授、精神科權威）

前言

成為黑暗中彼此的點點星光

陳怡如

歷時四個月，迎來了第八次、也是最後一次的父女談心時光。從人生觀、價值觀到社會議題的方方面面，我珍惜每一次言語交鋒的光亮，每一回思想碰撞的火花，當然，還有那些沉吟不語和會心一笑的時刻。

我微笑著凝望爸爸：「我很珍惜有這個機會可以好好聊聊。其實我打從一開始就有私心，因為結婚以前我跟爸爸就像能談心的朋友，可是結婚以後全家出遊，大部分都是我跟媽咪聊，宣名跟你聊。這次能和你這麼深刻地談話，對我來說是很珍貴的禮物，也補足了一些遺憾，覺得很滿足，希望之後常有機會可以談心。」

爸爸說：「這八次對談，讓我能統整性地思考我的人生觀、社會觀、世界觀。以前總是比較片面地看待事情，透過有系統的對話，我更了解自己在不同時期、對待人、事、物不同的想法與價值觀，以及背後的原因。這樣從小到大不同人生階段的分享，也讓我內心產生了滿滿的感激之情。感謝天主一路的帶領，這個過程讓我在未來成聖的路上，能成為一個更完整的人。感謝媽咪帶領我認識天主，也一路陪伴我走過生命中的每個難關。感謝我的父母對我的愛與教育，感謝我的手足和女兒、孫子女們，也感謝我的老師、同事和學生。深深感到自己生命的豐盛與幸福，都是天主和大家所賞賜的。除了更了解自己以外，我也更了解你。」

「有什麼是你本來不了解的嗎？」我稍稍訝異，畢竟我覺得爸爸算是很了解我的人。

「比如，現在我知道你不是百分之百贊成代理孕母。」

「但我對老爸的認識，大體上沒有太大的不同，還是很單純、積極樂觀，當然也很聰明、謙遜，善於領導、溝通，然後尊重別人，包容力很強，對新事物永遠都抱著強烈的好奇心，有深刻的信仰也願意為了天主的使命背負十字架。這次談話讓我更了解你的兒時跟青春期，也就是我出生以前的人生階段。也有機會聽到你說起對家庭和家人的想法，比如你認為自己年輕時太專注工作而忽略了家庭，但其實一直以來都給予我許多溫馨的陪伴。這也讓我有機會表達一些平常不太會表達的感謝和欣賞。」身兼女兒與關懷師的我真摯地說：「能和爸爸一起在這個年紀整理和回顧生命，是很美好的一件事，讓我看到爸爸豐盛而意義非凡的人生，是如此多采多姿、樸實又深刻。我也希望和所有拾起這本書的人，一起在這動盪、多變與不安的時代，學習和親近這份向陽的生命力、對生命的熱情，和對有需要的人的友善關懷。」

看著老爸熟悉而開朗和煦的笑容，略為花白的頭髮，眼神靈動慧黠同時閃現著睿智的光芒。我感謝天主讓我能在這樣的家庭長大，教會我什麼是人生中最重要的事，給了我一份讓我感到安定與力量、永恆不變的愛的信仰，與一起用不同的眼光看待人生、家庭、大自然和這個世界的我的父親。

我也多麼有幸能讓更多的人認識我的父親；我以身為他的女兒為榮，不是因為他的名聲地位、也不是因為他過人的聰明才智與成就，而是我欣賞這樣的一個人，是因為他的人格、他的價值觀、他對於天主的信賴與臣服，和他寬廣的胸懷和謙卑的態度；是因為他是一位愛家護妻的父親與丈夫，是我的榜樣。

我希望，我能將他的精神和為人處世之道傳承下去，這樣，我相信在黑暗中，我們這些點點星光，也能成為彼此的嚮導，帶領我們這個世代徬徨的人們一同找到回家的路，我們的來處，也是歸處。

最後，我和爸爸要特別謝謝我們所敬愛的小英總統、李遠哲前院長、翁啟惠前院長、廖俊智院長、林信男教授，百忙之中撥冗為本書撰寫了推薦文，以及古倫神父與吳信如總編輯的祝福文字，特此致謝。

輯一——家庭

美好的傳承

出生的意義是什麼？
選擇伴侶時，如何確定對方是「對的人」？
如何看待與調適世代之間的差異？

1 感謝天主的賜予

我和爸爸的第一次對談，適逢爸爸七十二歲生日。在我們家，每個人的生日都備受重視，全家人會一起為壽星慶生。對於已經四十六歲的我，有時會感到有點疲乏了。「怎麼又來了？又要慶生啦？」已經慶祝那麼多年，我都年近中年，不用再那麼隆重慶祝生日了吧？但對家父母而言，不論幾歲，家裡每位成員的生日，都是非常重要的日子。每當家人生日，父母都會到教堂為我們獻彌撒。

信仰與生活緊密結合

在爸爸生日的這一天，我也很想知道，對爸爸而言，「出生」的意義是什麼？爸爸說：「人的誕生，是父母相愛的結晶；但從教會的觀點來說，這是天主創造了我，給了我生命的開始。我很感謝祂讓我來到這個世界，給了我肉身和靈魂的生命，出生在甜蜜的家庭中。在我過去這七十二年的歲月當中，天主一直眷顧著我、保佑著我；不過祂並沒有讓我萬事順遂，祂讓我在日常生活中有平安，讓我在成功時懂得感謝。在逆境中祂給我鼓舞，在痛苦中祂給我援助；更重要的是，在我置身陰森的幽谷感到巨大的哀慟時，祂也給我護佑撫慰，我感謝讚美天主給予我的大愛。」

對父親而言，感謝天主給予我們生命，感謝祂賜予我們生命中的一切，並請天主繼續保佑我們這些兒孫，是他生日中最重要的事情。爸媽的信仰就是如此跟生活緊密結合著。我們在生日這天感謝母親的生育之苦、感謝父母的養育之恩，但他們總是感謝天主的賞賜，也提醒我們：我們的生命不是我們的，不是我們掌管的，而是掌握在天主手中；我們只是天主創造的工具和器皿，就像是天主手中的鉛筆，是祂在思考、書寫，是祂在重削折斷的鉛筆，祂在愛中賜予我們生命的章節。

和爸爸同為天主教徒的我，深受爸爸的話觸動。爸爸最喜歡的〈聖詠23篇〉：「上主是我的牧者，我實在一無所缺。」這句話真實地體現在父親的生命中。

「對我來講，生命的意義有很多轉變，小時候是比較生物性的。」爸爸這句話引發了我強烈的好奇與不理解，剛剛明明講的就是觸動人心的生命意義與價值，怎麼又講到「生物性」了？難不成是流行病學教授的職業病？於是我追問：「怎麼說呢？」

爸爸解釋：「『生物性的生命』要維持自我的生存發展時，必須順應『優勝劣敗、適者生存』的原則，在面臨環境變化時，一定要有很強的『利己的』競爭力，生物才能存活下來。所以我們一定要努力在求學時獲取好成績，工作時有優異的表現成就等等，讓自己發展得很好。但是，在成長的過程當中，我們也就慢慢地學會，人的生命不只是這樣，除了自我的發展外，還會學習去幫助別人，也就是從『生物性的』進展到『人性的』生命，會互相幫忙、彼此合作、共榮共好，從『利己的』進入『互利的』生活。」

但是，爸爸是如何從想成為好學生、努力自我發展，開始轉變成想要去幫助他人的呢？這可不容易，許多人終其一生都是在追尋自我價值與成就感啊！到底是什麼契機才有這樣的轉變呢？我在心裡忖度著。

爸爸說：「我要感謝天主，祂賜給我一個很好的太太，帶領我信仰天主教，讓我知道生命的意義不是只有實現自我。我也很感激天主，賜予我周遭每一個人都是很好的人，他們能夠愛我，我也能夠愛他們，所以這七十二年我是在喜悅瀰漫中走到現在的。」爸爸臉上露出滿足的微笑。

原來是媽媽帶領父親認識天主的緣故呀！但我相信還不只於此吧？畢竟爸爸不是在認識媽媽以後才樂於助人的。

爸爸說：「生命不一定都一帆風順，總會面臨生老病死、艱難困苦，但是不管怎麼樣，有件事情對我很重要：我在逆境痛苦時，總是被很多人愛著，被許多人關心著，那我自然而然也會學著去關心他人。我很慶幸，在我小時候阿公阿嬤就以這樣的方式教養我們。」

我問：「那就不是在你信了天主教、認識媽咪以後，才學習樂於助人這件事啊！其實從小時候阿公、阿嬤的教養就開始了。你覺得那個轉捩點是什麼時候？有沒有一個明確的事件呢？」

爸爸想想後，肯定了我的揣想：「去關心別人這件事情，就像你講的，不僅僅是來自信仰天主教所得到的堅實的宗教性、福音性的道理，也來自一般人與人之間的相處，而這是來自於父母親的教導。我現在更努力從『人性的』進展到『天主性的』生命，從『互利的』進步到『利他的』生活。」

慈悲的阿嬤、平等待人的阿公

爸爸談起，小學的他十分頑皮，會刻意模仿瘸子走路，以取笑他人的傷痛為樂。後來在與阿公、阿嬤相處的過程中，才慢慢了解如何為他人著想，尤其是關心受苦的人。

「阿嬤是幼兒園園長，她很疼小孩，她疼別人的小孩，就跟疼她自己的子女差不多。那時因為她的幼兒園很有名，曾經有人就把棄嬰丟在我們幼兒園門口。」

「你們也託嬰嗎？」我很訝異。

「本來是沒有，但那時會有人棄嬰，所以阿嬤就帶起來養，當然也會很認真去找孩子的親生母親是誰。」爸爸回憶起往事：「我還記得有一個孩子，他的母親雖然把他放在那裡，可是偶爾會回來看看他，但不敢承認那是她的孩子。阿嬤知道了以後，就說沒關係，反正那個小孩就是我們家的孩子。所以我們家有比我還小的一、兩個棄嬰在幼兒園裡長大，後來他

阿公阿嬤結婚 **25** 周年的全家福照片，那時阿公擔任高雄市政府主任祕書，爸爸和阿德叔叔還在念前金國小，阿紡堂姑、大姑姑、二姑姑已經生小孩了。

們的家長有能力了就接回去自己養。像這種，我覺得就是阿嬤的……」

「阿嬤的慈悲。」在爸爸停頓搜尋適當的詞彙時，我搶著接了詞。因為那時我的心裡早就是滿滿的感動與觸動。阿嬤在爸爸高一時就過世了，我雖然從未見過阿嬤，卻總是喜歡聽著爸爸訴說阿嬤的故事。她是如此的堅毅且具有慈母心，總是體貼溫柔地對待每個幼兒園的孩童和自己的子女，沒有分別心地對待且尊重每個生命，在人們有需要時大方地伸出援手。

我相信父親也是從阿嬤身上，耳濡目染了這樣的慈悲，且沒有分別心的尊重並善待每個人的珍貴特質。

至於阿公，爸爸則傳承了他的平等待人。

阿公個性外向，又從事地方政治，結交許多朋友。爸爸經常遇到阿公的朋友或晚輩，不吝於談起阿公，甚至直言自己的父執輩是阿公的樁腳，無論那人所屬派系是否與阿公相同。「因為阿公待他們都不薄，他們想到阿公，都覺得他是一位很容易親近的好朋友。」我想起爸爸曾說過，在議會質詢台上，即便大家互有立場，但彼此私下交往仍有好情誼。

「阿公曾經說過，不管哪一個黨派，更重要的是，要為高雄縣建設。」在這個共同努力的目標之下，就能夠抱持很高的包容性。這也對爸爸產生深遠影響。眾所皆知，爸爸少有黨派之分，尊重前輩、提攜後進也唯才是用。

其實不只黨派，在我的印象中，爸爸也總是以平等之姿與人互動，無論身分、貧富。「爸爸跟阿公很像，有各式各樣的朋友，對身邊的人，不管是你的研究團隊或是隨扈，都沒什麼架子。」

「對啊，我們平安警衛室（負責副總統官邸維安）的隨扈，本來要叫我副總統，我都說不要、不要，叫我老師就好。因為我在台大、中研院，被叫慣了老師，不喜歡人家叫我那種很高的職位，我覺得很不實際。我還是希望跟他們一樣平等，這也是阿公的特質。」

爸爸回憶起小時候在家共餐的場景，餐桌上總是熱熱鬧鬧聚集著許多人，除了家人，還有公家配給的三輪車夫和幼兒園雇用的阿姨，大家就像一家人一樣，一起圍坐著吃飯，真正落實了「人皆生而平等」。不只是慷慨大方，樂於分享，而且從內心散發出關懷與接納。

「我爸爸在政府做事的時候，遇到幾位從中國大陸避難來台的年輕人，爸媽請他們當助手、或收做乾兒子，跟我們一起長大，王大哥、宋大哥就是其中之二。很有趣的是，我們家都是本省人，但我父母的乾兒子卻是外省人。」爸爸說。

「他們都沒有外省腔嗎？彼此溝通都聽得懂？」我不禁困惑地問。

「大都聽不懂啊！我媽媽跟宋大哥講話，常常聽不懂，但仍然照顧他們直到結婚。」在那個省籍族群涇渭分明的時代，爺爺奶奶竟然能超越既定的社會框架，體恤他們離鄉背井到外地生活漂泊的孤單，視如己出地對待外省青年，給了他們家的感覺，真的相當不容易，又令我更加敬佩。

同理他人的起點

在阿公因工作調動，一家人分隔南北兩地時，爸爸和姊弟們都與阿公一起生活。他談道：「阿公從來不打罵，也給我們很大的包容，即使我們小時候很任性，他也都能夠接受。」

爸爸談起一個令他至今難忘的事件。時隔多年，轉述這件事時，仍恍若昨日。

當時，阿公請一位堂姑幫忙打理家務，也負責中午送便當給念小學的爸爸。有天，堂姑因事耽擱比平時晚到，爸爸等了半個多小時，直到一起等便當的同學都離開了，只剩他一人。積滿在胸口的埋怨和怒氣，在堂姑帶著便當前來的那一刻爆發。「我很生氣地說：『我不吃了』，然後轉身就走。」堂姑也委屈的含著淚回家。

當天爸爸返家，阿公找他問起這件事。

爸爸轉述阿公的話，語氣低沉而溫柔：「阿仁，你今天怎麼對姑姑這樣做？到底怎麼了？」阿公覺得爸爸這樣對堂姑不太禮貌，堂姑回來都哭了。阿公又接著問：「阿仁，為什麼你這麼生氣？」

「我在那邊等便當，等了半個鐘頭耶，同學都走了！我沒有時間吃飯，當然就不吃了啊！」

「那你自己有去福利社買東西吃嗎？」阿公問爸爸。

「我沒有錢啊！」爸爸當時很生氣，除了中午餓肚子，也賭氣不吃晚飯。

隔天一早，阿公塞了五塊錢在爸爸手裡：「阿仁，這五塊錢給你當零用錢，你可以到福利社買東西。」

爸爸語帶哽咽地說：「那時一塊錢的零用錢就已經很多了！他給我五塊錢。我跟我爸說……」爸爸停頓了一下，肩膀微微顫抖著。

「那時候阿公剛剛失業，家中經濟狀況不是很好。」我理解爸爸激動的心情。

爸爸哽咽：「我對阿公說我錯了，我不要拿這個錢。他從頭到尾沒有說我那樣的任性不對，只說因為家裡的狀況，他確實沒有給我們很多零用錢買東西。」

爸爸說，回想起來，那是阿公一生當中事業最不順利的時候，也和阿嬤分隔兩地。這件發生在爸爸小學四年級時的事，讓他深切學習到自己不能那麼任性妄為、自我中心。

「我該考慮到堂姑已經很辛苦幫我們顧家，我還這樣對待她，實在不應該。我也讓爸爸很難過，那是他最辛苦難熬的時候，只能去學校兼課賺錢，我竟然跟他講『我就是沒有錢』，好像錢對我來說多麼重要，可是這對爸爸來講是很艱苦的。我覺得我對爸爸這樣講，是還滿殘忍的。那次我跟他兩個人抱頭痛哭。」爸爸說。

阿公和爸爸抱頭痛哭？我翻找著腦海中與阿公相關的記憶：「哎！我沒看過阿公哭耶。」

爸爸附和：「對啊，我也很少看到你阿公哭，真的只有在那個時刻。」

「他也希望可以給你們更好的。」我說。

「對，但那個時候不可能。在他那麼困難的時候，我還給他難上加難，我很不捨。這是我們父子抱頭痛哭的唯一一次。」

這是一段爸爸和阿公很親密的經驗。爸爸說，就連高一時阿嬤因心臟病驟逝，也不見阿公像那次一樣痛哭。

當時的爸爸只是個國小四年級的男孩，正要進入叛逆的青春期，但這件事讓爸爸真正體會如何同理他人的難處。「那是很好的愛的教育，而且在當時，阿公連一句責罵我的話都沒有。」

我也相當佩服阿公這一點：「阿公聽你講事情經過的時候不是先罵你，而是先問你為什麼，了解你行為背後的原因。阿公真有智慧！」聽著爸爸回憶起阿公的寬容，不禁讓我聯想到，在我的生活當中，也有這樣一位和阿公一樣的父親，從來不會因為孩子做錯事而打罵。「這跟你很像耶！一般人通常會因為孩子做錯事就直接責罵，可是你會試著了解：他為什麼這樣做？為什麼這件事情會發生？」

我不禁想起爸爸分享過的阿嬤的故事。爸爸說，小時候，親友們都笑稱排行老七的他和排行老八的弟弟阿德叔叔是「七爺八爺」，非常頑皮，常常鬥嘴吵架，甚至打架。年長許多的大伯時常兄代父職，管教兩個小弟。

「大伯有點像嚴父的角色。」

「對，因為你阿公不是嚴父，他是慈父，阿嬤就更不用說了。」爸爸帶著笑意說。即便已是七十二歲、當阿公的人了，談起阿公、阿嬤，還是能感受到爸爸兒時被父愛、母愛環繞的幸福感。

有次，爸爸和阿德叔叔吵架吵得很兇，爸爸一氣之下，把阿德叔叔最喜歡的玩具弄壞了，阿德叔叔當場大哭了起來。阿嬤看到就說：「你們兩個給我過來！」知道自己做錯事，兩個小男生低著頭走過去，等著一頓責罰。

沒想到，阿嬤什麼事都還沒做，眼淚就先掉了下來：「媽媽我實在不會教孩子，把你們教到一天到晚吵來吵去，你還把弟弟最喜歡的東西弄壞。」講到這裡，爸爸眼泛淚光：「她就說，我不是一個好媽媽。」

爸爸陷入思念慈母的回憶裡，停頓了好一會兒才又接著說：「我跟弟弟兩人馬上就愣住了，哇，我們的媽媽這麼好，怎麼說她自己不是好媽媽呢？明明是我們兩個皮得要命，她卻說是她沒有好好教我們，我們才會吵架。」

「那時候你大概幾歲啊？」我不禁好奇地問。

「我小學六年級，阿德叔叔四年級。」從此，爸爸就再也不曾和阿德叔叔激烈爭吵。因著母親的寬容與淚水，兄弟倆學會互相友愛，不再惹母親難過。「我小學四、五、六年級這段時間，是阿公工作最低潮、阿嬤也很忙的階段。這是我生命中很大的轉捩點，我開始體會到什麼是同理心，什麼是站在別人的角度去想。」

我細細咀嚼著父親關於阿公、阿嬤的珍貴回憶，覺得自己何其有幸，有這樣一對祖父母，將這份對人的慈悲、寬容、平等與尊重，傳承給我的父親，讓他身邊的家人、朋友、同事、學生和長官部屬們，都能經驗到這樣被重視與平等的對待。我也深信，父親待人處事的身教，讓我們這些後輩可以看見那些受苦的人；妹妹從事人權維護和人道救援，我則關懷末期病人和哀傷者。我也不禁思考：我和先生又傳承了什麼給我們的孩子呢？

2 愛的責任

我的父母親對於和家人所有大大小小、有意義的物件都保存得好好的，舉凡從小到大的生活照、我們寫的每一張卡片、小時候的作文簿，兒時畫的每一張畫，都捨不得丟。其中最吸引我的，是一疊爸媽一起親筆畫和著色的卡通畫。卡片上以真摯樸拙的筆觸，勾勒出同舟共濟的圖像。那是當年爸媽結婚彌撒的邀請卡。時隔近五十年，雖然外表略為泛黃，但上頭的圖像仍清晰如昔。就像兩人的愛情，歷久彌新。

用身教教導「愛是什麼」和「家是什麼模樣」

小時候我們總是很好奇，父母親到底是怎麼相戀、相愛的？明明兩個那麼不同個性的人，怎麼會互相吸引呢？

爸爸大二時參加了台大慈幼會，因緣際會下認識了媽媽，兩人在社團經常一同輔導育幼院的孩子功課。

「我當時也不太清楚男女交往該有什麼樣的程序，畢竟你媽是我的初戀情人嘛！」哈，沒想到爸爸大學時也是挺木訥的人呢！

爸爸談起兩人第一次約會的趣事：「我第一次帶女朋友去看電影，竟然是看《大刀王五》。我坐最右邊，媽咪坐最左邊，中間還夾了三、五個孤兒院的小朋友。一般來說，第一次請女孩子看電影，一定是去看一些女孩子喜歡的愛情電影，但媽咪竟然也就陪著孤兒院的小男生，去看他們愛看的武俠片。我很感動，覺得她很有愛心，真的很愛這些孩子。」

「對啊！真的很不浪漫耶，還帶了那麼多電燈泡！」我不禁趁機嘲笑了爸爸。

大三、大四時，父母開始互動頻密。爸爸說：「那時還有很多人在追媽咪。我記得有個高我兩屆的登山社社長，要介紹他女朋友的妹妹給我，我把那封信給媽咪看，媽咪看了很生氣。」直到即將畢業，兩人才牽緊彼此的手。

爸爸說：「那時媽咪家離台大校總區很近，下課我都會送她回家，你的婆婆（外婆）當然知道我是誰。婆婆很喜歡請一些外地來台北的學生，特別是東南亞的僑生吃飯。有次我和慈幼會的朋友在媽咪家吃飯，聊到交女朋友、結婚的話題，我就說結婚不急，我們可以好好照顧孤兒院的小朋友。其實那時候我已經跟媽咪單獨約會，但是還沒公開。婆婆在旁邊聽到，就跟媽咪說：『他都沒有想要結婚，為什麼要交朋友？』後來我們兩個開始交往，還滿固定的，中間也沒有分開過。」

畢業後，爸爸離開台北服兵役。「當兵的時候，媽咪會去我當預官的土城頂埔運輸兵學校找我，甚至到新竹湖口的裝甲兵部隊找我。後來我被派去金門，她就寄給我吃的東西跟禮物，還幫我織了一件毛線衣，到現在還在穿。」

我知道爸爸說的毛衣：「那件深咖啡色的。」

「對，這裡有點壞了，又把它補起來穿。」爸爸驕傲地指了指在左手肘的毛衣破損的地方。「媽咪後來又幫我打了一件淺米色的毛線衣，穿起來很貼身又貼心。」

「當兵的時候，寫信大多數是寫給媽咪。我們倆交往，常常寫信、傳情意。以前我在美國念書、媽咪還在台灣時，大概每天都會寫一封信給她。」

「每天？」真是難以置信！每天一封信，寄到對方手中都已經好幾星期以後了！

「對，每天一封。那時你剛出生不久，媽咪獨自照顧你很辛苦，每天給她寫一封信，算是我每天鼓勵著她，在她身邊為她打氣。那時還用錄音帶，在你生日或媽咪生日時，唱生日快樂歌寄給你們。」爸爸靦腆地笑著。雖然那時我沒說什麼，但其實內心暖洋洋的。在那個網路不發達的年代，沒辦法即時視訊和通話，爸爸也沒錢可以常打越洋電話，但能用一筆一劃刻劃綿綿情意、用錄音帶錄音傳達情感，這樣樸實和持續的互相支持、鼓勵，才是遠距離戀愛中戰勝時空和距離的妙法。

爸媽就是這樣默默的互相愛護著彼此，在分隔兩地時為彼此著想、彼此包容、忍受孤單、互相扶持；這也是他們用身教教導我們「愛是什麼」和「家是什麼模樣」。

在婚姻中同甘共苦

退伍後，爸爸考上研究所碩士班，婆婆跟媽媽說：「沒有人男女朋友交往這麼久的啦！」這才開始籌備訂婚。

爸爸向阿公稟報訂婚消息，說他預計買個蛋糕和戒指，請阿公、四姑姑、五姑姑、阿德叔叔一起到外公外婆家，交換戒指、吃完蛋糕就算完成訂婚儀式。阿公聽了以後，一整天都板著臉。後來爸爸才從四姑姑那裡知道，阿公覺得這樣太過草率，不尊重媽媽和外公外婆。阿公請四姑預約銀翼餐廳，邀請兩家人訂婚後一起聚餐。「這樣，阿公才比較開心了。後來結婚我就不敢太草率、太隨便。」爸爸笑說。

訂婚後，爸爸繼續攻讀碩士，同時在元培科大擔任兼任講師。交往五年左右訂婚，訂婚後過了兩年，婆婆又開口：「訂婚那麼久該結婚了吧？」這次公公也說話了，爸爸才恍然大悟：是該結婚的時候了！

聽到這裡我忍不住發問：「媽咪都沒問什麼時候要結婚嗎？都是婆婆說的？」我好奇的是，媽咪都沒有生氣或不爽，每次都要婆婆明示？

時隔多年，爸爸眼角眉梢仍有藏不住的甜蜜：「因為我們兩個都很好嘛，一直膩在一起，就沒有特別說什麼。那時候媽咪在北門郵局樓上的電信局上班，我在台大醫學院，每天中午我一定走路去郵局的餐廳陪媽咪吃飯，就這樣過了兩年。」

延遲幾年才結婚，「主要也是因為自己還是碩士班學生，沒有正式工作。後來在學校當助教有固定收入後，我們才結婚。結婚時媽咪就只有一個要求：希望在聖家堂舉行婚禮彌撒。那時她已經領洗成為天主教徒，我還沒慕道領洗，參加婚禮的很多親朋好友都說，這是全天下最奇怪的儀式了，新娘可以吃聖體、喝聖血，新郎卻不可以。很謝謝苑秉彝神父的開明，願意幫我們主持彌撒（通常必須新郎新娘都是天主教友才可以舉行婚禮彌撒，若是一方非教友，只能在聖堂舉辦結婚祝福儀式）。我們就這樣在天主的祝福下結婚了，好像沒什麼浪漫色彩。」

爸爸說來輕描淡寫，但我明明記得當時的婚禮也充滿儀式感和小巧思的細節：「那時不是還畫了小卡嗎？」

「對、對，婚禮彌撒的邀請卡是我們兩個人自己設計、著色的，大概印了四、五百張。卡片上畫著『同舟共濟』，意思是在婚姻當中我們要一起同甘共苦。」

除了在台北聖家堂舉辦婚禮彌撒，爸媽也應阿公要求，回到高雄旗山宴請親友。「阿公邀請親家公、親家婆一同南下，這是公公、婆婆於一九四七年從南京到台北以後，第一次南

這是當年爸媽結婚彌撒的邀請卡。真摯樸拙的筆觸，勾勒出同舟共濟的圖像。

下高雄。媽咪和我先去台大溪頭實驗林度蜜月，所以我們直接從台中搭車到高雄。不料當天公公因為上廁所趕不上火車，我們聽到時急得要命，阿公卻老神在在，表示不必擔心，公公、婆婆會搭下一班火車南下。我們先陪阿公去橋頭拜訪余登發老先生，再去火車站接公公、婆婆去旗山。宴客辦在旗山的一江山飯店，共有三層樓，一層大概五到十桌。那天，所有的親戚都來了。敬酒時我跟媽咪介紹親戚：這位是三姑姑、那位是三姑姑、另一位也是三姑姑。」

「啊，怎麼有三個？」我咯咯笑著。

「阿公本姓楊，是過繼給他的姑媽養大的，所以改姓陳。阿公的養父本姓蕭，也是被陳家收養的；南部鄉下有很多收養的情況。當時阿公邀請所有親戚都來吃喜酒，所以有三位三姑姑，很有趣。」

柴米油鹽醬醋茶

婚後，兩人恩愛依舊，但也面臨新考驗。生活不再是「琴棋書畫詩酒花」，取而代之的是「柴米油鹽醬醋茶」。

爸爸說：「我們是大家庭，媽咪要照顧公公，幫大家煮晚餐，還要每天做七個人的便當。媽咪煮飯，我一定在旁邊幫忙洗菜、洗碗盤。雖然結了婚，我們都要各自拿錢回家，所以媽咪也要分擔娘家的經濟，真的很辛苦。對我們來講，反而是結婚以後才看到婚姻的責任。」

在此同時，爸爸也認真準備公費留考。「結婚第二年，你出生沒多久，我考上公費留考。你快一歲時，我就到約翰霍普金斯大學（Johns Hopkins）攻讀博士學位了。這段期間媽咪很辛苦，因為我都在拚自己喜歡的學術研究，婆家、娘家的事她兩頭忙。當時考上公費留考，要一年後才能讓家眷出國。媽咪說她要回娘家，阿公也很贊成。這樣她可以好好帶你，還有婆婆幫忙，她也不用再負責這麼多家務。我們講好了，等你們可以來美國的時候，就接你們過去。」爸爸的語氣充滿疼惜與感恩。

那個年代，阿公、公公、婆婆竟然都能接受媽媽婚後再回到娘家生活一年，我說：「我覺得兩邊的家長都滿開明的。」

「當然有時會有不同意見，但很謝謝我和媽咪的兩個原生家庭，都還滿支持我們的。兩家人互相照應，婚姻就會融洽。媽咪生了你回娘家住以後，婆婆和你的阿姨們都會幫忙照顧。結婚後，阿公也盡可能讓媽咪融入我們家。阿公平常講台語，媽咪聽不懂，阿公國語講得並不好，可是他們都會為了對方，努力講對方熟悉的語言，往往雞同鴨講，還滿好笑的。但是兩個人的彼此貼心和努力，令我感動萬分！」

很多風俗習慣和親友關係，在婚後都需要重新適應。光結婚這件事，就發生許多小插曲。爸爸笑說，去女方家迎娶時，三姑姑稱呼婆婆「親家母」，婆婆不應聲，後來偷偷問媽媽，才知道婆婆講究輩分，姑姑應該叫婆婆「伯母」，只有同輩的阿公才能稱她為「親家母」。但很慶幸的是，兩家人相處和睦，總是全力支持著爸爸、媽媽，並且不過度介入，成為兩人婚姻堅實且溫暖的後盾。

選擇伴侶的因素

從相識、相戀，到認定彼此，成為一生相守的伴侶，要怎麼確定對方是「對的人」呢？爸爸說：「我和媽咪大多在社團裡互動，媽咪長得漂亮，脾氣又好，對小朋友很有愛心。當時我們都是學生，不會去挑剔對方、顧慮家世、講求門當戶對，也不會限定一定要什麼科系畢業。兩個人看對眼、互相喜歡，就交朋友了。公公、婆婆也覺得反正我們兩個相愛，就全程祝福。」

但在那個省籍意識壁壘分明的年代，來自不同省籍的家庭，會不會有所隔閡？「媽咪說，婆婆曾告訴她，雖然他們是外省人，但是媽咪可以嫁給本省人，因為本省人對他們很好。他們很早就來台灣，二二八的時候本省人還照顧過他們不受到欺負，所以婆婆對本省人很有好感。兩邊家長對我們的婚姻是充滿祝福的，而且都讓年輕人自己做決定，我們很感恩。」

爸爸說，這就是校園愛情的特色，不需考量太多現實因素；但我想，這樣的自由，或許也來自於雙方家長的開明與尊重吧！

我的戀愛史跟爸爸還滿像的，和我先生宣名也是在學校認識。

那時我就讀陽明大學，大二參加台大光啟社舉辦的冬令營。大四時，光啟社請我去當小隊輔，認識了我這個小隊的隊員宣名。當時我對他不存在「戒心」，因為他才大一，我已經大四，忙著準備護理師執照考試及ＩＥＬＴＳ（雅思），對愛情沒有懷抱多餘的心思，而且那也只是短短幾天的冬令營。之後宣名出國旅遊，寫了明信片給我，上頭只是簡短問候、訴說山水風光，但媽咪看了就說：「哇！這個男生喜歡你，他要追你！」我一頭霧水，心想「有嗎？看不出來啊！」因為他可能還寫給別人、送別人禮物，我也不覺得自己收到的禮物比較特別。

爸爸瞇眼微笑著說：「媽咪比較敏感。」

「我那時住校，但只要我在台北，我們就會去望平日彌撒，然後和台大光啟的朋友吃飯，暑假還一起上山，帶原住民的小孩信仰道理課十幾天。」

的。

爸爸說：「去宜蘭寒溪。」都那麼久以前的事了，沒想到爸爸還記得，我心裡覺得暖暖的。

一般來說，如果我對對方沒興趣，會透過各種明示、暗示，讓對方不要再花時間在我身上，但宣名一開始不會讓我有這樣的感覺。「從寒溪回去以後，他就會打電話給我，大概一星期一次。我問過別人，別人覺得還好，可能他就想跟學姊聊天。之後愈來愈密集，三、四天打一次。寒假時他回南部，某天就突然寫了情書過來，打電話問我要不要在一起。他的意思滿明確的。我那時好累、好想睡覺，不想聽他一直『盧』，就說好啊、就試試看吧。」

爸爸聞言哈哈大笑。

「假期結束，他從高雄搭飛機來台北，我去機場接他，那時候就牽手啦，一起去逛台大校園。其實我是嚮往結婚、喜歡婚姻生活的，也一直想成為母親。我先生小我三歲，大學畢業後我擔任護理師，交往兩、三年，我覺得該考慮結婚了。不過宣名跟老爸一樣，覺得要先穩定下來，開始工作賺錢後再結婚。我心想，那要等到民國幾年啊？可是那時候男生的想法都是這樣，我也不會催他。」

我們一共交往了六年，前三年在台灣，後三年就分隔兩地。我遠赴英國念書，他在台灣；我回台工作的時候，他前往比利時深造。當時我已在台灣從事關懷師的工作，發展穩定；而他預計在比利時繼續攻讀博士，畢業時日未定。照這個情況發展下去，未來好像很難在一起。後來媽媽跟我說，如果兩個人想要在一起，總要有人先退一步。再三考慮後，我決定去比利時念神學，如此我也能更懂得如何關懷基督教病友。

我和宣名結婚的契機是，妹妹小文先宣布了婚訊，婆婆聞言說：「人家妹妹都要結婚了，應該是姊姊要先結婚的！」後來我們在高雄辦一場婚禮，再回台北和妹妹一起歸寧，沒有經過求婚的過程。

「我們兩個都不浪漫。」爸爸笑著說。

我正色道：「我不是很介意求婚的儀式或婚禮的現場，婚後的生活怎麼樣比較實在。不過因為當時婆婆在神學院念書，認識教天主教禮儀的錢玲珠老師，婚禮還是挺隆重的。我們整個彌撒的經本都自己設計，前後一共改了六版。」

一直以來，結婚都在我的人生規劃之中，我期待我和伴侶的人生觀、價值觀、金錢觀一致。但也希望結婚這件事，要在天主的旨意和安排下，幫我做揀選，為此我還特別去做了婚前輔導。賴甘霖神父請我用《依納爵神操》的分辨方式擬了一份清單，列出所有「我願意」和「我不願意」結婚的原因。原本我惶惶不安，想說「完了完了，這樣一一條列，肯定結不成婚了」。結果發現，「我願意」底下的原因增加許多，這才放下心中那塊大石。

除此之外，我們還去參加天主教的婚前輔導，由一、兩對已婚夫妻帶領準新人，一起討論婚姻和家庭的意義，討論分享彼此的原生家庭、婚姻會碰到的困難等等。我和宣名還認真地寫完一本《走向紅毯之道》，討論彼此的婚姻觀、金錢觀等等。

「我不是很介意儀式，但在婚前確認是不是這個人、是不是天主認為合適的對象，對我來說很重要。我覺得婚姻是個三角形，天主在中間，我跟配偶在另外兩個點，這樣婚姻才會穩固。婚姻當中，難免會有覺得『怎麼會這樣？』的時候，我就會認為『好吧，這不是我選的，是天主為我揀選的另一半，天主一定有祂的旨意在，祂最知道誰適合我』。」

為什麼是這個人？這個人哪裡好？我欣賞他的什麼特質？我的舅舅曾經問過我這些問題。我的回答是：「我覺得他是一個良善心謙的人。我在意的是這個人的本質，雖然他不是很會賺錢，在工作上也不是很有企圖心，但他是個很善良的人，對我來說，這是伴侶很重要的特質。」

婚姻是愛情的搖籃

「很多人都說婚姻是愛情的墳墓，不過我覺得，婚姻其實是愛情的搖籃。」爸爸說。

婚姻是愛情的搖籃？有意思。

爸爸繼續說：「婚姻是天主祝福而且天長地久的事，因此結婚以後，更要好好去培養兩人之間的愛情。兩個人交往相對單純，我愛你、你愛我就好了；可是當兩人結為夫婦，就要照顧兩個人的原生家庭。」就像經常被提起的，結婚不只是兩個人的事，而是兩家人的事。

「那不是更容易有摩擦嗎？會不會搖籃搖著搖著就破了？」我不解。

「有人覺得，兩個人談戀愛時，每天甜蜜蜜地膩在一起；結婚以後，事情多了，特別在生小孩以後，兩人共融的時間少了，感情就慢慢地冷淡了。」爸爸繼續說：「但我覺得，愛是不斷擴散的。兩人結婚，就把愛分給對方的家人，有了小孩，就把愛分給小孩，同樣的，有孫子也要把愛分給孫子。當你這樣一路走來，就會發現愛情是隨著歲月愈來愈濃厚，像酒一樣愈陳愈香醇。當然中間會有很多衝突，但就像《聖經》講的，兩人相處要有愛。愛是什麼？愛就是凡事包容、凡事相信、凡事盼望、凡事忍耐。這是最基本的。」

爸爸停頓一下說：「我和媽咪已經結婚四十七年了呢。」

「對啊，真的很厲害！」我由衷地讚歎。

「你們有一天也會的！」爸爸和藹地笑著。「這一路走來，我和媽媽都覺得，在這樣彼此扶持、互相照顧的過程中，愈來愈心靈相通，就像當時在婚禮邀請卡畫的同舟共濟一樣。」

「所以你沒有什麼變耶！你對婚姻跟家庭的想像，其實跟結婚的時候是很一致的。」這真是不容易，要怎樣才能像爸爸媽媽這樣，四十七年攜手走來始終如一？

「對，我那時候對婚姻家庭的想像，就是跟媽咪結婚，然後生養幾個孩子，現在你和妹妹都結婚生子，我們也有了孫子。一路走來，真的就跟我們當時勾勒的藍圖一樣。」爸爸露出滿足的笑容：「我覺得我這一生的家庭生活很美滿。對我來說，家是一個很重要的避風港，每天工作的勞累或在外的不愉快，回家就能夠得到慰藉、支持和鼓勵。我和媽咪都很努力營造一個家的氛圍。結婚成家、子孫繞膝，這對我和媽咪來說，是很美好的幸福。」

婚姻是愛情的搖籃，我咀嚼著爸爸的婚姻智慧，也反思起自身婚姻的狀況。

「的確，我覺得結婚比戀愛更有愛的感覺，對我來說，比較踏實。」爸爸先隻身到美國，一年後再接媽媽和我過去。我和爸爸的情形很像，先生宣名先到比利時讀書兩年，婚後我才到歐洲，兩人在新的地方一起開展新的生活。我也很慶幸，相較於婚前的相處，和先生一起生活並無太多需要磨合的地方。

婚姻初期我們多數時間在國外生活，但返台生產或探親時，總能感受到兩家人的傾力支持。產後，爸媽和公婆都幫我坐月子，這期間，爸爸跟先生每日幫孩子洗澡。次子小原出生時，公婆一早就帶著女兒小真到公園玩耍，下午三、四點返家，讓我能在娘家安心坐月子。

小原半歲以後，宣名安置好新居，我帶著兩個孩子重返比利時，這時就是我們夫妻倆共同撫養孩子了。一起看顧孩子，一起生活，兩人互相扶持，這樣的情感踏實深刻、細水長流，正是我理想中的家庭樣態。「其實有一點像爸爸說的同舟共濟。我覺得跟伴侶之間最重要的就是同甘共苦，不管是困難或開心的時刻，都能一起共享，一起承擔。另外，夫妻有共同興趣也很重要。我和先生會一起去爬山或喝咖啡，這就是屬於我們兩個人的約會時間。不管有沒有小孩，伴侶經營都很重要。」

我很同意爸爸的說法，婚後兩人的愛並不會被其他家人和孩子瓜分殆盡，反而因為更能參與彼此的生活，而愈加深厚。「之前宣名也講過類似的話，夫妻兩人就是一條線，生了小孩就有第三條線，夫妻之間多了很多連結。因為不知道孩子在成長過程中會發生什麼事，人生也會增添許多意想不到的樂趣。我跟爸媽比較像，也喜歡子孫圍繞的感覺，希望至少有兩個孩子，不限定性別。」

有件事我也覺得很重要，對待伴侶要像對孩子一樣，給他一個港灣，讓他有滿滿的安全感。除了安全感，還要給他足夠的自由，讓他做自己。我先生就很支持我去實現我的夢想，成就我的工作，雖然他知道我的身體比較不好，會適時戳我一下：「你個性很像你爸，可是你的身體不像，所以不能像你爸那麼拚。」先生總是以實際行動支持我，在我連假外出帶課程或參加避靜（retreat，基督宗教信徒的靈修方式之一，主要在一個與日常生活隔離的完善時空中靜默，做個人的深度祈禱和自我省察。天主教稱「僻靜」或「避靜」，另稱「神操」、「神修」）時，他和我婆婆都會幫忙照顧小孩，讓我沒有後顧之憂。

同樣的，我也給先生很大的自由做他自己，支持他的選擇。「他現在的工作以翻譯為主，也有投資，我覺得家庭經濟能 cover 得過去就可以了。我們兩個人在一起，能很自在地做自己，也能共同成長，而且不會漸行漸遠，我很感激。但我們也有碰到挫折的時候。我們的分工比較是我主外、他主內，我一度覺得，為什麼他不能像一般的先生一樣，以賺錢養家為主？後來想想，他的個性不太適合朝九晚五的工作，而且他也把我們未來退休後的經濟都規劃好了，所以他有辦法過這樣的生活。」

「對，他有能力。」爸爸贊同。

「我以前有點介意的不是他賺的錢少，而是希望他能保持和社會的接觸，這樣比較能夠理解我在外工作的辛苦。另外，我也期待他能成為孩子的榜樣。因為孩子有時候讀書、考試很累、很忙，可能沒辦法理解父親這種生活型態。當然我也覺得，有全職工作時他會比較有自信，我喜歡他更有自信的樣子。」當時我的內心相當掙扎，「後來我發現，這其實是我對性別的刻板印象，我應該打破這個既定的框架。我一直要他打破對女性的刻板印象，賢慧、溫柔、顧家，他打破了，可是我卻沒有，所以我自己學習再調適與接納。」

爸爸溫和地說：「你能夠從事自己喜歡做的事情，實現自己的夢想，也讓病人或教學的對象得到很好的收穫，你做得很好，這要謝謝宣名的支持。當然過程可能很辛苦。我偶爾跟宣名聊一聊，知道他在投資、理財方面確實還滿有一套，所以經濟上我是真的沒擔心過。」

「其實宣名有其他選擇，像之前去公東高工，也有人介紹到海外工作的機會。但是他跟我、也跟爸爸一樣，我們不希望分隔兩地。他擔心我的身體狀況，有時候會氣喘發作。一直以來，我的觀念滿一致的。我大學念醫學院，很多護理系學生會和醫學生交往或建立家庭；但我對於和醫學生共組家庭有點遲疑和顧慮。我不是不喜歡醫學生，但我希望我的先生是顧家的，這是我的期待，而醫生通常要花絕大多數時間工作。我先生的確很顧家，可能就比較沒有事業上的企圖心。他能夠享受平凡生活的小確幸，也覺得這樣很美好，不在意世俗的看法，這也很了不起。」

爸爸附和：「對，他不在意。他的翻譯、出版工作，也很不簡單，他是在追求自己喜歡的工作跟生活。我對孩子的想法也是這樣，給孩子自由去追求自己的理想。你身體不舒服，氣喘或皮膚過敏，我們都很擔心，天天幫你祈禱，可是我們也看到宣名對你的細心照顧。」對芳療著力甚深的宣名，在我全身起疹子發癢難耐時，會幫我挑選適合的純露溼敷，舒緩我的不適。

每個人對於婚姻和家庭的看法和樣貌都不同，爸爸的同舟共濟和我的同甘共苦，都是一種。當然，每個人都有不同的選擇和對家的想像，我覺得只要在愛中，彼此能一同成長，活出真正的自己，彼此包容、彼此相信，歡喜做、甘願受，其實都很好。我感謝我的父母給了我這樣充滿愛的家庭，讓我能相信婚姻是愛的搖籃。

不婚不生的選擇

「夫妻之間只要兩個人能夠心靈契合，彼此互相照顧，這樣就很好。有些人不婚不生，我尊重他們的選擇，可是也會想，我們在婚姻中學習到的成長和喜樂，可能是不婚不生的人無法體驗的。也許他們沒有看到結婚的美好，所以不知道結婚是很好的。不過，要不婚不生或進入婚姻，真的是個人的取捨。」爸爸若有所思。

「不婚不生可能會少了很多樂趣跟體驗愛的機會嗎？」

「我現在年紀大了，常常覺得，在這個世界上有一個心靈契合的伴侶在身邊，彼此互相照顧，能夠跟我靈犀一通、會心一笑的人是很難得的。這是幾十年來一起共同生活的結果，對方想什麼、喜歡什麼、討厭什麼，都了然於心。年紀大了，兩人之間的依賴反而愈來愈強。」

的確，這是我還沒辦法體會的部分。「爸爸媽媽生活在一起比較多，我們各自獨立性比較強。」

「對，你們還年輕。我年輕的時候，忙著教學研究、演講開會，媽咪要忙著工作和照顧你們，但是我們結束一天的忙碌以後，都會覺得回家真好。這種『回家真好』的感覺，就是家庭最重要的價值所在。家就是讓你可以放鬆、重新得到正能量。」

爸爸繼續說：「四姑姑是比丘尼，可是她在寺廟裡不愉快的時候，也需要有人聆聽她心裡的苦悶，或幫她解決一些問題，這時候她就會找我們這些弟弟妹妹。我感覺到，單身的人到年紀大一點的時候，其實會有點寂寞孤獨。」

「即使她有團體嗎？」

「對，還是少了那個很親近的人。如果團體成員不夠緊密，裡頭的人可能也會滿孤單的。如果是神職人員，就要看他在信仰上信靠上天的程度。我認為天主造人時，不希望人是孤獨的，所以創造一男一女。後來因著生男育女，一群人能夠彼此互相照顧，每個人都有各自的特長，成為社會中各行各業的人才。人本來就是社會性的，不是一個孤島。」

爸爸從宏觀的角度切入：「就像政府很多社會福利的措施，都要考慮到每個人社會性的需求，不希望有任何人被拋在社會網之外，成為被遺棄的孤島。天主創造人，希望人和祂之間有連結之外，也希望祂所創造的人之間要有連結，這種連結才會展現愛。愛絕對不是孤獨於世的，也不僅僅是一對一的，愛是一個彼此很強的連結，一種共融的狀態。這個社會如果沒有愛和連結，每個人都是不相往來的獨立個體時，還滿可怕的。」

剛剛爸爸說的是單身和婚姻的對照，不過有些人是有伴侶、但不進入婚姻，我很好奇爸爸會怎麼看：「那同居呢？」

「可能他們有獨特的情況，或有某些限制。但是同居也好、結婚也好，都應該要承擔愛對方的責任。」

「他們可能承擔了愛對方的責任，只是不想承擔大家庭的責任。」我指出。

「我的意思就是，結婚而建立家庭，或是同居但不生小孩，當然都可以，但是生了小孩，就要負起責任。因為愛本來就是權利，可是愛也是責任。」

「我和爸爸的想法很接近。就像我先生講的，單身或同居會少了連結的線，其實會少了一些意外的驚喜和樂趣。」雖然我們都會說，單身、同居或結婚都是個人選擇，「但我比較在意的是，人為什麼會做出這樣的選擇。有些人因為恐懼而選擇單身或不婚，可能是經濟上的恐懼，害怕負擔不起生養孩子的費用；也可能是關係上的恐懼，比如擔心和對方原生家庭相處，會有婆媳問題或是其他的負擔。對我來說，我會問自己：我的選擇是出於愛，還是出於恐懼？如果是出於恐懼，那就有點可惜，因為你其實不知道以後會發生什麼事，就因為害怕而不去做了。」

我也想回應爸爸剛剛提到孤獨的這件事：「我尊重大家的生活方式，可是我自己內心會

我與爸媽在約翰霍普金斯大學校園，
當時媽媽腹中懷著妹妹。

2 歲時的怡如與爸爸在美國巴爾的摩的住家前拍攝。爸爸身上穿著媽媽親手織的深咖啡色毛衣，左手肘處有破損，現在還在穿。

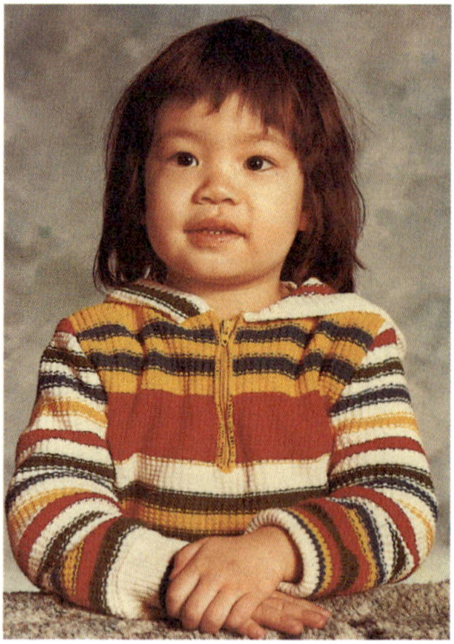

在美國念幼兒園的怡如。

全家出遊旅行，是我們家最喜愛的年度活動！這是 **2000** 年拍攝於石門水庫的全家福照片。

爸媽來比利時探望我們，跟當時半歲大的小真合影。

爸媽來比利時探望我們時，一起去荷蘭的庫肯霍夫（**Keukenhof**）花園看鬱金香。

覺得，的確，天主讓我們互為肢體，彼此扶持，但我想可能每個人心中也都有一份沒有人可以懂的孤單，可能獨處時會經歷，面對死亡時也會經歷。那種孤單，可能是天主才能懂的。我也並不覺得單身的人比較容易經歷這種孤單，而擁有美滿家庭和很多子女圍繞的人就比較不會。」

我深吸一口氣，腦中浮現許多熟悉的臉孔：「畢竟我在醫院工作，很多人失去另一半以後，在獨處時也會感受到那種孤單。可以孤單，但不要寂寞。我覺得不需要排斥孤單，因為孤單有時候會讓我們更認識自己，或更看見自己缺乏的是什麼。」我回想起在蘭嶼徒步朝聖之旅，「那時走著走著，就好像能跟自己和解，也跟過去和解了。我還滿享受那樣獨處的狀態。」

孤獨或許有其存在的價值，也有我們需要從中學習的功課。我也知道有些路，終究只能自己一個人走，不過也因為這樣，若在途中能遇到願意攜手經歷風雨、沐浴暖陽的那個人，就能讓人更珍惜這份與人相伴的美好，不是嗎？

3 三代之間

前幾天整理舊物時，爸爸找到許多過去的照片，一幀幀相片，帶著他坐上時光機，縮時經歷了結婚、生女近五十年的過往。「做父親對我來講是很心悅神怡的事。在不同的年紀，跟兒孫們一同成長、一同生活，帶給我和媽咪許多的驚喜和快樂。」

回憶起與爸爸相處的點點滴滴，最讓我感到難忘與窩心的，並不是什麼驚心動魄、可歌可泣的大事，而是種種日常細節。

小時候，媽媽的教養風格比較嚴謹，要求我們分擔家務，排定每日家事的負責人與進度。有時輪到我洗碗，我會跟爸爸撒嬌：「拔，我今天好累喔，可不可以幫我洗一下碗？」屢試不爽。又或是口渴想喝水，只要跟爸爸說一聲，他就會幫我端一杯水到我的房間來。國小時，我因為刻不完的木工作品在深夜急到跳腳時，爸爸就會要我先去睡覺，然後默默幫我繼續打磨，隔天，一個漂亮的木製小刀成品就出現在書桌上。又或者媽媽難得出差不在家時，爸爸會帶著我們外出享用美食，去吃只有特殊節慶或紀念日才能吃的大餐。在這些生活間隙裡，無時無刻不感受到爸爸綿密親暱的愛。

記得有次爸爸去新加坡演講，我們全家和爸爸的學生跟著一起去。我和爸爸併肩走路交談，不知道聊到什麼，我拍了爸爸一下肩，脫口而出：「你神經病啊你！」回旅館後媽媽連忙跟我說：「爸爸的學生都在旁邊，怎麼這樣跟爸爸說話？要給爸爸留點面子。」

爸爸個性溫和，對我和妹妹基本上是不打不罵。平時只要爸爸不講話，我和妹妹就知道，好了，不行了，要乖乖了，爸爸生氣了。他根本不用兇。

爸爸聞言哈哈大笑。

自由、信任與放手

從小我就和爸爸沒大沒小，總是能夠天南地北地聊，像是朋友一樣，毫無拘束做最自在的自己。

「我覺得我的教育方式跟阿公有點像，對你們有期待，可是絕對不給你們壓力。雖然心裡多少會擔心，但是就不想限制你們。給你們足夠的自由，就像阿公給我的自由一樣。」爸爸說。

「這聽起來可能有點矛盾；小時候你很聽話、很乖巧，不過當你對於理想或目標有追求的時候，就會有自己的想法，我們盡可能給你很大的尊重。」爸爸半開玩笑地說：「我記得當時你跟我說要讀護理系，我問你原因，你怪我不應該買南丁格爾的書給你看，早知道我就買居里夫人的書給你看了。」

雖然爸爸嘴上開著玩笑，但對於我的生涯選擇，他未曾置喙。小時候家裡擺著一整套世界偉人傳記、中國名人傳，但我獨鍾南丁格爾跟史懷哲，他們崇高又謙卑的身影，在小小的我心裡埋下一顆愛與善的種子。「但是我立志不要做史懷哲，我要做史懷哲夫人，跟他一起做這件事，但不要像他那樣有名。」

老爸說：「後來你身體不好，我們都很擔心，希望你做運動或做一些事改善身體健康，你又不見得照做的時候，我們當然會很心疼，可是我們還是尊重。在我眼中，你有很大的追求自己理想的動力，而且這個動力發展以後，就變成一種對別人很深刻的關懷，可以進入到他人很深層的內心，深刻體會別人的痛苦，這不是每一個人都能夠做到的。當這些痛苦壓在你身上的時候，你也會受苦難過，媽咪和我都會不捨。說老實話，做父母的我們有時會覺得，哇！有需要做到這樣嗎？不過還是給你很大的尊重，也很以你這個女兒為榮。」

聽到爸爸這麼掏心掏肺地跟我訴說，他跟媽媽在我堅持理想的路上默默承擔的擔憂與心疼，我的內心也深感觸動。原來這就是為人父母給予孩子自由的愛時，所承受的負擔啊！一直不知道他們為了支持我，默默承擔那麼多的不安，內心感到被父母的愛所庇蔭的幸福。

因為爸爸的信任和放手，讓我能如其所適地漸漸長大、追尋自己的夢想，成為我想要成為的模樣，也讓我學習能夠如此對待我的孩子。在較為傳統的教養觀念中，家長透過操心與叮嚀表現關愛，但當孩子進入青少年時期，這樣亦步亦趨的愛，卻未必適用，家長盯得愈緊，孩子的反彈就愈高。適時放手，相信孩子，讓他們感受到信任與愛，活出自己的生命，而非完成家長的期待，這或許更為重要。

爸爸回應：「就像孩子學溜冰或騎腳踏車，我們會擔心孩子跌倒，但還是盡可能放手讓他們去嘗試。跌倒了沒關係，再爬起來重新開始，慢慢地就學會了。學習總會有挫折，我希望孩子不要太在意挫折。我對你們、對孫子女，甚至對我的學生都是這樣，人生就是不斷地去嘗試、去追求自我實現。」

「你帶學生有點像教練，教完基本功夫，就讓他們自由發展，從旁輔助，引導他們發揮潛能，遇到問題，再來幫他們解惑。」

「對，我的流行病學啟蒙老師林東明教授，稱這種方法叫『蘇格拉底式的助產士教學法』。學問是研究生懷孕的寶貝，教授只是指導分娩。我指導過很多學生，知道他們總是會找到自己感興趣的課題，但在他們還沒找到之前，我不太會伸手幫忙。當老師這麼久我也發現，不給學生太大壓力、不要太過於介入時，他們往往表現最好。」

爸爸最後總結：「對孩子應該少點苛責、強求和批判，不要過度干涉。要鼓勵他們，給他們自由，讓他們能夠充分發揮。這是我們做父母親的人應該要學習的。」

除了給予孩子自由發展的空間，我也希望孩子遭遇困境時，願意跟我分享，讓我聆聽、鼓勵，成為他的依靠，不希望他面對困難時默默承受，就像小時候被排擠的我一樣。「總歸一句，就是要讓孩子可以自在做自己。如果父母管束太多，他就會把不想讓你知道的都藏起來，在你面前表現出好孩子的模樣，碰到困難或挫折時不會選擇跟你講。所以我覺得，要讓孩子覺得父母無論如何都會相信他。」

我也希望自己以身作則，讓小孩透過我的身教，看到身邊有需要的人，能夠主動給予幫助。我參加兒子小原的畢業典禮時，聽老師說小原在學校樂於助人，也會在同學吵架時居中調停。雖然先生宣名說小原在家都沒這麼主動，但我得知這件事時，心中洋溢著滿滿的喜悅與感動，也很為孩子感到光榮。

我的孩子國小到國中都就讀明星學校，有些同學從家庭背景、吃穿用度到成績表現，都存有比較心理。原本我有點擔心這樣的氛圍會影響孩子，所幸和孩子聊天的過程中發現，他們還是擁有獨立判斷的能力。比如，女兒小真提到某位同學成績好也樂於助人，但她幫助別人作弊的行為卻是不對的。

比起盼望孩子成為一個拔尖超群的人，我更期待他們活出自己的生命樣態，善良、正直，有一顆柔軟的心。而我，會一直在他們成長的路上，陪伴著、也相信著，讓孩子們知道，他們永遠都有一處安心依靠的所在。

教養風格不同，差異帶來互補

如果要比喻爸媽和我的關係，我覺得爸爸就像我的朋友，而媽媽就是管教者。爸爸開明，媽媽嚴謹；爸爸不拘小節，能和我敞開心扉天南地北地聊；媽媽注重禮數，長幼有序、尊卑有別，行坐舉止都要留意，也在意我們的學業表現。不過，身體不舒服時在身邊無微不至照顧我們的，也是媽媽。雖然爸媽和我們相處的方式不同，但我知道，這兩種方式都包含了他們對我無條件的愛。

「我覺得每個人的教養方式，都跟他的原生家庭有關。我知道婆婆管教孩子滿嚴格的，我也能了解為什麼婆婆會這樣。」爸爸娓娓道來。

婆婆有很多兄弟姊妹，二戰時，所有孩子都跟著銀行家的爸爸到四川重慶避難，只有婆婆跟著她外婆到南京采石磯的鄉下去，所以婆婆是所有孩子當中唯一沒有念書的。由於過去的經歷，婆婆對孩子一視同仁，也希望每個孩子都能有受教育的機會，因為那是她一生的遺憾。「我想家族的傳承多多少少會影響個人的行為，但是個人可以突破，也可以改變。」

很多人不知道的是，我小時候接受過打罵教育，我妹跟我相差三歲半，她就接受比較多愛的教育。爸爸說：「你小時候，有一次媽咪為了某件事打了你，阿公在旁邊看了，他不以為然，但也沒當場說。後來才要我轉告媽咪，我們家不打小孩。媽咪就明白了。幸好是阿公先開口，因為媽咪很尊重老人家，阿公這樣說，她就完全改過來。」

爸爸和媽媽的教養風格不同，但在我印象中，兩人未曾因此起過爭執，爸爸總是很尊重媽媽。爸爸說，阿公、阿嬤也是這樣的，即便兩人很生氣，也絕不會在孩子面前表現出來，有問題就兩人私下處理，這是阿公阿嬤的「忍術」。

「在教養女兒方面，我比較尊重媽咪，也不會在你們面前說她。因為是媽咪教養你們多一點，我都滿自私地在忙自己的事業。」爸爸說。

我反駁：「才沒有，老爸也做很多家事啊！」

「喔，做家事對我來說就是休息，因為不需要用頭腦去想。」爸爸一向都這麼謙虛。

回歸話題，爸爸說：「因為大部分都是媽媽在教你們，我不敢說三道四，說三道四就是我要自己做。」

「這點我就跟老爸很像，我從來不會嫌先生家務哪裡弄不好。如果自己不想做，就不要嫌人家做得不好。」

「對、對、對！」爸爸連聲附和。「在家裡，我是不管錢的，我們十一奉獻（收入的十分之一捐給教會或公益團體）要捐給誰，媽咪都有她的想法，我都尊重。」

「主管家裡的人開心，全家就會開心，不然全家氣氛都不好。我很在意家裡面的氛圍，希望是自在放鬆的，不要太嚴厲，如果在家裡不自在，回家也不會開心。」

爸爸同意：「家就是避風港嘛，一定要很溫馨。」

我也隱約在我與先生的家庭分工上，看見父母的影子。先生宣名主要照料孩子生活起居，孩子若身體不適或有情緒波動，就會來找我談。偶有爭執時，我也會在先生與孩子間溝通協調，了解彼此想法，一起討論出最佳方案。

正如爸爸所言，我也能深刻感受到原生家庭對教養方式的影響。暑假時，先生叮囑孩子外出買飯，對他來說這是培養孩子自主能力的一環；但我從小沒有這樣的經驗，家裡總是會有備好的飯菜，熱騰騰地等待家人齊聚後一同享用。起初我不明白先生的做法，經過溝通，我才理解他的用心。我也看見，在他的陪伴與教養下，孩子的確比同齡者獨立許多，現在我有空時也會教兒子做菜。

出於愛與尊重，即便意見不合，也總能找到協調的方式。差異並未製造裂痕，反而產生了解彼此的契機，讓我們得以互補，成為彼此的神隊友。

超級阿公的愛與陪伴

我的孩子出生後，我成為母親，爸爸則成為阿公。爸爸又是如何跟第三代相處呢？

爸爸大笑：「做阿公比做爸爸容易太多了！祖父母最容易寵孫子，所以我們常說『含飴弄孫』，卻少說『含飴弄子』、『含飴弄女』。」

爸爸樂呵呵地說，他很珍惜和小孫兒一起排拼圖、堆積木、玩機器人和樂高的歡樂時光。當時我們旅居比利時，每年暑假都會回台灣，爸媽每年也常到歐洲開會。除此之外，我們幾乎每週視訊，我也特別製作相冊，記錄當時的生活點滴。九年分隔兩地的生活，彼此之間的感情卻不曾疏遠。

「我和媽咪很珍惜這樣的時光。你們在歐洲的時候，只要有在歐洲舉行的國際會議，我都一定參與，藉機去看看你們，跟你們有更多的相處時光。視訊的時候，孩子在一旁玩，你會邀請他們來跟我們打招呼，就不陌生了。孩子也都記得小時候跟我們打招呼的情形。」爸爸說。

爸媽總是抓緊機會跟兒孫相處，陪伴他們長大，在我們一家旅居歐洲期間，在德國、奧地利、瑞士、法國、英國都有我們一同旅行的足跡，這是我們和孩子很寶貴、難得的回憶。但是說來慚愧，在國外生活時，格外珍惜家人間相處聯絡的機會，返台後，距離近了，工作開始繁忙，卻沒那麼頻繁讓孩子與南部的公婆視訊，也只有長假時見面互動。「如果有機會視訊或傳簡訊，那也是很好的。」爸爸總是體諒與包容子女，帶點溫柔的小提醒，讓我深感安慰與支持。

維繫關係的方式無他，愛與陪伴而已。

爸爸繼續說：「即使沒有太多話語，但你在他身邊，就是一個鼓勵。就像小孩堆積木，我們要跟他一起堆，他可能還嫌麻煩；這時靜靜在一旁看他，他不小心弄倒了就說：『沒關係再來一次，剛才堆得很好。』在這樣的陪伴和鼓勵之下，孩子就會慢慢地成長。」

爸爸曾主動提議在兒子小原的畢業典禮上致詞，小原也曾邀請朋友在爸爸之前的官邸舉辦生日派對。這些日常點滴累積成了愛，當學校指派「訪問一個特殊職業」的作業時，小原第一個就想到自己的阿公。小原對阿公欣賞崇拜，但因祖孫的相處開心自在，並不覺得遙遠難以親近。

爸爸說：「我喜歡家人跟我相處時自由自在、沒有壓力，有什麼要求或期待直接跟我講，我比較能夠知道要扮演的角色或要做的事情。我也很高興四位孫子女都跟我很親近。」

沉吟片刻後，爸爸又說：「做爸爸和做阿公，感覺還是很不一樣的。我們，尤其是我——從年輕到現在，對人與事的看法，確實有滿多的改變。年紀愈大，接觸到愈多各式各樣年紀的人，愈能接受孩子有不同的看法，也會更加尊重孩子自我選擇的空間。我還年輕的時候，對你們未來的發展總還是會想要影響……」

「還好啊，我覺得你都還滿尊重我們的。」其實我覺得爸爸已經很不傳統了，從來沒有克紹箕裘的觀念，或是太要求我們成為他希望的模樣。

「可是當時對你們，心裡還是有一點擔心，會希望在學業上更好一點。現在對孫子輩比較不像以前那麼操心，想讓他更加自由，不會想要按照自己的想法，安裝一個軛在他的身上，操控他前進的方向。」爸爸說，他切實體認到不同世代有不同的思想、觀念與風格，他也在與孫兒的互動中，學習著新世代的眼光和行動。

敬佩爸爸寬闊胸襟的同時，我也發現，雖然我與爸爸的思想觀念大多一致，卻也存在些許世代差異。比如，爸爸談起婚姻時，雙方原生家庭具有更高的重要性，而夫妻與雙方父母的關係也更加緊密，並且還需承擔各自家庭的責任，有更加強烈的「兩個家庭合而為一」的意味。

爸爸認可我的觀察，說：「在那個時代，養兒防老的觀念還滿普遍的，很多家庭孩子不少，就常盼望著其中一、兩個孩子比較能幹，可以負責撫養爸媽，甚至照顧弟妹，所以我們這個年代的人被賦予比較多照顧大家庭的責任。你想想，阿公阿嬤撫養八個孩子，多麼不容易！」反觀下一代的我們，「後來孩子生得少，大多也就是一、兩個，父母親也不再有巨大的撫養家庭的壓力。現在我們只有兩個女兒、四個外孫，能負擔得起照顧自己，也就不會要求你們像我們之前一樣，要每個月拿錢回家。」

爸爸最後總結：「這是一個時代的改變，但是不論如何，在人的一生當中，做兒女時要愛父母，做父母時要愛子女，成為阿公阿嬤時，要愛自己的孫兒們。年紀大了，可以享受子孫繞膝的樂趣是幸福的。」

「俗話說：『多子多孫多福氣』。這不是指要依靠子孫照顧來過日子，而是指能有很多愛的連結，不時就有人來關心一下。人生就是學習愛跟被愛的歷程，能有更多的連結、更多的愛，那當然更好。我現在就有這樣的感覺。」爸爸說。

成長與分離

陪伴孩子一步一步獨立自信，最終成人，那樣的喜悅不言而喻，但倘若是隨著長大面臨不得不的分離呢？「我跟小文差一星期結婚，幾乎同時間出嫁，突然面臨空巢期，爸爸那時候的心情是怎樣呢？怎麼調適？」

「我的調適比較簡單，因為那時我還在國科會上班，公務上還很忙碌。媽咪就是忙著教會的服務工作。你們長大、結婚，離開了我們，其實空巢感沒有那麼迫切。何況我們也經常家庭聚餐，還是保有很強的家庭連結感。」爸爸平靜地說。

為人父母什麼時候感受到孩子長大？

長大從來不是一瞬間的事，但孩子成長過程中許許多多的「第一次」，還是鮮明地烙印在我心中，成為長大的座標。

比如，第一次開口叫媽咪、第一次走路、第一次進幼稚園、第一次離開爸媽到自己的房間睡覺……又或是，開始跟朋友而不是家人去看電影、開始有自己的想法跟意見、開始和父母唱反調、覺得父母很煩的時候……。

在這些時刻，我會突然意識到孩子長大了。

喜悅、欣慰，卻也有些失落。現在兩個孩子正值高中，還與我們共同生活，但我就偶有空巢之感。週六理應是優閒的假日，得以一家相聚，然而先生去爬山，孩子一個去補習、一個外出念書，我獨自在家，簡單煮了午餐，一個人吃。

品嚐口中的食物，也咀嚼著孤獨。我想，這樣的孤獨也提醒著我要更加珍惜孩子還在身邊的時候，他們即將擁有自己的世界。親愛的孩子，展翅高飛的同時，別忘了，這個家永遠在這裡，等你回來。

4 欣賞並理解世代的差異

爸爸今年七十二歲，我也邁入四十六歲。從牙牙學語、天真又調皮的稚嫩孩童，走過了充滿創意與奇思妙想，又往夢想邁進的熱血青年，開始重新審視自己、靜下來探索內心，尋找自我價值與生命意義的中年，與接納身心漸漸有限制和生命的果實開始茂盛的年華。如今的我們，年輕不再又或是依然年輕？已步入老年，還是不服老呢？

談及印象中的年輕人，爸爸說：「敢來我們研究室的，大多對學術研究滿有興趣，看到他們就像看到年輕時的我，有衝勁、有抱負，目標明確。我們的互動相對單純，主要討論學術研究、科學新知的課題。現在的年輕人跟我們年輕時不相上下，甚至還更進步。很多手機的功能他們都會，我都不會。找資料找得很快，學習新的軟體、統計分析做得很好，研究與實驗方法也都有進步創新。這群年輕人讓我覺得時代是在進步的。」爸爸對現在的年輕學子充滿稱許。

「那其他你碰到的年輕人呢？」

「我在行政院工作的時候，也有許多和年輕人互動的機會，他們是地方創生、創業青農的團隊。譬如宜蘭的三星蔥團隊、南投的苦茶油團隊，甚至澎湖的石滬文化保存團隊。當然，我看到的都是得到政府獎勵補助的團隊，可能有選樣的偏差，但是他們讓我看到滿多的勇敢和創意，關心自己的家鄉，願意返鄉和父母、阿公阿嬤、在地鄉親一起努力轉型創業，開拓嶄新的可能性，讓我感受到樂觀、進取和蓬勃的朝氣。」

爸爸話鋒一轉：「不過，衛福、教育、內政、法務等部會，也反映了有些年輕人無法適應社會，有失落、憂鬱、藥癮，甚至暴力傾向。我比較少和這類年輕人直接互動。確實，我知道有許多年輕人對未來感到迷惘，不曉得該何去何從。」

「那怎麼辦？如果要給迷惘或陷入憂鬱的年輕人一些建議，你會說些什麼？」

此刻爸爸彷彿又搖身一變，成了行政首長：「對於那些心理、精神、性格、行為上有先天限制或偏差的人，整個社會，包括政府和民間，都該給予他們更多的關懷和協助。近幾年很多學校、機關、公司都有設立心理師，可以提供免費心理諮商，還有心理假，大家都更重視這個問題。」

爸爸說：「我更關心的是年輕人對於生命和生活的看法，以及他們認為生命的意義和生活的價值是什麼。命運不是偶然，而是選擇。我常建議年輕人，選擇你所愛的，愛你所選擇的。認識自己的才能和性格，量才適性的發展自我。」

爸爸和他的藥理學教授是忘年之交。身為大學教授的他，一直期待兒子考上前段學校，取得博士學位，兒子卻熱衷藝術創作，選讀復興美工，教授對此始終耿耿於懷。後來，他兒子成為義大利著名手繪T恤的設計師，教授的薪水只有兒子的十位數。

「我問他：『兒子還好嗎？』他說很不錯。我又問他：『是因為兒子賺了很多錢嗎？』他說不是，而是兒子提醒了他一件從未想過的事情，就是人生還有另一種可能性。那次跟老師聊天我才曉得，很多上一輩的老人家希望孩子能夠克紹箕裘，一旦偏離這樣的傳統，他們就會不放心。他們父子之間可能也沒好好溝通，直到孩子成功了才告訴父親。」

我懂得這個兒子的心情：「他要在父親以他為榮的時候才講，因為他還沒做出成績。」

「對，不過老師也講得很好；他不在乎兒子賺多少錢，而是在乎兒子有沒有成就感。」爸爸說。

「那以前你們是怎麼想的？」我迫不及待地追問。

「很簡單，生活就是要過好日子，找一個好工作。小學的作文課都會寫〈我的志願〉，大家就從既有的職業類別找一個來寫，相對單純，循規蹈矩。但現在的年輕人有自己的想法，多元、斜槓而新奇，可能在既有的職業類別都找不到自己喜歡的。我在意的是，孩子在追求理想的過程中是不是過得很平安、很喜樂？我認為父母扮演著滿重要的角色。」

由於父母的上一代、也就是我的阿公阿嬤這一輩，生活比較辛苦，因此會期待下一代當公務員，有「鐵飯碗」的生活保障；但現在的年輕人不一樣，他們極富創意，腦筋靈活，對未來有自己的想法，收入不見得是找工作的優先考量，也未必從事傳統定義的工作，像 YouTuber 就是時下許多年輕人的職業首選。

在這樣的世代差異下，若沒有充分溝通，可能導致彼此不理解，甚至引發衝突。當年輕人發揮創意逐夢時，長輩可能為此憂心。過去的人追求工作穩定，對公司忠誠而不常換工作；但相較於對公司的忠誠度，現在的年輕人更在乎自己能否得到發揮專業的舞台。

後來我慢慢理解，這來自於價值觀的不同。長輩需要從穩定收入得到安全感，但現在年輕人更在意生活的體驗，追求自己想要的人生，「享受生命，活出自我的色彩」才是他們在乎的事情，所以更能揮灑個人特色。有些人賺到能夠滿足基本生活的收入以後，就用剩餘時間去發展個人興趣；或是工作一段時間後，就辭職去打工度假，到世界各地走走看看。

「我覺得這沒什麼不好，但他們的父母可能會認為：『這工作不也挺好，怎麼就不做了？四十幾歲再去找工作，好找嗎？』但是他們並不介意。我覺得這樣的人如果有一天意外過世，他也會了無遺憾，因為他想要過的人生、他想要享受的、他想要體驗的，他都經驗過了。以前老一輩的人可能要等到退休、孩子大學畢業，才能開始過自己想要的生活。」

「對我來說，現在年輕人會去探索心靈的渴望，所以會感受到心靈的空虛，像浮萍一樣漂泊，想找個依靠。這個依靠可能是傳統宗教，或是瑜伽、脈輪、身心靈，都是一種靈性的追尋。」過去人們汲汲營營度日，工作蠶食鯨吞了興趣與嗜好，也無暇思考心之所向。現在的年輕人常會停下來思考，雖然可能因此陷入憂鬱、困頓，但未嘗不是件好事。畢竟他們能提早開始去想：這是我要的人生嗎？我想要過什麼樣的生活？我想要成為什麼樣的人？

「我接觸到的年輕人，都極具創造力、很有想法，就算迷惘，也知道自己在迷惘中。」

我有一位朋友，從小到大成績都很好，一路讀到台大電機博士，畢業後才驚覺自己對電機從來都不感興趣。後來他當了公務員，每天最開心的就是準時下班接女兒放學，透過教室窗戶看著女兒，他就覺得非常滿足。但是在此之前那麼長的一段時間，他都過著不是自己想過的生活，只為了滿足家長的期待與社會價值。

「如果能早一點認識自己、自我覺察，其實也很好。我是很喜歡這個世代的，很多元、很有創造力，也更重視自我的心靈成長。」我總結。

「老年」是年紀、心態，或是一種生命階段？

談完年輕，我們也聊聊年老。「老爸，那你怎麼看待老年呢？」

「這個主題你可以聊嗎？你夠老了嗎？哈哈！」爸爸沒有回答問題，反倒先調侃我。

「可以啊！」我不服氣地說：「我接觸過很多長輩，也有自己對老年的看法，但我想先聽老爸怎麼說。我記得有一次《康健雜誌》訪問你，你說你還沒有老，你很年輕。我就覺得你沒有很接受『老』這件事。」

「我不覺得如此。」爸爸話說得斬釘截鐵。

「還是你覺得現在應該要重新定義老年，所以這個年紀不算老？」

「老，是指經歷時間的長短。經過很長時間的事物，我們就會說這是一棟老房子、一座老城市或一本老書。」

「那形容『人』呢？」我問。

「人的老化是指身體、精神和靈性三方面，是否有結構或功能的衰退。從二十世紀中葉開始，人類的健康狀況和平均壽命不斷進步，台灣在一九四六年的平均壽命是六十二歲，二〇二一年的平均壽命是八十歲。以前六十五歲算老年，現在不算。用一個固定的年紀來定義老年，並不是那麼恰當，因為個別差異實在太大。」爸爸的言下之意是，如果要以「生理、心理、認知能力衰退到特定程度」，或是以「距離死亡之前的一段時間」來定義老年，那麼每個人進入老年的年齡就不同，老年的標準也會隨時代變遷而挪移。

「我也不覺得六十五歲就是老人家。」我說。尤其當我自己也逐漸靠近這個歲數。

「可是我父母那個年代，六十五歲真的就是老人家。如果用生理狀況，例如以糖尿病、高血壓等慢性病的盛行率來看，蘭嶼人大概比台灣本島人早十年變『老』。」

停頓了一會兒，爸爸繼續說：「我覺得不能因為一個人過了八十歲就說他老、六十歲就是不老，只以年紀去定義老年，就太被時間這個向量束縛了。身心靈的狀態很重要，如果能永保健康活力，樂於學習新知，努力求新求變，那就是『不老』。」

「你覺得『老』只是指身心狀態而已，就像我們可以說一個二十幾歲的人是一個老人——如果他身心老化了。但我覺得那跟我認為的『老』還是不一樣。」我反駁。

陪伴長輩數十年，我對老年有自己的觀察和思考：「老年人經常碰到的問題，是有些生理和認知功能的退化，再來是經歷很多失落跟分離。人在退休以前，努力工作發展、自我實現，但很多人進入老年會找不到存在的價值，或開始覺得自己沒有用。這就是『老年』的人生階段，是生命歷程的一個必然現象。所以這不只是一段時間，也不只是一種心態。」

雖然老年勢必會面臨「失去」的議題，但我們大可不必一直著眼於此。「老年人有很豐富的生命經驗，可以讓人學習到很多，這是長者最寶貴的特質。心理學家艾瑞克森（Erik H. Erikson）認為，不同人生階段有不同的任務，在最後老年的階段就是整合，回顧自己這一生的足跡。這真的是長輩最最最閃閃發光的地方啊！老人的功能逐漸退化，就像回到小時候，要學習慢慢放手；可是在他變得愈來愈回歸單純的時候，還能保有這麼多的歷史跟生命經驗的整合，並不是只有功能的退化。老年人是我非常喜歡的族群。」

「你這樣描述老年，我當然同意，人生每個年齡階段，包括老年，都有它的特色、意義和存在價值。」老爸說。

「可是你說，如果這個人很年輕、很有生命力，你就會把他定義成年輕人，因為你覺得他有年輕的心態。那為什麼不能說他是一個很有生命力、有年輕心態的老人呢？」我還是覺得爸爸的說法偏向於歌頌年輕。

「這樣講也可以，這牽涉到年輕人和老人的定義問題。我可能就像你說的這些人，雖然年紀已經很大了，但心態上還沒老。我還沒想要去整合美好的過去，我覺得未來還要走很遠的路，不必在此時回顧過去的生命經驗。換句話說，還不到寫回憶錄的時候。」爸爸總是有許多的理想和抱負，對生命有許多的熱情和想像，完全不輸年輕人。

「有些人也許會有很長一段時間，處於追求自我實現的階段。」我同意。

「對，像賴甘霖神父，他到人生最後一、兩年才開始回想過去。以前他一直想的都是要怎麼照顧更多的神父、修士，關懷更多教友，即使那些神父、修士都比他年輕。我覺得他的想法一直是勇往前進的。」

「但是，回顧、整合自己生命的同時，還是可以繼續自我實現啊，這又不衝突。」我說。

「你不覺得他不太喜歡回顧嗎？他不是五、六十歲就寫傳記，是一直到九十幾歲才答應，所以我覺得他自認『不老』啊！」

爸爸看到的是賴神父積極實現生命意義和使命的一面，我則是看到他一直為主工作不懈背後許多人的擔憂。「我覺得是他不願意接受他老了的限度，照顧他的人心驚膽戰，因為其實他的身體功能已經慢慢退化；可是他還希望像以前一樣，頻繁地去醫院、照顧病人，我覺得他是不能接受自己身體已經不如中年那麼活躍了。雖然我尊重他的行為和選擇，我還是認為他是老年人。」

我喜歡老，喜歡歲月留下的刻痕，一圈圈的年輪、粗壯的樹幹，又或是老爺爺、老奶奶滿布皺紋的手，在在令我著迷。

如果以房子來比喻，或許對爸爸而言，老房子有老房子的意義，新房子也有新房子的意義；但對我來說，老房子跟新房子就是不一樣。我回想起那趟金門之旅，我看著當地的老樹、老房子，這些建物保留了這個家流傳的歷史，每一扇窗戶的設置，都蘊藏著它想帶給子孫的意義跟概念。這都是我們無法從一幢新房子上看到的。

對我而言，老就是歷史，就是具象化的時間，包含生命中經歷的一切，很多事物都要夠老才行，歲歲年年增添新的層次。新的建築可能也可以很有意義，但我還是覺得可以從一間老厝中看到更多。

「今天談完，我覺得你有些想法跟年輕時不同了，因為現在年歲長一點，也多了一些經歷，所以比較圓融。這就是我說的，老年重要的美好之處。」我由衷地說。

「我年輕的時候就是追求自己的理想，有很多的目標：要出國留學、要盡快升教授、要完成重要研究……有很多的『我要』。即使到現在，我也還是想要成就很多事。」

「但是以前沒有達到自己的目標時，你會有很大的挫折感，現在你會覺得沒關係，可能天主另有安排。這就是長者可以教導我們的，他們對於生命的視野跟豁達，或者圓融和包容，跟年輕人很不一樣。年輕人看到目標就『往前衝』，遇到挫折可能就『我不行了』，然後跌倒、失敗。長輩就不是這樣。」

「年輕人會衝、會失敗，還是要鼓勵他們去衝、去面對失敗。但要讓他們了解，任何失敗都不會決定未來的一切，而要從失敗、跌倒中提升自己的忍耐和韌性。」爸爸認真地說。

我微笑著：「這就是長者可以傳承給年輕人的美好智慧。以你年輕時的經歷，和你現在年老時的經歷去跟年輕人分享，他們聽進去的感覺就是不一樣。」

爸爸沉思著，像是在細細咀嚼我所說的話。

輯二——工作

學習與服務

怎麼應對失敗、
跟失敗學習？

5 失敗是踏腳石

爸爸曾經提起：「我去校園演講的時候，很多邀請單位都會問我：『可不可以講講你過去失敗的經驗？』因為每個人都說我是人生勝利組，我的人生很順遂，大家就覺得自己又不是大仁哥，怎麼可能跟他一樣？」

大學聯考失常、公費留考數度落榜，「台大醫學院最年輕教授、國科會傑出研究獎最年輕得主」，卻得到一句「要成為國際一流的學者，還有很長的路要走」的評語。一連串的失敗經歷，爸爸如數家珍。

以失敗為師，就能更靠近成功

「我覺得失敗是經常發生的事情。人生的旅途當中，不可能沒有失敗。在失敗的當下，要不痛苦是很困難的。但是怎麼去應對失敗？我的想法是，盡可能維持平常心去反省，失敗了以後，要回來跟失敗學習，這樣才會成功。」

我心裡忖度著：「這說起來容易，但做起來很難。」不禁問爸爸：「要怎麼維持平常心？努力了那麼久還失敗，一定會很沮喪啊。」

爸爸總是不怕任何的挑釁和辯論，他心平氣和地說：「我會對自己說，讓過去的過去，不要一直沉浸在失敗的哀傷當中，跳脫挫折的泥淖，去找一個新的努力的目標，來取代失敗當下的失落與沮喪。」

爸爸念碩士班時，參加公費留考第三度落榜，傷心難過之餘，為了轉換心情，寫了一本教科書《流行病學》。他戰戰兢兢地將剛出版的新書放在林東明教授的桌上，竟被林老師稱讚寫得很好，爸爸從中再次肯定了自己。這本碩士班學生寫的書，還成為許多醫學院學生的教科書。

在爸爸對於自己是台大醫學院最年輕教授、國科會傑出研究獎最年輕得主洋洋得意的時候，就馬上被打臉。當時是中研院生醫所合聘研究員的爸爸，接受研究員評鑑的評語竟然是：「要成為國際一流的學者，還有很長的路要走」，而且還說他「應該要立足台灣、放眼天下」。那時爸爸的心情就像雲霄飛車一樣，從山巔突然跌至谷底。但他很快就轉念一想：「好吧，過去的事就讓它過去吧（Let bygones be bygones），我要努力開創新局。」後來爸爸申請到美國國家衛生研究院的 Fogarty International Research Fellowship（Fogarty 國際研究員獎），赴美國哥倫比亞大學公共衛生學院進行分子流行病學的研究。「出國後才發現，就如同評鑑人所講的，我當時在台灣的研究成果，被引用參考的並不多。從美國回來後，我的研究格局就完全不一樣，能夠立足台灣、放眼天下，全世界的學者經常引用、參考很多我的論文，並且開始和我合作跨國研究計畫。」爸爸一直跟哥倫比亞大學的教授合作研究，二〇二四年，為慶祝主要合作者桑提拉（Regina Santella）教授榮退，還應邀特地赴哥大演講。一次評鑑失敗，卻牽起三十五年成果豐碩的緊密合作關係。

「其實一個國家也類似這樣。」爸爸提到，二〇〇二年底在廣東爆發的新興傳染病SARS大流行，重挫台灣的防疫與醫療體系。面對很大的公衛挫敗，爸爸和衛生署同仁痛定思痛，徹底改善國家防疫體系。二〇一九年再次面臨 COVID-19（新冠肺炎）大流行的嚴重挑戰時，台灣搖身一變，成為國際爭相仿效的防疫資優生。

爸爸如此總結：「當你被絆倒的時候，站起來拍一拍身上的灰塵，然後繼續往前走。從失敗中學習，提高自己對失敗的韌性，讓失敗成為自己向上提升的踏腳石，我覺得這是很重要的。人生有些時候，當下你沒辦法達到自己想要的目標時，要有放得下的瀟灑，不要太過執著。」

「挫折的事」，而非「失敗的人」

爸爸分享關於失敗與挫折的經驗，我雖然聽得津津有味，也反思再三，卻有自己不同的想法。

我跟爸爸分享：「嗯，沒錯，不要把失敗當做絆腳石，而要當做墊腳石，從中吸取教訓。我喜歡這樣的比喻，但對我來講——這聽起來好像很囂張——『失敗』這個詞彙並沒有在我的字典裡，就像『成功』這兩個字也不在我的字典裡。」我解釋：「我不會用成功和失敗去定義任何人或事，我比較傾向於將它們看做是順利或挫折，但不是成功或失敗。」

童話故事和英雄電影裡，總會將角色分為絕對的好人與壞人、英雄與惡霸、正派與反派。但對我來說，一切並非如此非黑即白。

曾有人問教宗方濟各：「你是誰？」教宗回以自己的全名，並回答：「我是一個罪人，是一個被天主慈愛目光注視與憐憫的罪人。」我也經常跟監獄的獄友這麼說。每個人都會犯錯，但也因為己身罪惡愈多，能感受到上天的恩典也愈多（羅馬書・第五章・第二十節：但是罪惡在那裡愈多，恩寵在那裡也愈格外豐富）。

對我來說，挫折就是一個經驗，它並不比成功的經驗更好或更壞，因為每個經驗都有它的意義跟價值。「有時候因為身體的限制，讓我沒辦法完成預定的事情。我也不覺得這是失敗，反而覺得這就是一個提醒，提醒我要好好照顧身體。」我說。

「或者我們該說它不見得是失敗，而是逆境，」爸爸解釋，「在人生的旅途中，你本來有一個往前進的盼望，可是因為有風、有浪，讓你沒有辦法走得那麼順遂。這個顛簸的或是有風有雨的狀況，會使你延遲達成目標，甚至無法達成。」

我也曾面對人生的風雨，行過生命的幽谷。「我人生的兩個轉捩點，都是比較不容易的經歷。對我來說，每次痛苦的經驗都是很好的試金石，都讓我划向深處，更認識自我，也讓我更接近天主，放下一些不必要的執著。這是不是不好的事？我覺得這的確是不容易的事，卻不是不好的事，它對於我靈性的成長和接近天主永遠都是有益的。」我堅定地說。

「我同意，」爸爸提問，「可是在你面對挫折的當下，比如你照顧一個老人家，他卻不甩你，你會怎麼辦？」

「那我就會去看我怎麼了、或者他怎麼了，去想為什麼他沒有辦法接納我。」我不假思索地說。

「你當下會不會覺得，我這麼用心，想盡辦法要關懷他，他卻不接受？」爸爸追問。

我很自然的回答：「不會啊。」

「你不會覺得挫折嗎？」爸爸內心感到狐疑。

「不會。」我再次肯定的回答。這種狀況對關懷師根本是家常便飯

「那你很厲害！」爸爸笑著說。

「因為這太常見了！」我說：「他今天不理我，一定有他的原因，不見得是我做得好或

不好。在我還沒感受到挫折之前，我就會去想，是我的介入太急切了嗎？我讓他覺得有壓力嗎？如果是，我就跳過那一步。而且，關懷師本來就是他最可以拒絕的對象了。他不能拒絕醫師、護理師，他最可以拒絕的就是我。所以他拒絕我，我覺得很開心，因為他在我面前有選擇權，他能自主，多好！」

「很好耶！所以你不容易有挫折感。」爸爸佩服地說。

我試著用具體的情境說明：「例如，我本來要帶一個團體，後來因為身體不舒服而取消，我的確會覺得很虧欠，因為我答應人家了，卻沒有照顧好自己的身體。我不會把這件事定義為失敗——這算是挫折感嗎？」

「算吧。」爸爸說。

「但不是失敗。」我再次表明。

的確，「挫折」不同於「挫折感」。人生在世難免遭遇不順遂，但是否將其認定為挫折，並感受到挫敗，那就因人而異了。再者，是否會因遭受到的挫折感過於強烈，而將自己與「失敗的人」畫上等號，又是另一回事了。

「挫折對我來說就是失敗，但我認為失敗沒什麼了不起，我現在也愈來愈覺得『失敗為成功之母』這句話很有道理。」爸爸說。

「對，有朋友跟我說，失敗跟成功的差異只在於，失敗是跌倒了九十九次，而成功只是多爬起來了一次而已。聽起來覺得好安慰喔！但我還是不喜歡『失敗』這個詞，因為這好像定義了這個『人』的失敗，但其實就只是這件『事』受挫。」人實在太容易受限於「失敗」與「成功」的框架，形塑「我沒有價值」或「我很了不起」的個人信念。

爸爸說：「我完全同意你的講法，失敗是用來定義某個事物或某件工作的完成或不完成，而不是用來定義一個人的。我們不能定義一個人是失敗的，卻能定義他做的這件事沒有成功。」

爸爸說起家喻戶曉的愛迪生故事，為了測試鎢絲燈，愛迪生嘗試了六千多種不同的材料都沒有成功，大家都勸他趁早放棄，因為他已經失敗了五百次。愛迪生卻說，他是成功了六千次，因為他了解有六千種材料是不能用來做電燈的。

「這就像對半杯水的看法，有人覺得：『唉，我只剩半杯水了』，也有人覺得：『太好了！我還有半杯水』。針對事物，我覺得可以用成敗的概念，但要很小心，因為人很容易就會用成敗來定義自己。」我說。

放下執著，轉換觀點

「每個人對失敗的定義不同，感受也不一樣。同一件事，有些人可能覺得如刀割一樣痛徹心扉，有些人卻覺得不會怎麼樣。在生活的不同面向，一個人對挫折感的閾值（threshold）是不一樣的。」

有些學生會因為考試落榜很難過，來找爸爸聊聊，但不是每個成績不理想的學生都會來找他。「會來找我的，就是會有挫折感的學生，因為落榜是他關心的。對於這種學生，我通常會問這是他考了第幾次，他說第一次，我說那有什麼好難過的，我考四次公費留考才考上，才考一次就說是失敗還太早。」爸爸笑著說。

「他有好一點嗎？」我好奇。

「他會說『喔，老師也沒考上』，然後問我沒考上要怎麼辦。我回答『寫教科書啊』，他雖然說算了他不會寫書，但是心情已經豁然開朗了。」爸爸說。「第四次公費留考才考上，我現在講起來很瀟灑，可是每一次沒考上的當下我都很痛苦。我知道要出國留學只能靠公費，想留在台大醫學院當教授，就一定要有博士學位，所以壓力很大。但是現在回顧起來，就像你講的，多次落榜的挫折感是上天的美意。後來學生考試考不好來找我，我就會舉自己的例子，他們都可以得到某種程度的慰藉。」

我心有戚戚焉，真的。一直是高材生的人成為老師，的確很難理解學生再怎麼努力都考不好的挫敗感。「這也讓你比較能理解他們。另外，我也覺得挫敗感好像也跟他的努力和收穫有關。」在付出的時刻，往往就期待得到對等的回報，「但是我並不認為付出多少就會得到多少收穫，因為我看見的世界就不是這樣。很多人努力養生，結果還是得大腸癌；有的人亂吃亂喝，依然活蹦亂跳。另外，我並不那麼在乎物質生活和成就。」

爸爸同意：「對，這和價值觀有關。每個人的執著或目標不一樣，期待也就不一樣。比如說，我棒球打不好，絕對不會覺得這是失敗，因為我本來就不曾好好練過棒球。」

的確，條條大路通羅馬。或許這也與我的信仰有關——我相信並將自己交付給天主。當祂帶領我走向計畫之外的另一條道路時，那就是祂明白這條路讓我更能夠成為真正的自我。我相信祂一定有更好的安排，因為祂比我更懂得什麼是我當時需要的，也知道怎麼讓我發揮自己的潛能，以成為祂更合適的器皿和肢體。

我想起旅居比利時的那九年。為了婚後不再與先生分隔兩地，我放下原本在台灣熱愛且穩定的工作，遠赴比利時生活，但我當時並不知道自己會待在那裡那麼久。在那裡生活四、五年以後，我渴望回歸職場，繼續做關懷師的工作。那時內心有點煩躁不安，不理解天主讓我在比利時多年的家庭主婦生活意義為何？我不斷在祈禱中去分辨，詢問天主：「祢要我去哪裡？」但一直沒有答案。我只能學習聖母媽媽，在這時候默存心中、反覆思索，學習信賴天主的安排。現在回過頭看，才知道在比利時的那九年，每天望彌撒、祈禱、靈修，有如曠野中退省的日子，跟天主建立親密關係，對於未來我的服事和靈性關懷的工作，是有心靈在主內奠基與扎根的重要性。

處於逆境，還能轉化心境，談何容易？

爸爸說：「要相信挫折一定有它的意義，讓我們能深入檢討、反省自己的不足，並且策劃下一步。」困頓就像毛毛蟲的蛹，想羽化成蝶就得先蟄伏在蛹內。若提前破蛹，毛毛蟲就無法順利蛻變成蝶。試煉或考驗便是人蛻變的必經過程。

以旁觀者的角度看待生命經驗

「可是也有人會認為這不公平，為什麼別人就可以一路順遂？」我最喜歡可以跟爸爸這樣辯論與思辨的過程了。

「天主給每個人的道路不同，每個人在人生旅途中一定會有不同的境遇。我們不要太過關注別人的生命歷程，把焦點放在自己身上。試著用旁觀者的角度去觀看這個經驗，比較容易從困境中跳脫出來，好好思考面臨的困頓、不足或有缺憾的地方，然後好好去應對。不必羨慕或忌妒別人的坦途，而要珍惜自己的崎嶇道路淬煉出來的堅韌和毅力。」

我說：「沒有達成設定的目標時，一定會覺得這件事失敗了。總是要再往前走一段路，拉遠去看，或者往後回頭去看，才會發現它的意義。」

爸爸回應：「對，其實人生就是這樣。當你用放大鏡去看，每一件不如意事都會讓你覺得很嚴重；用望遠鏡去看的時候，就不太一樣了，因為你有更高的眼界，當你放眼遠望，根本就不會看到曾有多少石頭讓你跌倒。」

這讓我想到一個很有趣的說法：「人生就像一幅十字繡，我們只能看到背面，所以覺得密密麻麻、雜亂無章。可是如果從天主俯視的角度來看世界，就能看到十字繡的正面，其實祂正在織一幅很美麗的作品，只是我們以人的視角看得霧煞煞。我覺得這很有道理。那我就學習著，有時我不需要見識到生命的美，但我相信天主在，祂在創造、祂在刺繡，如果我跟著祂的腳步走，最終這個世界、這個生命就會是一幅很美的十字繡畫。」

「確實如此，聖依納爵（Ignatius de Loyola，天主教耶穌會會祖）有一句金句就是這樣說：『在萬事萬物當中去發現天主創造的美好，體察天主的臨在。』」爸爸說。

日本的禪宗大師鈴木大拙和胡適有一段故事。寺廟牆角一朵初綻的花，花瓣上點綴著一顆露珠。鈴木大拙看見這幅景象，感受著造物的美好，內心湧起一股平靜，體會到原來所有生命都有它的價值。即使朝露馬上就會消失，可是現在存在著的朝露是多麼晶瑩剔透，花朵在朝露的滋潤下又是多麼嬌美！但胡適從科學理性的角度出發，同樣看到花與露，他關心的是：為什麼花瓣上會凝聚露水？什麼物理、化學狀況下，露水才會晶瑩剔透？

用不同角度去看同一朵花，心裡的感受就會大不相同。有人偶然看見一朵花，內心深受觸動，而感到這朵花賜予了自己美好的一天。但無數人從這朵花旁匆匆走過，可能從不覺得自己的日子過得很美好，因為不曾用心體會。

「人生其實也是如此，生活中有好多美好的事物，只是我們忘了去欣賞。」爸爸說。

「沒錯，欣賞的眼光也很重要，這樣才能細細體會每天的生活，看見其中的美好。」我回應。

「這就是你眼中的挫折吧，很有趣。」老爸說。

塞翁失馬，焉知非福。生命中的境遇，是福是禍，其實我們在生命結束前都未知分曉。很感激爸爸教導我面對失敗的轉念，讓失敗成為踏腳石，好似柳暗花明又一村。也很感激生命中的挫折，讓我能更認識自己，與上天建立更深的信賴關係。

6 成為老師和科學家

爸爸大學就讀台大森林系、動物系，而後進入台大公衛所，就此投入流行病學領域，至今樂此不疲。

「做學術研究當然要追求不斷突破，不斷有創新的發現，不斷超越權威，成為權威的權威。」爸爸充滿自信與光彩。

「那你最大的收穫呢？」

「研究者的收穫不外乎有突破性的新發現、發表一流國際期刊的論文、應邀在重要國際學術會議發表主題演講。對了，身為科學家，還有一件事很重要，就是科學研究的成果可以對人類的福祉有貢獻。」

超越自己、與人合作，並謀求人類福祉

爸爸有眾多享譽國際的研究成果，其中「砷中毒」研究便是其一。透過一萬名以上研究對象的檢體蒐集與問卷調查，以及長期追蹤研究，發現飲用井水的砷濃度愈高，罹患多種癌症、心血管疾病和其他器官系統疾病的風險也愈高。這些研究成果深受國際矚目，還促使世界衛生組織和各國政府重新訂定飲用水的砷含量標準，保護了上億人的健康。

爸爸堅定地說：「醫學研究的目的，就是要讓全人類的健康能夠得到更好的保護。一個科學家會因為學術研究成果卓著，被選為國家或國際科學院的院士，以表彰他在學術上的先驅成就。」

「這確實是你在學術領域最大的『成就』，但這會是你最大的『學習』跟『收穫』嗎？」我刻意強調兩者的區別。

「啊，我知道你強調的重點了。我在學術研究上最大的學習心得跟收穫，第一個是，要認定自己一個人的能力是有限的。深入創新的科學研究，大多需要組成一個跨領域研究團隊，大家一起共同努力完成。像我從事流行病學研究四十多年，也是逐漸在進步。一開始做

政府健康資料的統計分析、問卷調查研究，後來和生化學家、病毒學家合作，進行生物標記的檢測研究，接著和分子生物學家合作分子流行病學研究，現在正在做基因體流行病學研究。」爸爸說。

「也跟美國的學者合作！」我知道爸爸的研究團隊不僅跨領域，還是跨國際的呢。

「對，我和美國、日本、南韓、香港的學者合作，探索的病因範圍會愈來愈多元、愈深入。這是我的第一個學習，絕對要謙虛，要有熱忱和別人合作研究，然後斜槓到很多不同的新領域。」

爸爸接著又說：「第二個，身為科學家很重要的就是誠實。」

「為什麼？」爸爸從科學研究學習到的是「誠實」，這讓我很驚訝，這不是研究者很基本的要求嗎？

「『可重複驗證性』是判斷科學研究結果正確與否的主要依據。任何科學發現都要經過再三驗證，因此科學家必須詳細描述自己的研究方法與研究結果，並且深入討論研究的限制和缺失。既不可隱匿關鍵步驟，也不可故意掩飾藏拙，一切都要讓別的研究同儕可以重複驗證自己研究結果的正確性，所以誠實可靠、公開透明是研究者的必要素養。剛發現慢性砷中毒會增加糖尿病和高血壓的風險時，我們並沒有在一流期刊發表成果，因為審查委員對我們的研究有疑慮。隔了兩、三年，其他國家的研究團隊陸陸續續發表相似的結果，一再引用我們最早的研究發現，直到這時才證實我們的新發現是對的。」

爸爸又以B型肝炎的研究為例：「以前很多人都說，所有B型肝炎帶原者都會發生肝癌。我對指導教授畢思理（Palmer R. Beasley）說：『我才不相信。』畢思理本人也有這種想法，所以他就說：『那你要去否證啊！』我只好去做了一個兩萬多人的長期追蹤研究。」

我大笑：「早知道就不要講，講了之後你還要自己去證明。」

「但是鍥而不捨的鑽研，往往會有突破性的新發現。後來我們發現，B型肝炎帶原者當中，終其一生只有二五％的人會罹患肝癌。我們更進一步發現，B型肝炎e抗原陽性者有很高的罹癌風險，而且血清中的B型肝炎病毒量愈高，罹癌風險也愈高，帶來B型肝炎誘發肝癌研究很重要的典範轉移，藥廠也陸續研發出降低病毒量的小分子藥物，台灣及全球普遍使用抗病毒藥物後，肝癌的發生率果然大幅降低。」

「科學家懷疑的精神還是很重要。」我點點頭。

「滿足自己的好奇心，永遠挑戰自己的發現，這是我學到的。現在的學說，很可能明天就會被推翻，要不斷挑戰自己的發現是否還有值得更深入探討的未知奧祕。像愛因斯坦的相對論這麼偉大的學說，仍然被部分修正，所以要不斷挑戰自己、超越自己。這樣的研究才能對人類有貢獻。」爸爸總結。

科學與信仰的意外連結

「我們開始驗證一個科學假說的時候，不會馬上下結論，而是去探索各種可能性。然後在研究的過程當中慢慢去分辨，去發掘自己的研究很可能有限制。」

談起科學，我們都熟知「大膽假設，小心求證」這個原則。即便已經具有相當學術地位的爸爸，談起科學，依然那麼謹慎與謙卑。

他繼續說：「對事是這樣，對人也是一樣。當我們論斷人的時候，可能受到自身背景的影響而有偏見，所以不應該馬上批判、評論一個人。更何況胡適還說過：『做學問要在不疑處有疑，待人要在有疑處不疑』。」

延續爸爸的話，我分享自己在宗教和靈性上的體悟：「我覺得每個受造物都有獨一無二的美麗，有待我們去發現。跟人接觸的時候我發現，每一個故事、每一個生命，都有特別美好的地方。當你跟天主愈親近，愈有欣賞的眼光，能看見這些人的美善。所以不要太快去評價別人，這個人就是愛說謊、那個人就是愛打小報告，這樣很像瞎子摸象，阻礙我們認識這個人其他面向的可能。」但我從沒想過，這樣的領悟竟然可以透過科學研究學習到。

「我很同意你的看法，《聖經》的〈創世紀〉記載著：『天主看了祂所造的一切，認為樣樣都很好。』我想到一個字，就是猶太人見面常常講的、也是耶穌常對門徒講的『shalom』，也就是『平安』。一般來說，這個字的字源象徵圓滿和完美，一個一無所缺的狀態、一個出自內在的安靜、平和及滿足的境界，能夠看到萬事萬物的特色。觀看的人對這些特色並沒有明顯的喜好或厭惡，而是以平常心去看，所以面臨改變時也能保持寧靜，去觀看生命的各個層面，就像科學家一樣。」

爸爸的話讓我想到《聖詠》中所說：「請你們體驗並觀看，上主是何等的美善！」上主就存在於萬事萬物之中，而我期待自己能在萬事萬物中發現天主，看到那獨一無二的美好。

爸爸說：「這種平安，我覺得是真正喜樂的來源。」

「知足常樂的概念嗎？」我問。

「不是，是不具有太多的個人判斷，不要太快去判斷這個好、那個壞，這是對的、那是錯的，而是有更多的包容，去接納更多的多樣性。」

「我沒這樣想過。」我細細品味爸爸的話。

「因為有廣闊的胸襟，可以看到不同的多樣性。當你接納多樣性的時候，就比較容易接納各式各樣的人。」爸爸舉例，也許這個人很聰明，但同時驕傲；也許這個人不擅長關心別人，但他很認真完成對家庭、社會或國家有所貢獻的工作；也許這個人生性內向，不太跟人來往，可是當別人有需要的時候，他都樂於伸出援手。「對事也好，對人也好，有更多的尊重、包容跟接納，內在就會更加平安，像禪宗講的，很悠然的人生超脫。比較豁達，不那麼拘泥於世俗或物質的生活。」

爸爸提到禪宗，讓我想到天主教聖依納爵的「平心」，也有異曲同工之妙。我引用神操當中的話：「不重視健康甚於疾病，不重視財富甚於貧窮。」

爸爸拍手稱讚：「對！也就是說，我可以接納健康，也可以接納疾病；可以接納財富，也可以貧窮。用『平心』來看待我生命中經歷的一切，不刻意追求或迴避。譬如，人如果過度追求自己的健康，發現自己稍微不健康時，情緒就會不好。很多事情應該用這樣寬廣的胸襟去看待。」

我分享：「我現在練的五禽戲，是藏傳佛教傳下來的。五禽戲也要我們練習『鬆』，整個人很放鬆地跟著環境動作。如果別人從這邊推你，你就從他推你的方向倒過去，所以無論如何他都推不倒你，因為你就順著他而流動。既不去抵抗，也不逃走，順著那個風去流動，人家根本傷不到你。」

「這跟太極的想法類似。」爸爸附和，並且延伸：「所謂的圓滿，不是每一件事情都盡如己意，而是讓萬事萬物在它自然的規律下存在，當我們進入萬事萬物之中時，會帶著欣賞的眼光，和它融為一體。」

爸爸在中央研究院基因體研究中心的研究團隊。這是一群醉心於「樂學至上、研究第一」的好夥伴，每星期一的 **lab meeting**，都相聚共度分享研究心得的美好時光。

爸爸擔任中研院副院長期間，率領基因體研究中心進行肝炎病毒追蹤研究，建立簡易精確的末期肝病預測公式，成為全球病毒肝炎診斷治療的參考準則，並因此獲頒「行政院 **2013** 年傑出科技貢獻獎」。

7 從政生涯的學習與公眾服務

「我這輩子從沒想過要進政治圈。」爸爸說得很肯定。其實我也知道，很早以前外公想要爸爸克紹箕裘從政，爸爸斬釘截鐵地拒絕了，他說學術研究是他最愛的畢生志業。

二〇〇三年，SARS疫情在台灣爆發流行，當時的總統陳水扁、行政院長游錫堃力邀老爸出任衛生署署長。

「那時我心裡的想法是，我做學術研究，享譽國際、造福人類，生活寫意，工作很有成就感，為什麼要去跳這個火坑？」這是爸爸的第一反應。

「你是流行病學家，你不覺得現在的台灣需要你嗎？」阿扁總統的一句話，喚起了爸爸的使命感。

天主的召叫

在心思搖擺不定、難以抉擇時，爸爸翻開《聖經》開始祈禱。彷彿是天意，映入眼簾的是馬爾谷福音第10章，兩位門徒為了爭坐耶穌左右的位子而引起其他門徒的不滿時，耶穌藉機勸導門徒：「誰若願意在你們中間為首，就當作眾人的奴僕，因為人子，不是來受服事，而是來服事人。」（谷10：44-45）

他又翻到《聖經》的另一處，若望福音第13章，耶穌在最後晚餐廳幫門徒洗腳，祂說：「若我為主子，為師傅的，給你們洗腳，你們也該彼此洗腳；我給你們立了榜樣，叫你們也照我給你們所做的去做。」（若13：14-15）

「那時我深受震撼，我第一次深深感受到，做學者固然很好，但當你彎下腰來為別人洗腳的時候，你的學問才是真的有用。」

爸爸娓娓道來：「那時的抉擇就在於，我要只考慮個人成就，還是要去關心學術象牙塔之外更多的事？比如SARS疫情的控制、社會的安危、人民的需要？我還記得那時有記者打電話給媽咪，她引用耶穌被捕前的最後一夜，在山園祈禱的話。」

我接話：「耶穌說：『父啊！你如果願意，請給我免去這杯吧！但不要隨我的意願，惟照你的意願成就吧！』（路22：42）」

「再魯鈍的我，也曉得了天主的召叫（calling）是什麼？就是『應當愛近人，如你自己』（瑪22：39）吧！」老爸說。

的確，我也察覺到爸爸人生與信仰的轉變。「之前你比較重視自我實現，可是開始投入公共服務以後，你把『人生要往哪裡走』這件事交給天主，開始分辨這是不是天主要帶領你的道路，願意開放給一些未知和可能。雖然這是一個艱難的抉擇，但因為你賦予它意義，知道這可以幫助很多人免於SARS的感染，擔任衛生署長這件事情就變得有意義。你又得到天主的啟示和召叫，也就沒什麼好猶豫的了。」

SARS期間出任衛生署長，是爸爸初次擔任內閣閣員。但更為人所知的，是二〇一五年與蔡英文搭檔參選正、副總統。

「蔡總統邀我出來做她的競選搭檔，我一直覺得需要祈禱分辨。我去請教了李遠哲院長、洪山川總主教，也問了媽咪、你和妹妹。」

「剛開始你應該覺得家人鐵定不會支持，就有好的理由可以拒絕。哈！」我輕聲笑道。

「政治圈是一個風暴比較多，朝野互相攻防的地方，沒想到媽咪和你竟然贊成，我非常驚訝！但是有來自天主的召叫，祂的召叫對我而言，總是『背著自己的十字架來跟隨我！』（瑪16：24），都不是『軛是柔和的……擔子是輕鬆的』（瑪11：30）。」

「也不會永遠都不舒適，最近你有舒適一點啊，哈哈。」談話的此刻，爸爸已卸下任重道遠的公職身分，回歸熱愛的學術工作。

爸爸將對話導回正題：「耶穌告訴所有人，他傳的福音很簡單，就是要去愛窮人，去照顧瞎子、瘸子、聾子、啞巴、痲瘋病人，跟妓女、稅吏、罪犯為友，因為他們都是社會的邊緣人。『凡你們對我這些最小兄弟中的一個所做的，就是對我做的。』（瑪25：40）在擔任公僕期間實踐基督精神，讓我的工作特別有意義。」

我說出自己的看法：「這也像德蕾莎修女所說的，在別人的需要上看到自己的責任。你在擔任公職時也是這樣，因為你有專業能力，就捨我其誰地去做了。」除了個人意願外，信仰也是爸爸背後重要的推手：「剛開始祈禱時，我們都會祈求自己想要的東西，就好像我們是主人，天主就像神燈精靈一樣要實現我們的願望。但經歷ＳＡＲＳ之後，變成天主是主人，你是跟隨祂帶領、讓祂使用的工具。這讓我看到你跟天主更深刻的關係。」

「是，因為天主要我做的公共服務都不是很容易，尤其台灣的政治又對立得很厲害。所以每次要投入公共服務領域時，我總是需要很多的分辨，更需要天主的引領、陪伴和扶持。」

結實的稻穗總是低垂

「你講到耶穌為門徒洗腳的圖像，讓我聯想到很像阿公說的：『結實的稻穗必是低垂的』。」這兩件事提醒爸爸的是同一個道理，阿公真是有智慧的長者。

在美國取得博士學位回台後，爸爸年僅三十五就升上台大醫學院的教授，打破過去四十歲以上才能升教授的通例。接獲消息，爸爸歡欣鼓舞地打電話向阿公報喜。阿公卻只是平淡回應：「喔、好、這樣喔。」就掛了電話。

爸爸頓感失望：「我那麼開心，認為自己是台大醫學院最年輕升上教授的人，阿公竟然

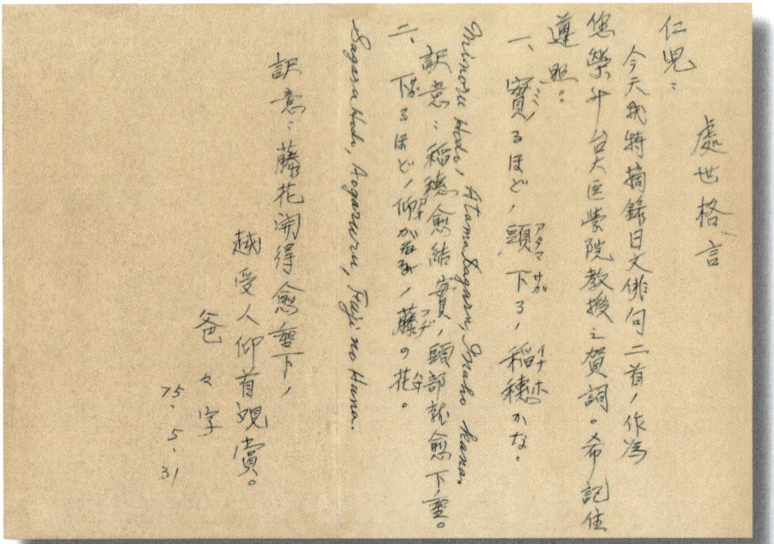

處世格言

仁兒：

今天我特摘錄日文俳句二首，作為您榮升台大醫學院教授之賀詞。希記住遵照：

一、實るほど，頭（アタマ）下る，稻穗（イナホ）かな。

Minoru hodo, Atama Sagaru, Inaho kana.

訳意：稻穗愈結實，頭部就愈下垂。

二、下るほど，仰がるる，藤（フジ）の花。

Sagaru hodo, Aogareru, Fuji no Hana.

訳意：藤花開得愈垂下，越受人仰首觀賞。

爸々字

75. 5. 31

爸爸 **35** 歲升上台大醫學院教授，阿公親筆寫下日本俳句勉勵。

一點興奮感都沒有。我後來想，他那時可能覺得這孩子太自以為是。他也不罵人，就寫了日本俳句給我，又怕我不會唸，還用拼音寫給我看。俳句寫得很明白：『稻穗愈結實，頭部就愈下垂（實るほど，頭下る，稻穗かな），藤花開得愈垂下，愈受人仰首觀賞（下るほど，仰がるる，藤の花）。』還用限時快遞寄到家裡。現在這俳句真跡都還掛在我的辦公室裡。」

「你剛收到信的時候有什麼想法？」

我好奇的詢問。

「我知道阿公在提醒我不要太驕

傲，應該要更謙遜一點。我五月三十一日打電話給阿公，大約在這之後不久，阿公碰到台大教務長魏火曜教授，談起我升教授這件事，曾經當過醫學院院長的魏教授說：『真的很不簡單』，阿公才覺得兒子是可以為此高興一下。」

「阿公也覺得身為父親是可以為你感到高興的吧。」

「阿公第一次寫的是日文俳句，在我六月六日生日那天，他寫了日本和歌給我，最後一句最有趣：『不惑之年，中研院之路不遠矣。』期許我能在四十多歲當上中研院院士。還好，我四十七歲當選院士，沒有辜負他的期望。阿公叮嚀我不能夠太驕傲，後來我做研究或擔任公僕的期間，都謹記在心。」

爸爸興致盎然，繼續說：「更有趣的是，在我擔任副總統時，因為李元簇前副總統過世，我去請示李登輝前總統是否出席追悼會和致詞。本來只要打擾他十分鐘，沒想到他突然告訴我：『你爸爸是我在台北高等學校的學長。』台北高等學校的校歌我會哼幾句，我們唱了一段之後，又聊了兩小時。告辭前，李前總統還邀請我在他指定的地方合影。」

「在哪個地方？」

「一座彰化基督教醫院致贈給李總統的雕塑前，是耶穌為門徒洗腳的雕塑，也是他最喜歡的雕塑品之一。他說：『我過去做總統時，也相信你現在做副總統時，都要學習主耶穌基督為人洗腳的謙卑態度。』」

「好有意義喔！」我低聲讚歎。

「我很感動。那場談話讓我獲益良多，也一直把『如何為台灣人洗腳』放在心上。對我而言，SARS疫情是很重要的轉捩點，在象牙塔裡過得安安穩穩的學者，投身進入公共服務的場域，擔任全民的公僕，而且是公僕中的公僕。對我來說，從事公共服務並不是要當大官、攬大權，而是要和行政團隊一起為公眾服務，就像教宗講的，『真正的權力就是服務』。」

學術與政治的交會

「在公眾服務的路上，你有什麼收穫和學習嗎？」我問。

「政治是要處理公眾的事情。」爸爸以學術研究做比較，「像砷中毒的研究，我只要帶領研究團隊做得很好就可以了。如果要訂定一個國家的飲用水砷含量的標準，除了環境衛生的領域，還要涉及到環保、社會、經濟、工程、法律和政治等各層面，相對困難許多。」

美國當時就因此引發熱議。自來水公司表示，降低飲用水的砷濃度會大量提高生產成本，再反映到售價上，可能會衝擊消費市場和物價。「即便是有科學根據的環境健康措施，也可能影響社會、政治、經濟的層面，需要全方位的考量。當你要將研究結果轉換成社會民生的行政措施時，就已經不再只屬於自然或生命科學的領域，更要進入到人文社會科學的領域。」

爸爸再以COVID-19的疫情防治為例。以流行病學的角度來說，最簡單的方法就是全民隔離，當時也確實有很多國家選擇封城，結果造成社會活動大停頓、經濟大衰退。依學理而言，封城是避免感染的最佳方案，那台灣為何不封城？

「在『封城阻斷病毒散播』的決策上，台灣根據二〇〇三年SARS防疫的經驗，選擇了更精細的做法：精準疫調與接觸者隔離。透過精準疫調，將感染者的所有密切接觸者都找出來，要求密切接觸者接受篩檢並居家隔離十四天，全民仍然照常上班上課、社會運作如常。二〇二〇年，台灣的防疫嚴格度是全球最低，零確診日數全球最多、新冠肺炎發生率和死亡率也是全球最低，經濟成長卻獨占鰲頭。防疫固然重要，也不能犧牲日常生活與經濟成長。」

爸爸說：「防疫期間，我們最關心的是流鶯、街友和低收入戶這些最容易受感染卻被忽略的族群。萬華的老人茶室員工有將近一半是失聯移工，後來公布赦免令，他們才願意出來做篩檢。」

「的確就像你說的，擔任公僕之後，看待事件的範圍就會變得更寬廣，能從比較寬的視角綜觀整個大局。」我說。

爸爸曾在國際著名學術期刊《*Nature*》的一篇邀請文章中，分享他往返於學術與公僕的心路歷程。「科學家的訓練，讓我能夠以實證做為施政的基礎，提高了效益與效率。公共服務的歷練，拓寬我後來研究探索的跨域層面。比如經歷SARS的防疫工作之後，我在病因探索的眼界更加開闊，跨域合作的範圍更廣泛。科學證據是施政的重要基礎，而學術研究往往需要很長時間才能獲得成果；但是很多施政計畫，都必須馬上決策、立即執行。例如疫情流行或天災人禍的危機處理，都必須及時而有效率地加以控管。」

領導者的智慧

無論政策籌劃或付諸實行，都需要團隊合作。爸爸在政府單位中擔任領導者時，既像引導風箏飛翔的線，又像黑暗中指引船隻航行的燈塔。要如何成為一位有智慧的領導者呢？

爸爸說：「有一句英語叫做 Look before you leap，三思而後行。譬如在行政院開會，不同部會首長對各自管轄的業務有所堅持，而意見不同的時候，就要讓每個人都能充分地表達意見，並且全面考慮到各自的立場，這是我的堅持，所以他們都會有小埋怨。」

「抱怨和你開會時間比較長，因為你要聽每個人講。」我開玩笑地說，但也能理解爸爸堅持背後的用心。

「在我的研究室裡，我也會去了解團隊成員的特性，盡可能讓他們尊重彼此的特色。」

「而且你知道每個人的專長在哪。」我說。

爸爸說：「好的主管就是要了解每位同仁的特性、看到他們的長處以及可能的限制，設法讓他們各得其所、發揮所長。同仁之間也不該偏頗，大家都同樣受到關照。」爸爸談到，在與部屬和學生互動時，他會先思考對方可能面臨的問題，並指點迷津。他總是在眾人面前誇讚他們的優點，個人的不足則在私下提醒，讓需要調整修正的人感受良好。

「有一群人願意和我一起為社會大眾服務時，這些好夥伴是我能全力以赴的支持力量。」爸爸總是不斷表達對團隊的感謝，知道一切成就——不論是研究或公眾服務——都是團隊合作的成果，並非專屬他個人。處於高位，仍能設身處地體貼同僚，認識大家各自的特長，尊重、包容，並給予空間發揮，我想，這就是爸爸總能受到學生和下屬尊敬與愛戴的原因，大家也因此願意竭盡心力，與爸爸一同完成當下的任務和使命。

機警如蛇，純樸如鴿

在爸爸的公僕生涯中，疫情控制是不可被輕易翻過的一頁，經常受邀在國際分享台灣的防疫經驗。談起這漂亮的一仗，爸爸的語氣為台灣感到無比光榮，但也無比謙遜。正如他在副總統卸任致詞所述，防疫成功是台灣人民送給他最好的卸任禮物：「在這個經驗當中，我學到的就是『公共信任』。」

防疫工作需要全體人民共同行動，政府勢必要取得公共信任。讓一切疫情公開透明，透過中央流行疫情指揮中心的會議直播，削弱假消息的影響。出於深厚的信任，民眾願意聽從政府規範，認真做好疫調、居家隔離，就不必封城，也不需要普篩。

「所以任何施政最重要的就是取得公共信任，社會有向心力，人民就能團結，願意配合政府。」爸爸說。

「但反對黨既有的立場很鮮明，就是不信任執政黨，刻意要對抗阻撓，那怎麼辦？」我認為這是政治工作很大的挑戰。

「那就坦然地接受。一個活潑的自由民主法治社會一定有反對黨，也一定有人批評，政治人物要接受這個事實。」爸爸沉穩的語氣，聽不出一絲波瀾。他接著說：「不要壓制言論，也不要禁止新聞自由，而是讓言論更自由，讓政府更公開透明，讓聰明的民眾檢驗。疫情期間，我們面臨許多質疑和抹黑，可是因為防疫確實很有成效，所以人民也願意信任政府。」

聽爸爸這麼說，我很心疼，因為我知道他當時身負的重擔有多沉重：「壓力一定很大吧？吃力不討好。」

「這也是政治不同於學術的地方。學術相對單純，而政治要考慮的層面卻很廣泛。政治複雜而且一定有對立，所以不是我喜歡從事的工作。耶穌教導我們要『機警如蛇、純樸如鴿』（瑪10：16），這是我擔任公僕的最佳指導。」爸爸坦言。

信仰的力量

「民主國家一定會有不同的聲音，這是民主的常態。你曉得我不喜歡跟人家起衝突，但是國家仍有許多制度或計畫必須去改革、推動，譬如年金改革、婚姻平權、移工保障、弱勢照顧，原本就難免有社會衝突，加上反對黨的杯葛掣肘，這時我的內心是很不平安的，我每次都會祈禱。」

「為何會感到不平安？」

「比如說，有時跟反對黨立委的對話，我會批評得比較嚴厲。」

「可是你說的是事實。即使實事求是、就事論事，還是會不平安嗎？」

「不平安的原因是可能讓對方難堪、覺得沒面子。」爸爸低聲說。「我曾對新進立委說：『這你也不懂？你不懂立法委員該怎麼做嗎？』有些資深立委勸我不要這麼兇、這麼嚴厲。」

「可是別人講你講得更兇！」為爸爸抱不平的同時，他略為落寞的神情讓我頓時理解：「喔，但是讓對方難堪會讓你覺得不平安。」

「對，我隔天早上到教堂參加平日彌撒，就會祈求天父赦免我的罪過。」爸爸語氣堅定：「這也是天主給我的考驗和鍛鍊。讓我思考，如何在這麼艱難的環境中把想做的事做好。這不是一條簡單的道路；天主引領我一條為台灣人民服務奉獻的道路。天主從未給我一條易路，但在這條路上祂一直與我同在，也會不斷提醒，我的責任就是要讓台灣百姓生活過得更好。面臨這麼多挑戰，讓我更能體會背起自己的十字架跟隨耶穌的意義。」

聽了爸爸的分享，內心深受觸動，感歎他對天父的信賴，以及願意跟隨耶穌的堅忍果敢。

「祈禱完你就感到平安了嗎？」我好奇的問。

「當然。宗教信仰是我很大的支柱，讓我在不平安時能夠平靜下來；讓我在朝野對立的情況下還能不卑不亢，說服反對黨支持福國利民的法案或預算案。」

「媽咪常常為你祈禱、念《玫瑰經》、明供聖體，讓你的工作更加順利、更有神助，你可以談談這個嗎？」我接著問。

「感謝天主，從衛生署署長、國科會主委到副總統，媽咪總是全力支持我的公僕工作，她也常常因此而受苦。二〇〇三年我剛接任衛生署長，從早到晚忙著防疫工作，我們家也從新店搬回大安區，搬家工作都是媽咪和你一起完成。後來搬到職務宿舍，媽咪想要修繕廚房凹凸不平的地板，我認為不宜花費公帑，媽咪忍受了一年半。負責家庭理財的她，不只親自處理財產申報信託，也放棄許多股票的投資。幸好有媽咪這位賢內助，我才能夠全心全力投入防疫工作，毫無後顧之憂。

我擔任副總統時，媽咪和我每天一大早到天主堂參加平日彌撒，為國泰民安、風調雨順、社會安定、經濟繁榮、兩岸和平而祈禱。由於我擔任年金改革委員會的召集人，當時很多人寫簡訊或打電話給媽咪反應不同意見。媽咪要我多多聆聽不同的聲音，有時兩人會有不同的意見，從來沒有吵過架的我們，發生滿多的爭辯。後來與宗教團體溝通婚姻平權，不少教友透過媽咪表達反對意見，我和媽咪也為此而有衝突，兩人都很不好受，也很難過。

媽咪的生活自然也因為我的公職有了許多限制。為了照顧我，她不出國、不參加旅遊，也不逛百貨公司。她從來沒有官夫人的架子，反而謙遜自下，親切對待周遭的每一個人，尤其對於職務較低的同仁，經常給予關懷。感謝這幾年來天主給予媽咪和我許多的恩寵，讓我能夠全心全意投入工作，而且視富貴如浮雲。我和媽咪可說是同舟共濟、攜手共度難關。很高興去年（二〇二四年）五月二十日，我回到中央研究院從事最愛的研究工作。在這段公僕歲月中，她也和我一起背負十字架，亦步亦趨跟隨著主耶穌，讓我在公僕服務上為主所用。」媽媽一直是爸爸的最佳後盾與賢內助，最死忠的粉絲與支持者，這也是爸爸能為國為民全心投入的重要因素。

保持樂觀與盼望

「這很不容易！你做事不帶私心，全為了公眾利益，但還是有人用有色眼光檢視，在雞蛋裡挑骨頭，或刻意把小事放大，當然做得很吃力。」雖然爸爸不曾表露，但我能理解背後的委屈。

「體認到這是自由民主社會必然會發生的事時，我對天主的埋怨就會少一點。」

「要是我就敬而遠之，遠離政治圈。」我深知自己的鴕鳥心態，爸爸卻願意為了眾人利益而跳入「火坑」，這是我深感佩服與尊敬的。

「像SARS蔓延的這種關鍵時刻，我還是要認真分辨：這是否真的是天主的召叫？因為國家社會正陷入嚴峻的困境。」

「對，如果真的有能力服務公眾，在那個風口浪尖，若有天主召叫，我還是會硬著頭皮、責無旁貸的承當。」我設想爸爸當時的處境。

「沒錯，是不能拒絕，但還是不喜歡。」爸爸為了大眾利益犧牲自我的喜好，像極了基督的模樣。

「在政治圈經歷這麼多勾心鬥角或利益糾葛，要怎樣維持自己的信念，一直抱持樂觀和盼望？」這是我最佩服與深感好奇的一點。

「這問題倒是比較單純。首先，我從沒想要永遠待在政治圈。」

「那你怎麼有辦法不被沾染到？」

爸爸心平氣和地說：「我還沒有講完。政治圈相當複雜，有時會有理說不清。但我想，我可以先忍耐一段時間，把該做的事情做好就離開，就會全力衝刺、堅持到底。」

「好像當兵數饅頭一樣，哈哈。」這個說法真有趣。

爸爸接著說：「對，我是有這樣的期待。像二〇〇三年SARS疫情爆發時，我跟游院長說，疫情控制好我就要請辭，他答應了。結果六月中旬SARS就完全控制，我很開心，想要回台大繼續教學研究。游院長卻說我的工作還沒做完，因為衛生署、疾管局、防疫醫師制度、傳染病醫療體系……統統需要改造革新，所以我一直待到二〇〇五年一月才離開衛生署。二〇二四年一月，賴清德總統勝選後，我向蔡英文總統提出內閣總辭，想回中研院復職，她卻要我做到五月二十日她任期屆滿為止。老實說，我不喜歡政治圈，因為我從來沒有把自己當做政治人物，學術研究還是我的最愛。所以就比較……」

「超然一點，不跟人家爭權位，」我接著說，「但我覺得老爸這樣的人，才最適合做政治家，因為你沒有什麼執著、沒有私心，才能夠……」

話還沒說完，爸爸就緊張的打斷我：「別、別、別再害我！」

「我不是要你繼續做啦，」我急忙解釋，「我是說你能成為政治家，就是因為你不是為了求取自己的功名。你的初衷很單純，就是在能力範圍內盡你公僕的職責而已。如果你有所求，就會變成政客。就像你說的，從事政治工作是為了答覆天主的召叫。」

「嗯，我自己從來不求任何政治職位。」爸爸想了想，同意我的說法。

「就是這樣才能把事做好，要是自己有所求，就很容易走偏，因為目的就不純粹了。」

正直、善良又溫暖的爸爸，在政壇中難免看到許多人性的真實樣貌。「那你對人性的看法呢？你本來覺得人性本善，可是在見證那麼多黑暗後，難道不會覺得人心有時還真是險惡嗎？」

「我認為這個世界有魔鬼、有誘惑，人性也是有軟弱、有缺失、有不足。」爸爸沉默了幾秒，說：「有些人比較世俗，容易受到環境的影響，時間久了，就可能改變。我也曉得有些人一旦坐上轎子，就很難明智地做決策，很多時候是抬轎的人希望他去做些什麼……」

「可是你還是相信人性是善的。」爸爸生性樂觀，相信人的美善和潛力。

「政治人物也不都是像我們談到的那麼勾心鬥角、追名逐利，還是可以看得到黑暗中有光明，」爸爸溫和地說，「而且我們也可以變成光明的來源。如果選民眼睛是雪亮的、頭腦是清晰的，政治人物也會順應民意變得更理性。我也相信隱藏在每個人內心的天主性，可以引導、改變人性走向善良、友愛與互助。所以我深信只要我認真做，就會感動我的部會首長，讓他們知道行政團隊要達成的溫暖堅韌是什麼，這就是我從政時的理念。」

在如此動盪詭譎、風雲變幻的政治職場上，爸爸持守著堅定的信仰，一步一腳印地帶領行政團隊無愧向前，媽咪也一路相挺，我著實敬佩。就像爸爸對自己的期許：「我要成為世上的光，地上的鹽，像一枝小蠟燭燃燒自己，照亮台灣。」

輯三——信仰

金錢觀與人際關係

價格與價值如何區分？
無神論者如何成爲天主教徒，
相信神的存在？

8 要有多少錢才夠？

「爸爸，有人說：『金錢絕非萬能，但沒有錢萬萬不能。』我們花點時間來聊一下money吧！」爸爸和我都不太管錢，家裡的財務大權都在媽咪和我先生身上。我好奇對爸爸而言，他是怎麼看待金錢的。

爸爸侃侃而談：「生活中的食、衣、住、行、育、樂都需要錢，錢到底有多重要？取決於個人在食、衣、住、行、育、樂上的需求程度。同樣吃一頓飯，上館子吃大餐很愉快，淺嘗即止也很好，尤其像我肚子愈來愈大的人。」爸爸拍拍自己肚子，莞爾一笑。「就我個人而言，首先要能養活自己和家人，維持基本生活需求，然後再去考慮其他的需要。因為每個人的需要天差地別，這就回到一開始的問題：要有多少錢才夠？」

從「價值」與「價格」的角度思考金錢

爸爸習慣從「價值」與「價格」的角度來思考，爸爸說：「以皮包為例，皮包的功能是放置物品，它的功能也就彰顯了它的價值。LV的皮包和普通的皮包都可以放東西，對於不在乎品牌的人而言，這兩個皮包價值相同，價格卻相當懸殊。」

爸爸接著說：「我比較重視事物的價值，所以我不一定要賺很多錢，去買高價格的等值品。感謝天主讓我一直有穩定的工作，滿足我和家人的基本生活需求。」

我補充：「媽咪跟你的價值觀也是一致的。」從小媽咪就教導我們要惜福，她自己小時候苦過，對於金錢的使用甚至比爸爸更節儉，但對於需要的人的愛心捐款卻從不吝嗇。爸媽都是很惜物的人，爸爸的皮帶、皮包都用到破了才換。媽咪要爸爸多買幾雙皮鞋、幾件內衣替換，爸爸總說夠用、夠用。

「對我而言，金錢並不是很重要，」爸爸話鋒一轉，「但擔任行政院院長、衛生署署長、國科會主委時，錢就很重要了。我一定極力爭取最高預算，然後好好使用它。」

「這也是價值。」我說。

「這時錢的意義就不再只是利己，而是公眾利益。我會去思考怎麼讓政府的投資或施政，滿足更多的公共利益。政府預算一定要以最有效率的方式，去照顧最多的人，這是我擔任政務官的金錢觀。所以政府一定要有錢，而且在預算足夠的前提之下，充分照顧需要照顧的人民和產業。」

爸爸從個人和公僕兩種身分，表明他對金錢的觀點。我以個人和許多病友、家屬相處的經驗認為：「太富有或太窮困，都很容易讓人陷入危機和誘惑。窮困容易讓人感到自卑、局限或不安。富有則容易讓人變得貪婪，在不斷膨脹的欲望之下，很多人就變了。我們聽過太多這樣的故事：有錢人離世以後，後輩為了爭家產，兄弟鬩牆、家庭破裂。所以，我有點懼怕金錢，抱著較為敬而遠之的態度。」

托爾斯泰晚年的短篇小說《兩兄弟與一堆金幣》讓我印象深刻。兩兄弟無意間發現一堆金幣，弟弟見狀立刻拔腿就跑；哥哥則善用這筆錢，蓋了孤兒院、建了醫院，完成諸多善行。哥哥心想：「我把這些錢用在有需要的人身上，不是很好嗎？弟弟何需如此大驚小怪？」哥哥行善的美名不脛而走，隨之而來的是眾人的稱頌，甚至有人贈他牛羊與棲身之地。他擁有的東西日漸增多，最終落腳於此，也就被困在那裡了。某天，闊別多年的兩兄弟再度相遇，哥哥驀然察覺，原來自己過去行善的動機，部分是為了自我價值和成就感，並非全然無私，當年對金幣避之唯恐不及的弟弟才掌握了大智慧。

「難怪你們家是宣名在管錢。」爸爸聽完我說的故事後笑著說。

「對，基本上我不管錢、不理財、不投資，都是宣名處理。我覺得金錢就是一種工具，幫助我們有安定的生活。就像爸爸剛才說的，能照顧家人、幫助有需要的人或者自我實現，但也僅止於此。當人擁有更多財富，就容易貪婪，或害怕失去，金錢就不再只是工具，反而變成追求的目標。有人每天都過著這樣的生活：從早到晚盯著股票指數紅紅綠綠，心情跟著起起伏伏。如果金錢只是工具，為什麼要讓它這樣操控我們的生活和內心？」

「這就是耶穌所講的：『凱撒的，就應歸還凱撒；天主的，就應歸還天主。』（瑪22：21）『沒有人能事奉兩個主人……你們不能事奉天主而又事奉錢財。』（瑪6：24）」爸爸說。

我深表贊同，接著說：「如果我們是為天主作工，那上主自會照料。祂可能不會讓我們家財萬貫，但至少讓我們生活無虞。既然上主自會照料，那我就好好追隨天主、分辨並且答覆我的使命就好了。」

「還要思考：自己是支配金錢的人，還是被金錢支配的人？這就是你剛才講的，當一個人愈來愈有錢、渴望愈來愈多的時候，很可能就變成金錢的奴隸。」爸爸暖心的給了女兒身為父親的叮嚀。

我說：「而且就失去了自由。本來靈魂是自由的，只需要滿足基本生活所需，一旦擁有愈來愈多東西，就會捨不得割捨自己所擁有的，反而被它們控制、束縛，這很恐怖。」

職業與志業

「常常有學生跟我討論他的生涯規劃，談到這個話題時，就會去比較不同研究機構的博士後研究員的薪資待遇。我會問他們：『身為博士後研究員的目的是什麼？』學生都回答得很好：『加強學術研究能力。』我會接著問：『這跟一個博士後可以領到多少錢，有什麼關係？你要選一個好的老師、好的機構，有許多人能激發你的靈感，讓你做出很好的研究；還是要領一份很高的薪水，只能做 me-too study，沒有創新和突破？』」

爸爸停頓了一下，繼續說：「同樣是博士後這個位置，它的價格跟價值不一樣。價格是薪水，價值是除了薪水之外其他附加的部分，比如研究單位的氣氛、學習成長的機會、指導者的帶領風格等等。我常鼓勵年輕人勇於嘗試創新，不要太過執著於薪水高低。雖然中研院的待遇比較好，但我希望他們是為實現夢想而來，不是為錢而來。」

「如果這個人沒有夢想呢？」我狐疑地問。爸爸講得很美好，但可能有人念博士就是單純為了更好的薪水，能給家人更好的生活品質啊！

「除了博士後，博士畢業生在企業界有更高薪的工作。我從來不認為博士後只是來『上班』，而是要把研究當做『樂趣』，做完、做好才甘願回家。」爸爸略為激動。

「志業！」我感受得到爸爸對學術研究的熱情。「把它當做一份志業，就會很不一樣。」

「對，最大的差別就是在於『使命感』。志業是你樂於全心投入、沉醉其中的工作，主要是為了追求理想的實現；職業是為了賺錢謀生而做的工作，主要是為了薪水。兩者帶給人的滿足感大不相同。我認為，有些工作即使薪資不高，但是可以發揮所長，又符合自己的理想，還是值得去做。神職人員、慈善社團同工都是很好的例子。」

「你是希望學生回想自己的初心，」我回應，「不要因為工作久了，就讓初衷流失了。」

「或許無法日進斗金，但我隨順天主的引領，竭盡心力地在答覆我的使命上向前邁進。在腳踏實地一步步的人生旅途裡，領受天主渴望我完成的使命：包紮破碎的心靈，就是我自己渴望的、帶來生命熱情與活力的來源，雖然當中也有痛苦和掙扎、無力與黑暗，但心底深層的平靜與安穩總是始終存在。沒有萬貫家財，卻能感受生命的美好，欣賞自己的塔冷通（Talent，聖經用語，指天主創造我們時給個人的天賦恩寵）能夠協助、陪伴許許多多有需要的人，讓我更看見生命的豐富與各種樣貌，也更認識自己和這個世界。」

爸爸及時領悟：「對，你就是我所說的典範人物！」

生命中，有許多東西可以用金錢換來，但爸爸和媽媽帶給我關於金錢觀的身教和言教，所結出心靈豐碩的果實和自由，我覺得是金錢都買不到的、更寶貴的禮物。

9 從信仰中看見生命意義與價值

另一個我很好奇的是，爸爸是如何成為天主教徒的呢？

爸爸邊回憶邊說：「我和媽咪結婚後，有一天你媽咪跟我說，要送我一個最好的禮物。我很『狗腿』的說：『你就是最好的禮物！』沒想到她說：『不、不、不！』『還有比你更好的？』我還以為媽咪會覺得很開心呢！但她跟我說：『我不是最好的禮物。我想給你的最好禮物，就是讓你認識天主，領洗成為天主教徒。』我會有天主教的信仰，真的是受到媽咪的感動。這信仰對我很重要，確實是最好的禮物、最大的祝福。」

「怎麼說呢？」我覺得媽媽很厲害，可以讓生於佛教家庭的爸爸成為虔誠的天主教徒。

「在慕道領洗以前，我一心一意要實現理想抱負，高中時還是個『存在主義的信徒』呢！」

「存在主義的信徒？」我有些詫異。

爸爸說：「是的。雖然阿公、阿嬤、姑姑和大伯都是佛教徒，我卻是無神論者。當時我認為『人』本身的存在才是最重要的，而且人定勝天。」

「對，科學家常常這樣講。」我可以理解，畢竟科學講求實證。

「那時我很愛讀尼采的書，這位德國無神論的哲學家說過『上帝已死』、『超越自己的星辰』這些名句。在我成為天主教徒以後，我相信從過去、現在到未來，一直存在著一位造物主，天地、萬物和人是因祂的創造而存在。」

從無神論者到靈性的覺醒

「你本來不是信奉佛教嗎？應該不算無神論者吧。」我有點困惑。

「媽咪和我的家庭對宗教信仰的態度都很開放，只要勸人為善的宗教都可以信仰。」爸爸耐心地向我娓娓道來。

爸爸原生家庭的家人大多皈依佛門、有法名。由於阿公、阿嬤拜佛，爸爸直到信仰天主教以前，都跟隨家中習俗祭拜祖先。小時候就念許多佛教的書籍，也知道佛的存在，爸爸還是自認傾向於無神論。他所認知的佛是一名很有智慧、很有慈悲的思想家、修行者，但不是「造物主」。

這並沒有解答我的疑惑：「可是你常常會講一些禪宗或是老莊的故事？」

爸爸最津津樂道的，就是蘇東坡和佛印鬥嘴的小故事。蘇東坡嘲笑佛印看起來像一坨牛糞，佛印卻回說蘇東坡看起來有如一尊佛，蘇東坡自以為占了上風，得意洋洋地返家後，蘇小妹點醒他：「你輸了！佛印心中有佛，看人像佛；你心中只有牛糞，看人就像牛糞。」

爸爸進一步解釋：「我認為儒、釋、道教講的是人生哲學與生命故事，談的是心性修行，而不是神的故事。很多禪宗故事，在我看來都是對人生經驗的一種省察與體悟，不涉及信仰。很多法師也提到，釋迦牟尼並不自稱為神。」

由於家中藏書很多，爸爸小時候也讀了不少基督宗教的書籍，像《耶穌傳》、《聖方濟傳》，還有前總統蔣經國先生大力推廣、公務員人手一本的《荒漠甘泉》。「我還在阿公那本《荒漠甘泉》上做了滿多的註記，裡面很多話是引用《聖經》的金句，鼓勵讀者面臨困境時，一定要有信靠、堅毅不拔，而且要懷抱善意、互助合作。可惜當時我不是天主徒，無法體會到屬神的精髓。」

「有點像《菜根譚》，不見得需要有佛教信仰才能讀。」我說。

「對，我看《荒漠甘泉》時還沒有領略天主的道理，只把它當做勵志的書來看。」

一直以來都追求自我實現的爸爸，開啟靈性覺察的關鍵，是高一時我阿嬤的驟逝。

「在你們阿嬤離世前，我的生活沒什麼煩惱，家庭甜蜜，讀書也行，也有許多好友。我一直都很珍惜跟阿嬤相處的時光，雖然她工作很忙，必須和阿公及子女分隔兩地，可是我總盼望可以跟媽媽一起生活。當我連孝順的機會都沒有的時候，覺得很遺憾。心裡想，早知道這樣，以前媽媽從南部回台北的時候，就應該多撒嬌一下、多黏她一些、多關心她一點、多跟她說我愛你……」爸爸的語氣低沉而緩慢，帶著點思念與心痛，我靜靜地聽他訴說。

停頓了一下，爸爸繼續說：「經歷了母親突然離開人世，我更珍惜身邊的人。我在美國讀書時阿公重病，要我拿個碩士學位就回國，我左右為難，告訴阿公我一定盡快取得博士回國陪他，請他一定要撐著。那時我拚命在不到一年的時間完成博士論文，立刻帶著媽咪、你跟妹妹回台灣。那時我覺得，萬一阿公也走了，我就會……」訴說著往事的爸爸，就像個拉著爸爸衣角、哭著不讓他走的小男孩。

「那，這是怎麼讓你相信有神的呢？」我輕聲問。

「高中時阿嬤離開，那時的我很盼望，除了現世之外，還有另一個永恆的世界，我的媽媽就在那裡，未來還有機會跟她在一起。那樣的盼望，對我來說是很重要的。因為我很遺憾沒辦法對往生的媽媽表達我有多愛她，沒辦法對她說出我的感謝和抱歉。當我知道在未來的世界裡可以跟她重聚，這讓我比較平安。我是在阿嬤過世後，才想要了解死後的歸向，這也要等到我領洗以後我才明白。」

由衷的感動是領洗的動力

爸爸談的是對於生死無常的領悟，喚醒了他對靈性的覺察，但還是沒有說明他是怎樣開始相信天主教的。於是我再次追問：「那你怎麼從無神論者變成天主教徒？你是怎麼相信有神的呢？」

「我是在慕道班聽了天主教的道理後，才開始相信的。我認識媽咪沒多久，媽咪就和兩位同班同學去聖家堂聽法國來的苑秉彝神父講道理。」

「你會陪她一起去嗎？」我問道。

「那當然，追女朋友就是她在哪裡，我就去哪裡。但我只是送她去，或是去接她，」爸爸笑說，「那時媽咪也是懵懵懂懂的，她總說，每次苑神父都請她們吃法國巧克力，有天神父問她們要不要領洗，她們都不好意思說不。」一番談笑後，爸爸說：「信仰的道路需要不斷去反覆思索、仔細分辨，然後細細體會天主的臨在，信仰才會變得堅定，很難只靠閱讀《聖經》就達到堅信的階段。就像莫逆之交一樣，經過的歲月愈久愈能夠靈犀一點通。」

「那你當時為何願意領洗呢？」我問。因為領洗是接受信仰最具體的宣告。

「我在結婚一年多時領洗，主要是媽咪鼓勵我去參加社子天主堂的慕道班。她說夫妻之間有共同信仰，更容易彼此溝通。既然媽咪這樣建議，而且她也深切盼望，我愛她，就不願讓她失望。」

「那時候你真的就相信有神了嗎？」聽起來，爸爸當時好像只是出於對媽咪的愛情才選擇領洗的，而不是發自內心相信天主。

「我是在聽了道理後才相信的。」

「為什麼？那時你有被天主所愛或眷顧的經驗嗎？」許多人領洗是因為被天主的愛所感動，就連我自己也是。

「沒有。那時對於工作的順利、夫妻的恩愛、家庭的美滿，我都沒有聯想到天主的愛，只以為那是媽咪和我攜手努力的成果。」爸爸很老實的說。

「那是因為神父的緣故嗎？是什麼讓你開始相信有一個慈愛的天父、創造者的存在？」

「這是個好問題。我何時開始認知到有神的存在？」爸爸娓娓道來：「我參加慕道班，聽了道理以後，才深切了解造物主、救世主的名稱，才知道耶穌是天主子、因聖神降孕於瑪麗亞、為救贖人類的罪過被釘十字架、死亡後復活的道理。」

「但你就相信了嗎？相信耶穌是人又是神，祂為了我們受難和死亡，背負我們的罪，並且在三天後復活，這一整個事實？」我忍不住提高了音調。天主教信仰中這套完整的世界觀，有這麼容易全盤接受嗎？

「對啊，《新約聖經》清楚記載著耶穌的歷史故事，不是嗎？」爸爸理所當然地反問我。

「但我從小就在信仰環境下長大，很容易就相信天主。你本來不相信有天主，又是講求實證的科學家，怎麼會看了、聽了以後就信了呢？這也太神奇了！」

「對某些人，信仰的產生來自剎那的感動。但身為研究生命科學與醫學的科學家，我愈深入了解生物和人體的構造和功能的奧妙，就愈覺得有造物主的存在。DNA、蛋白質和細胞的完美特性，怎會是逢機偶然產生的呢？」

「一開始的時候呢？」我曾問過其他教友領洗的起心動念，有人說，每當賴甘霖神父定睛溫柔注視著著我們的眼睛，說「耶穌愛你」，那真誠溫暖的笑容，有如一抹和風照拂他的靈魂，驅散心中的陰霾，使他籠罩在如陽光和煦的愛中，於是就領洗了。但如果沒有這樣的經驗，只是聽神父所講的道理就相信，對於理性思辨的爸爸而言，真是太不可思議了！

「領洗前沒碰到賴神父確實很可惜！除了慕道班的學習以外，我決定領洗進教，也受到虔誠教友——特別是媽咪的影響。結婚以後，我都會陪媽咪去參加主日彌撒，媽咪的虔敬讓我樂意認識和了解基督信仰。」

「媽咪做了什麼？」我很好奇。

「就像之前講的，我們新婚後，身為大家庭媳婦的她很辛苦，但是她任勞任怨，若有不平安就去祈禱。」回想起當年，爸爸滿是疼惜。當時社子天主堂的文雅德神父和一位傳教員張老師來家庭訪問，看到媽咪大腹便便，還要每天做晚餐，又要趕做隔天的七個便當，印象相當深刻。二〇一九年，在文神父返回故鄉荷蘭的歡送會上，年屆耄耋的傳教員張老師談起那次家訪，記憶猶新：「去你們家看到讓我很難以忘懷的畫面：一個年輕的懷孕媳婦，辛勤地照顧大家庭裡那麼多的家人，卻仍然平安喜樂的歡迎我們，與我們交談。」

「你看到媽咪因信仰有所改變，再加上她的良善純樸，在在展現出天主教徒的特質。」

「是的，由衷的感動也是我願意領洗的主要動力。我相信很多新教友領洗信教，是看到老教友展現出來的良善心謙、熱心助人。大四時，一位老師講了一個劫富濟貧的俠盜和一個熱愛窮人的神父，共同對抗地方邪惡幫派的電影故事。俠盜與惡人決鬥時受了重傷，牧師問瀕死的俠盜是否願意信主，俠盜回答很會唱歌的神父說：『我願意。我信你這位歌手，而非你唱的歌（It is the singer, not the song.）。』很多新教友可能是受到好教友的感動和鼓勵，才願意領洗信教。」

人神之間

爸爸說：「起初我的信仰也是懵懵懂懂。領洗時曾聽到朋友幽默的說，自己是天主教的CEO（Christmas and Easter only，只有耶誕節跟復活節才上教堂），我也沒好到哪裡。我領洗沒多久就赴美留學，雖然努力在媽咪和你到美國以前看完整本的《聖經》，每星期天都去約翰霍普金斯大學醫院內的聖堂參加主日彌撒，但說實話，那時的信仰是膚淺的，後來才慢慢愈來愈堅定。直到學成回國，很榮幸跟隨孫柔遠神父練習《神操》，我的信仰才算得上比較穩固扎實。但我和天父的關係，有點像小時候和阿公的關係。」

「所以你跟天父的關係是最親近的？」

「不，那時天主對我來說是和幕府將軍般的阿公一樣。小時候我欽佩阿公、敬愛阿公，卻和他不親密。阿公會給我們講述日本幕府將軍豐臣秀吉、織田信長、德川家康的故事。在我們家，阿公就像幕府將軍，仁慈而有威嚴，同他在一起要講規矩，我是敬而遠之，不像和阿嬤相處，可擁抱、可撒嬌，關係很親密。直到阿公年紀大了，我照顧生病的他，幫他按摩推拿、洗澡穿衣，多了肢體的接觸，也多了聊天的機會，父子的關係才變得親密。」

「我和天主的關係也同樣是從尊崇敬畏，逐漸演進到親密的親子關係。我沒有神視、聽不見天主跟我說話的特恩，可是很喜歡參加平日彌撒。因為每次的平日彌撒都有感動，我會知道祂跟我同在，我懂得透過每天的讀經，去體會天主想向我說的話。你知道，以前我一個人讀完《聖經》……」

我知道爸爸想說什麼：「沒什麼感覺。」

「對，現在參加平日彌撒就很能感受到天主聖三的臨在和陪伴。」

回到剛剛的話題，我好奇地問：「如果天主是幕府將軍，那你是什麼角色？」

「我就是小兵啊！」爸爸說：「其實會有點害怕，怕我做錯事，祂會處罰我。」

「但你還是會使命必達，盡力去答覆你的使命。」

「對，盡量做個好的天主徒，就是我的使命。我是年紀大了以後才慢慢覺得，原來這個大將軍是我的朋友，就像耶穌說的：『我稱你們為朋友』（望15：15），以前都沒有這種友愛親密的感覺。」爸爸說。

我分享自己的經驗：「如果要談信仰的歷程，雖然我們說聖父、聖子、聖神三位一體，但對我而言，和這三位相處的經驗是很不一樣的。小時候，我跟聖母媽媽很親近，因為媽咪教養風格比較嚴格，但聖母媽媽就對我非常溫柔。耶穌比較像是知心好友，什麼話都可以講，祂也很懂我。至於天父，我大多是在寫靈修日誌時與祂對話。我問祂難解的困惑，祂會回應我充滿智慧的金句，讓我豁然開朗。有人會說，那不就是你在心裡跟自己對話嗎？但我覺得這是祂在祈禱中回應我，那些金句既符合《聖經》，可又超出我的智慧。」

「那聖神呢？」爸爸饒富興趣地問道。

「對我來說，聖神會讓我備受觸動。有時候我覺得整個人發熱，像是體內有一把熱火，講話的時候，舌頭會不由自主地動；有時候，祂又像是和煦的春風吹拂。聖神沒有言語，卻可以讓整個環境氛圍變得很溫馨、很自在。」

我認為自己與聖神的特質最為接近；當我置身於團體中，整體氛圍慢慢變得和諧自在，我會從中看見他人的需求，並照顧到他們。對我來說，我有很多跟聖神同在的體驗，無須言語，只是感受祂和煦地在細膩之處，讓我們在愛內共融。

心底恆久安穩的依靠

爸爸是在聽道理後才相信有天主的，難怪方才問我：「在信仰的歷程中，你是從兒童道理班深信天主的存在嗎？」我想，我的信仰道路可說是與爸爸大不相同。

出生在天主教家庭的我，還是小嬰兒時就領洗了。但第一次深刻感受到天主的存在，是在一次兒童主日學。老師帶領我們坐在教堂裡面，想像自己和耶穌在一片草坪上。當我闔上雙眼，便感受到小耶穌和我並肩坐在一條長椅上，兩個小朋友就這樣開心地聊起天來。從那天起，小耶穌就變成我最好的朋友。他最懂我、也最理解我，什麼心事都可以跟祂說。

「我從來沒有過類似的經驗。」爸爸說。

很多教友認為天主就像爸爸形容的，是高高在上、遙不可及，且十分嚴肅的君王。但對我而言，「天父是君王」的這個概念，反而是長大後才經驗到的。畢竟我從小就跟爸爸沒大沒小，能自在地談天說地。因此，從我小時候開始，天主就是我的知心好友，能夠無話不談，也能偶爾和祂撒嬌。祂是全世界最了解我的那一位，也是在我孤單時一直陪著我走過幽谷、不棄不離的那位。

就如同國一被排擠時，耶穌在日記中靜靜聆聽我的傾訴；就如同憂鬱纏身必須固定看精神科會談時，祂恍若氧氣一般的存在，讓我能依靠祂而活。我的天主耶穌，是我的救贖者，是我不可或缺的存在。

「每次走過孤單的死蔭幽谷，就更加深我與天主的關係。祂總在最糟糕時背著我走，在我走不動時停下來陪我看看星空，祂總是溫柔、總是慈愛，總是在。不管外界環境如何變化，別人看你的眼光如何，有些人突然離去，有一天你的模樣變了，可是祂看你的眼光總是充滿慈愛欣賞，而且祂絕不會遺棄你。我心裡面總是有一個底，有一個恆久安穩的依靠。」我緩緩地說。

其實，我最近的一大煩惱，便是如何讓孩子維持天主教信仰。我明白自己不可能陪伴孩子一輩子，深深希望孩子在遇到困難或挫折時，信仰能成為他們的依靠和力量，就像這份信仰從小到大一路陪伴著我一樣。然而兒子小原的一句：「我沒有經驗、沒有感受，要怎麼信？」便讓我啞口了。

聞言，爸爸慢悠悠地說：「信仰是會隨時間滋長的，就像朋友交往或夫妻陪伴，一起生活愈久，感情就會愈濃郁。也許信仰不是小原目前的生活重心，可能是因為他生活順利，還沒遇到重大挫折，沒有碰到那個真正打動他心靈的事件。但無論如何，信仰如同家庭生活的營造，就是讓他知道，面臨任何的風浪、逆境、不順暢時，還是可以回家，家人總會關心他、愛他、疼他，成為他的靠山和後盾。就像我之前講的，無論過得多狼狽，但我心裡知道，主耶穌基督是愛我的。依靠的次數多了以後，和耶穌的關係就愈來愈深刻。」

爸爸開導很久，我仍眉頭深鎖：「可是現在小原連有沒有這個神的存在都……」

「你忘了嗎？我高中的時候根本是無神論者！」爸爸的神速反駁頓時讓我安心下來。

「那我就放心了，哈哈哈！」我說。

這次談話就在我倆的大笑聲中劃下句點。

10 身為一名天主教徒

「我最初領洗是受到媽咪的感動，但信仰愈來愈划向深處，是比較孤獨的時候。我一個人在約翰霍普金斯大學念書時，很認真把《聖經》從第一頁看到最後一頁，到現在還沒有看完第二次。那一整年的時間，對我的信仰有滿大的幫助。」

「讀完一整本《聖經》，有得到比較大的啟示嗎？」我很好奇的問。畢竟爸爸才剛領洗就自己在美國讀《聖經》，到底有懂沒懂？

「《宗徒大事錄》記載的早期基督徒生活給我很大的啟發。他們變賣所有財產與教友共享，讓我們確認耶穌的福音真的感動了他們，否則怎會散盡家產去照顧他人呢？聖保祿或其他宗徒，努力傳播耶穌『彼此相愛』的理念，對他們有什麼好處？看起來好像沒有，那為什麼還願意這麼做呢？」爸爸滔滔不絕地說著。看來爸爸那時自己啃完一本《聖經》，真的還是獲益良多、觸動頗深。

「尼采有句名言：『上帝已死。』我年紀大了，在後面又加了一句話，『上帝已死，但三天後復活了。』『復活』對我來說是很有意義的。尼采努力用哲學辯證人怎樣能在現世活得更好，但耶穌不是只顧及現世，祂還顧慮到來世的永生。即使是尼采這樣的無神論者，對基督宗教有所批判，但他對早期基督徒倒是讚賞不已。」訴說時，爸爸的眼睛熠熠生輝。

我附和：「那些殉道的基督徒故事，確實十分觸動人心。」《聖經》中也記載他們為了信仰不惜犧牲性命。

「殉道者的血是信仰的種子。即便處境艱難，仍表現出勇敢堅毅與慈悲為懷的德行，這就是天主性，我看《聖經》時確實對此深有所感。」

「你因此學習到怎樣面對生命中的困境嗎？」我好奇早期基督徒面對被迫害的態度是如何啟發爸爸的。

爸爸一派輕鬆地說：「現在我面對困境，都交給天主。我會祈禱，請天主給我力量。當初我下定決心，如果選上副總統一定每天去望彌撒，為國家祈禱。本來打算卸任就不必天天去，可是直到現在，我還是每天都去參加平日彌撒，這已經變成生活的日常。就像每天要吃飯一樣，我盼望每天都領聖體、吃神糧。即便是出國，不管到哪裡，也一定每天去望彌撒，就好像耶穌是我的知心朋友，我熱切每天都要去看看祂。」

成為神的器皿

爸爸曾說過，信仰對他工作的幫助之一，是讓他更關心弱勢，且在面對外在風暴時能平靜自己的心。對我而言，天主教信仰對我工作上最大的幫助，就是讓我對死亡的態度是嚮往的，因為死亡意味著回歸天家；至於身處人世間，我樂於成為天主的管道，關心受苦的人。

「這些經驗讓我覺得：天主怎麼那麼厲害？每個人的任何需要祂怎麼都知道？」我說。

我想起一位我陪伴已久的奶奶。那時我每週到奶奶所在的醫院服務才兩個半天，天主恰恰安排奶奶在我服務的時間離世。奶奶的兩個女兒很愛她，想用小時候媽媽最喜歡拿著珠子念的經文送她一程，卻連經文叫什麼都不知道。因為奶奶結婚後就隨夫家用道教習俗拜拜，沒有再進教堂了。

「那時候我覺得，天主真的好愛她！她和她的孩子數十年來都沒有進堂，走的時候天主卻願意讓我帶領她心愛的女兒用她最愛的《玫瑰經》陪著她，送她最後一程。《玫瑰經》恰巧是聖母瑪麗亞——耶穌的母親——幫助我們善終轉禱的經文。這時我就親眼見證天主是如何給予每個人獨一無二的愛！因為這些經驗，我對天主的信靠就愈來愈加深了。」回想起來，我的心仍忍不住虔誠顫抖著。

「這就是『精準的愛』，就像現在精準醫學那樣，精準的愛。」爸爸說。

我情不自禁地說：「精準，然後細膩，完全按照那個人的需要量身打造。我變成祂從中派遣的一個器皿，有幸見證了、經驗了，和參與了這一切。」內心覺得去親臨見證這一切，是我深深的榮幸。

「對我來說，這不是宗教信仰對我的意義，而是我怎麼成為天主創造這個世界，又讓這個世界經驗到祂的愛的一部分。是我成為了其中的一部分，而不是信仰對我而言是什麼。對我來說，比較重要的是我如何完成我的部分，不因個人私欲偏情或身體健康限制，阻礙我完成祂的使命。而且祂賦予我身上的使命跟這個信仰的圖像，後來漸趨一致。祂真的是我們天上的父親，正如信友常念的《天主經》第一、二句：『我們的天父，願爾的國來臨』，我真的希望祂的國來到這個世界上；『願爾的名受顯揚』，希望這個世界被這麼美好而細膩的愛環繞包圍著。所以我慢慢理解，十誡不是一個誡命，好像要擁有這份信仰，就必須遵守這些條規；而是當我跟天主關係愈來愈緊密，自然而然就會渴望這樣，希望能夠如祂所述地生活，愛天主在萬有之上，並且愛人如己。」

信仰的意義：在黑暗中看到光

「宗教信仰對你個人有什麼樣的意義？又是怎麼影響你的價值觀跟為人處事？」我好奇的詢問爸爸。

「天主教信仰讓我知道，每個人都是天主創造的獨特個體，我也會力行耶穌所說的『愛主愛人』，希望和我接觸的人情同手足、互助合作，沒有社會階層的差距。不管眼前這個人的外在形象或生活方式，我都會認為他跟我是一樣的。」爸爸說。

我不禁提醒爸爸：「其實阿公、阿嬤也是這樣教導你的。」

「對，你的阿公、阿嬤從小就教我們不能對人有差別心。雖然他們是虔誠的佛教徒，但是教導不謀而合。信仰領我實踐人與人之間的生而平等，正如你所講的愛人如己。耶穌說過最大的兩條誡命，首先是愛天主在萬有之上，然後是愛你的鄰人如同自己，這種愛人的情懷，來自於學習耶穌的典範。」爸爸說。

「我滿驚訝你第一個會講這個。」關於這點，我和爸爸的確很不一樣：「當我思考天主教信仰對我的意義，第一個閃過我腦海的念頭就是：可以在黑暗中看到光。這可能是來自我個人的經驗，也可能因為我的工作接觸比較多的陰暗面或者痛苦。」

「對我來說，我的生命和職業生涯是光明多、黑暗少。」爸爸說。

「剛剛你談到早期基督徒面對困境堅忍不拔，我本以為你會談信仰讓你在面對生命的苦難或有限時，有了盼望或超越。在有限的生命中，雖然難免感到不安，或者一些悲傷的、難以跨越的分離，而信仰能讓我們在其中看到一種永恆、不變。」

「以前我總覺得挫折就是一個考驗或試煉。小時候，阿公像幕府將軍，很嚴格的教導我們要像忍者一樣堅忍。阿公學劍道，劍道很重要的核心就是『忍』。忍到對方出現破綻的時候，你才出手，不能貿然行動造成自己的破綻，讓別人打贏你，所以面對任何困難一定要很沉穩而堅韌。面臨挫折的時候，我總覺得要努力克服它，因為這就是成功的墊腳石。」

我笑道：「那就不需要信仰了！」

「這不一樣，克服哀傷和痛苦，不一定要靠信仰，堅強的意志力也可以。阿公教我們，碰到哀傷困厄的事時，都要動心忍性、有淚不輕彈。在我的成長過程當中，除了阿嬤在我高中時過世，讓我悲傷哀痛很久以外，沒有什麼令我傷心很久的事。」我心想，拜託，媽媽在高中突然生病過世，還不算是重大的失落和哀傷嗎？

爸爸話鋒一轉：「不一定只在逆境中才要依靠信仰，有了信仰，無論處在順境或逆境，都會自我省察。我的生命和生活，不是決定於我個人的努力，而是與我天天在一起的天主，鼓舞我、激勵我、幫助我、呵護我、疼惜我、安慰我，才讓我無論順逆，都有內心的平安和感恩。」

從看不到的事物體會到被愛

一般人通常都是在苦難中才會生出盼望，爸爸卻在順境時都懷抱感恩，著實讓人感到不易與敬佩。

爸爸說：「我想，本來就是沒有看見而相信，才真的叫做『信』。耶穌復活後曾經告訴多默：『那些沒有看見而相信的，才是有福的！』信仰就是從表面上看不到的事物，去體會到被愛、被疼惜的與主同在，而擁有內心的寧靜和平安。信仰背後，有一個很重要的核心就是『平安』。」

「對，那個平安就是風浪來的時候，內心波瀾不驚，不會隨外界的風浪起伏，有一個錨在那裡，將你定住、扎根。」我內心贊同不已。

我想起一次和好友宗惇師父談話時，意外發現，天主教聖依納爵靈修所講的「平心」，和禪宗六祖慧能「本來無一物，何處惹塵埃」竟有異曲同工之妙。如同這個膾炙人口的禪宗故事：有一面旗子迎風飛揚，兩位僧人見狀爭論這是旗動或風動，這時一旁的六祖慧能開口說道：「這既不是旗子在動，也不是風在動，而是你們的心在動。」如果能保持心靜，自然不受外物所擾。

爸爸回憶起，有一次走訪日本京都建仁寺的兩足院，方丈告訴他：「一生若擁有智慧與慈悲，便能圓滿具足。」

「造物主賜給人慈悲，讓人了解人生是充滿愛與被愛的旅程。但是生命同時也會有挫折，有些可以透過努力來解決，有些卻是沒辦法解決的，我們就該寧靜地接受它，這需要智慧的分辨。所有宗教信仰都會強調智慧、寧靜和慈悲。」爸爸說。

「我們對智慧的解讀不太一樣，但也不是完全不一樣。我發現，當我愈來愈開放自己，放下我執，成為天主的器皿，自然就會去關心有需要的人。在此同時，我的敏銳度也變高，自然會看見眼前的人的需求、匱乏或者傷痛。當管道比較通暢時，我自然而然會講出一些話，而我知道這些話不是來自於我的聰明才智，而是來自於天主，那些話或許就能恰恰好安慰或支持我眼前這個受苦者，或成為他所需要的，我稱之為『智慧』。所以我覺得是『愛與慈悲生智慧』，先有愛與慈悲，就會慢慢地生出智慧，但這些都不是來自於你、我，而是來自於大愛、來自於天主，或者可以說是佛性（天主性）。」

「我同意智慧不是來自於我們自己，智慧來自於啟示。基督宗教是一個啟示性的宗教，當我們蒙受了聖神的降福，聖神進入到我內，這就是啟示的開始。啟示本身就是智慧，沒有啟示，就沒有智慧。」爸爸說。

我想更仔細地區辨：「你剛才講的智慧，就是分辨，分辨什麼是我可以改變、什麼是我不能改變的。但我指的智慧是，你會有一種……」我企圖抓取腦中的概念形塑為語言，「我知道了！那種感覺就像是，本來這個世界是混沌的……」

「對！你掌握到我的意思！」

「然後，慢慢地，那些雜質就沉澱了，沉澱以後，有一種很清明的感覺，那時候就能很清楚地看待事情，智慧就這樣產生了。」

「看到天主的存在，就是智慧。」

「就是看清事實真相是什麼，我們平常看到的是這個世界的一些表象幻影。」

「或者也可以說，看清什麼叫做『愛』，什麼叫做『創造的意義』。」爸爸微笑地回應。

魔鬼的誘惑

爸爸和我都是虔誠的天主信徒，但總有些時刻，令人心生迷惘。我問爸爸：「在信仰過程中，你有沒有曾經動搖的時刻？」

「對我來說，從來沒有動搖過，而是愈來愈堅定，但是我並沒有從一開始就很堅定。一開始是懵懵懂懂，後來和孫神父一起操練神操才穩固下來。」

「我也不是動搖……」我思考著要怎麼用言語表述，「但我有很多這樣的經驗：當我非常堅信天主、想要跟隨天主的時候，試煉就來了、挑戰就來了。這些誘惑或是魔鬼的狡詐讓我覺得：『我要不要乾脆做個平凡人就好了？』就不會有這麼多挑戰了。我選擇從事全人關懷師的工作，不就是因為我覺得耶穌在最後受難時很辛苦嗎？我跟祂說：『我想要陪伴祢走這條苦路。』祂說：『好，那你去陪伴臨終病人跟喪親者吧，那就是陪伴在苦路的我。』」

當初我立下宏願，可是當我在這條路上走得跌跌撞撞、身心俱疲時，偶爾也會心生感慨：「我到底答應了天主什麼？我未免太過天真了吧？」當初的滿腔熱血，遭遇真實的困頓後，遍體鱗傷，一次又一次的跌倒再爬起來，才感受到這其中的不容易；無論是挑戰的艱困、身體的有限，或者像爸爸也曾有過的對家人的虧欠。因為工作時必須專注聆聽，回家時筋疲力盡，有時孩子略帶埋怨地跟我撒嬌：「媽媽，我跟你講的你都不記得。」我也覺得很歉疚，因為工作而有時無法好好聆聽孩子的心情，這樣好嗎？

我向爸爸吐露心聲：「有時我覺得自己就像一隻逃跑的小羊，雖然我知道總是會被拉回來，不會離開祂的羊棧；可偶爾還是會覺得，做平凡人還挺不錯的，就這樣簡單的生活，不好嗎？我也不是那麼需要名利和地位。所以有時會覺得，我愈想跟隨天主，就愈容易有挑戰。舉個簡單的例子，我參加完一場彌撒，感動不已，然後一回家就跟宣名吵架……」

「我們做的神操，有一部分是要分辨除了天主聖神的引導外，還受到魔鬼的誘惑、世俗的價值觀和自我的私欲偏情的拉扯，把我們拉離天主。」爸爸溫和地分享自己的經驗。

我當然懂，但有時候就覺得很辛苦嘛！我說：「如果不這麼親近天主，魔鬼就不會這麼想來找你麻煩。所以有時候才想說，那我做平凡人好了，這樣討厭人親近天主的魔鬼就不會來找我。」

聽到我有點賭氣的話，爸爸平和地說：「對，但問題是，像你剛才講的，你本來也決定了，身為天主教徒，要做為天主愛與和平的工具。我們既然立下這個志願，就很容易在現實生活中受到魔鬼的誘惑。魔鬼聽起來像是一個面目猙獰的人，但其實也可能是一位漂亮女子、一個名牌包，或是一支好用的手機。」

「或者世俗的、個人的私欲。」我說。

爸爸確認我明白何謂魔鬼的誘惑後，輕輕地說：「在人生旅途當中，你會想要放棄聖神的呼召，放下這樣的使命和任務，會不會就是一種誘惑？」

「是啊。」我坦承，其實我心裡再了然不過。

「這是一種吸引我們離開天主的誘惑，所以要特別小心。」爸爸這時候突然像是一位循循善誘的導師。

「是沒錯，你明明知道這是誘惑，但有時你就會想要逃一下。」我小小叛逆的抱怨著。

爸爸說：「我現在對避靜稍微有點了解，想要逃的時候，也許避靜是個不錯的方式。離開日常生活，到靈修中心，三天兩夜不講話，靜靜地跟天主在一起，然後聽聽天主要告訴我們什麼。像這幾天媽咪到南美洲朝聖，我就有比較多獨處的時間。我自己念《玫瑰經》和跟媽咪一起念，感受不一樣。」

「人本來就需要單獨祈禱的時間。」我回應。

「對，但是媽咪不在家，我就會懶得念《玫瑰經》，想要看電視。這樣就有掙扎，要往天主那裡走，還是往自我或世俗這邊走。」爸爸說。

「這就是屬靈的爭戰啊！」我理解爸爸的感受，爸爸居然把《神操》的分辨神類講得這麼生活化又平易近人，真是厲害。

「當你沒有辦法解決這個爭戰，感到很混亂的時候，避靜是一個很不錯的方法。」

「對啊，所以我才會固定在四旬期、將臨期，也就是復活節和耶誕節之前，一年兩次固定避靜三天兩夜，讓自己離群索居，完全跟天主在一起。」

在殘忍與痛苦中看見無條件的愛

我問爸爸：「你是如何重新堅定自己信仰的呢？面對世界這麼多的苦難與災禍，要怎麼相信上主是仁慈的？」

「天主創造這個世界，當然希望世界是美好的，但祂愛人類，給我們選擇的自由，祂也曉得，人有人的本性。當人身上的人性戰勝天主性，這個社會就會充滿競爭、衝突、嫉妒、驕傲、批判與論斷。」

「你覺得這些苦難和災禍，很多都是人為造成的？」我問爸爸。

「是的，而且是人選擇了魔鬼、世俗或自我，遠離了天主的結果，比如毒品的誘惑、對金錢或美色的貪念等等，有些人因此步入歧途，鑄下大錯，這並不是天主創造人的本意。」

「那天主為什麼允許這些事情發生？」如果天主愛人，為什麼要讓人犯錯，使人受苦？

爸爸緩緩地說：「父母對子女最大的愛是什麼？就是給他自由。當人類得到天主給的自由，可能就會被人性、世俗，甚至魔鬼所誘惑，世界上的不安、動亂、殺戮，甚至對人不客氣、和人吵架，我都覺得是沒有充分發揮天主性的後果。這讓我有一個反省，就是如何讓更多人體會到天主的愛。」

「讓天主的愛對這個世界產生更多的影響。」我補充。

爸爸說：「世界動亂的時候，更需要有愛的表現。我在前往挪威的飛機上看了一部電影

《惡的開始》，電影設定在二十世紀中期，世界相當動亂，天主教會……」

「喔！我也看過這部！」我驚呼：「也是在飛機上看的。」我和爸爸真是有默契。

爸爸說：「劇情是描寫教會裡有一些人，認為要讓魔鬼的力量更大一點，造成很多破壞，當耶穌的愛出來制止一切動亂時，大家就會更容易感受到愛的力量而相信天主。」

「我覺得是滿有意思的發想。」

「這個故事給我深刻的啟發：這個社會真的需要魔鬼帶來紛爭動亂，人才會相信天主嗎？還是生活在平安喜樂當中，人也會相信天主、感謝天主？也許我們過著舒適的日子，就很容易忽略這是天主白白賞賜的平安，反而認為這都是靠自己努力得來的。這時候當然會心生驕傲，甚至嫉妒別人，這都是來自人性的軟弱和有限。但是要平息人世間的爭鬥，我覺得並不需要魔鬼，單靠人有智慧的選擇就已足夠。」

「但你不是相信『人性本善』這件事嗎？」從剛剛聽到現在，爸爸認為天主性是全然良善美好的，所有的罪惡都來自於誤入歧途的人性，這和我認知中爸爸認為人性本善的想法有所不同。

爸爸回應：「我認為人性的發展是一個光譜，有時會偏向聖的、善的，有時也會趨向罪的、惡的，而且人性的發展會受環境的影響而改變，家庭、學校和社會教育都扮演很重要的角色。」

「就像心裡有小天使跟小魔鬼在拉鋸。」我用易懂的話總結。

「對，所以要看哪個力量占上風。我不認為人性是本善或本惡，人性本來就是擺盪在善惡之間，不同的時間會在不同的光譜點上展現自我。當然，我們都希望自己大部分的時間在善的這一邊。」

「人性私欲或魔鬼誘惑可能會造成一些痛苦，你怎麼看待這樣的現象？」

「如果一個人受到魔鬼誘惑而不覺得痛苦，那他就沒有辦法離開魔鬼。」爸爸堅定地說。

我懂爸爸的意思，但我想了解的是另一個面向。「就以戰爭來說好了，戰爭的發生，往往是野心家想要爭奪權力或土地。任何戰爭都會造成無數家破人亡的痛苦，天主為何允許戰爭發生呢？」

「人間的戰爭不是天主允許的，而是具有侵略野心的政客所發動的。被攻擊者當然有必要防禦抵抗，打退入侵者。我認為戰爭是不必要的，如果對抗的雙方願意坐下來和談，以非武力的方式解決紛爭，獲得最終的和平，比如永久解決巴勒斯坦跟以色列的爭執，那不很好嗎？」爸爸說。

每一個苦難都是鑲金邊的烏雲

這也太結果論了吧？戰爭不只是如此。我有些激動：「那戰爭中無辜喪生的小孩或失去丈夫的妻子呢？他們要怎麼在這種無緣無故的苦難中看到天主給的希望和恩典？」

「無辜平民的傷亡應該減到最小，必要時要疏散到戰區之外。戰爭造成的軍人與平民的傷亡和哀痛，應該給予醫療、安葬與撫慰。如果你問我抵抗侵略者的死亡有何意義？這就像我們去探索殉道者的意義是一樣的，殉道者死了不就死了嗎？但是如果殉道者的死亡，能夠帶來……」

「那要是沒有呢？」我打斷爸爸：「如果最後沒有像你說的，得到最終的和平呢？你會不會覺得這些人的離世就沒有意義了？」

爸爸彷彿看透了我的心思，說：「你覺得他們很無辜，對不對？」

「他們一定是無辜的；不管有沒有意義，他們都是無辜的。可是重點是，如果之後沒有迎來好的結果，這些人會因為遭受無妄之災而感到怨恨，這股怨恨之氣無處發洩，可能還想以牙還牙、以眼還眼，這就是讓我覺得很可怕的。」

我想起一位陪伴過的個案。一位年僅國一的孩子，家人因無差別殺人事件受害而不幸離世。他對於這個國家社會的法治無法保護他的家人，或沒有得到他想要的公平審判，內心會產生一股強烈的怨恨。「我會很捨不得，也很慶幸我陪伴了他。」

爸爸清了清喉嚨，說：「我們很難解釋，一個人在什麼情況下會去傷害別人，可能他受到刺激、或是有精神疾病。如果傷害別人是病態性因素造成的，的確不太容易了解它有什麼意義。我們在《聖經》看到耶穌治癒許多痲瘋病、瞎眼、啞巴、瘸腿、附魔的病人，耶穌不是說過『為叫天主的工作，在他身上顯揚出來』（若望9：3），就是為了光榮天主嗎？」

「所以你還是相信每一個苦難都是鑲金邊的烏雲？」我難以置信。

「即使戰爭，例如第二次世界大戰中有不同的極權侵略者，像希特勒、墨索里尼和日本軍閥，如果它們的力量愈來愈強，很可能會導致更多人死亡。聽起來有點悖論，不過有些戰爭是為了避免戰爭而發生的，為的是要避免惡勢力繼續擴張，這樣的戰爭是無可厚非的，而且就是鑲金邊的烏雲。有些野心家就是貪婪、想侵占他國領土，掠奪他國資源，擴張自己勢力，建立軍事威權，這就是人性的醜惡面。難道要讓惡勢力不斷擴張？還是要挺身而出剿滅惡勢力？」

我同意爸爸所說，除非投降、屈服於惡勢力，有些戰爭也許無可避免，但仍有一群人是我放心不下的。「我要問的是，被災難或戰爭波及的人產生的痛苦，在內心引發了怨恨和報復之心，到底要怎麼處理？或怎麼癒合？」

「你認為因戰爭無辜死亡的人，死後會到什麼地方？」爸爸突然沒頭沒腦地問。

「就看他平常是怎麼生活的啊，他平常活得像基督徒，就會上天堂；如果不是的話，就上不了天堂。」

「如果他沒什麼宗教信仰呢？」

「有沒有宗教信仰不是重點，是要看他有沒有活出基督徒的樣子。」

「如果是才一歲的小孩呢？他根本活得不夠久，死後會在哪裡？」

「那可能就是上天堂吧，我不知道。」我有點無奈。

「我的看法是，這些無辜的受害者，天主一定會接他們上天堂。」爸爸很堅定的說。

「問題是，被留下來而有怨恨的不是這些上天堂的人，而是他的家人。」

「對，我曉得你的意思，這些人說不定就會被激化成激進分子。」爸爸表示能夠理解我的疑問。「這樣不就引發下一個戰爭了？你的問題是這個吧。」

「我就是不知道仇恨之心到底要怎麼處理，因為這種仇恨來自於傷痛，而不是來自個人私欲或魔鬼誘惑。他是平白無故地被傷害了，所以心生仇恨，想要報復。」

「為什麼他想報復呢？一定有人——或者世俗的，或者魔鬼的——告訴他，就是因為某個人發起戰爭，所以你的誰、誰、誰才會死。就像現在以色列跟哈瑪斯之間的戰爭，雙方互相指控。一開始是兩邊都想打，直到現在才兩邊都不想打。開打的理由，說不定只是為了爭取政客或游擊組織的權力，然後讓這些無辜者死亡。所以戰爭的起因很難分辨，你問我，我也不清楚。例如普丁為什麼要去打烏克蘭？」

「因為他沒有安全感。」我脫口而出。

「答對了！因為烏克蘭要加入北約的軍事同盟，俄羅斯沒有安全感，所以去打烏克蘭。那烏克蘭就不要加入北約嗎？」爸爸回應道。

「烏克蘭也要有安全感，所以要加入北約才行。講理論都懂，可是實際上不懂。」我有些沮喪。

愛與冷漠之間，永遠選擇愛

爸爸說：「如果要去想戰爭中無辜受難者的禍福，的確很難懂。就讓我們想想聖德蕾莎修女吧，德蕾莎修女會怎麼做呢？她要求不管敵對雙方怎麼打，就是不可波及醫院，如果要炸醫院，她就把所有的修女都帶到那裡，雙方只好暫時停火，讓修女把無辜的病人和醫護人員救出來。」

「所以面對仇恨的方式，就是無條件的愛？聖德蕾莎修女就是這樣……」我喃喃自語。

爸爸肯定地說：「就是這樣啊！她說過：『愛的反面是冷漠！』」

「受害者可能經驗到無辜的傷害，可是同時也經驗到無條件的關愛。」爸爸這個觀點是我從來沒想過的。

「既然無法排解戰爭，至少要把可能受傷害的無辜者都解救出來，聖德蕾莎修女說：『我們都是做很小的事，但懷著很大的愛心去做小事。』我不曉得有多少天主的旨意在裡面？天主要人彼此合作，雙方卻打來打去，天主就找修女先把無辜的人救出來，受害者得到的關愛大於傷害時，仇恨之心才容易被消弭。」

「所以那個金邊可能就是像聖德蕾莎修女這樣的人？」我沉吟著。

「我不曉得，但在很多戰爭當中，我們還是能看見慈悲的力量，比如無國界醫師組織或是紅十字會、紅新月會，只要看見傷兵，不管穿哪一方的制服，都照顧到底，這就是大愛做的小事吧。」

「這的確可以消弭一些仇恨。」

「我也沒有答案。」爸爸低聲說。

「但我覺得好一點了。我碰到一些不知道該怎麼讓他不被仇恨所苦的人，聽了你說的，我多少可以理解。雖然他經驗了一些傷害，但要盡可能給他生命中不同的經驗，讓他感受到美好、療癒和愛。」

「不這樣，很難體會耶穌走『苦路』（Way of Cross）的意義，一個好好的人，為什麼要被凌辱、鞭打、戴荊冠、脫光衣服、釘死在十字架上，祂心中卻一點仇恨也沒有？」

「沿路有很多人幫祂背十字架、替祂哭泣，祂的媽媽跟門徒也陪著祂……但是為什麼祂要經歷這些？」我不捨地說。

「更奇怪的是，那些鞭打祂的人，也是祂要救贖的人。」爸爸補充道。

「我就是覺得耶穌很傻啊，所以想要陪祂。」

「這就是真正的愛，愛你到底。」

「愛到成傷！」

我們倆沉浸在耶穌的大愛中沉默了半晌。片刻以後，我再度開口：「我們說『愛到底』，我問過耶穌，為什麼選擇這樣的方式？祂說，在愛與冷漠之間祂永遠只有一個選擇，那就是愛。祂沒有辦法對傷害祂的人冷漠，因為祂就是愛！我聽了後被震驚得啞口無言。」

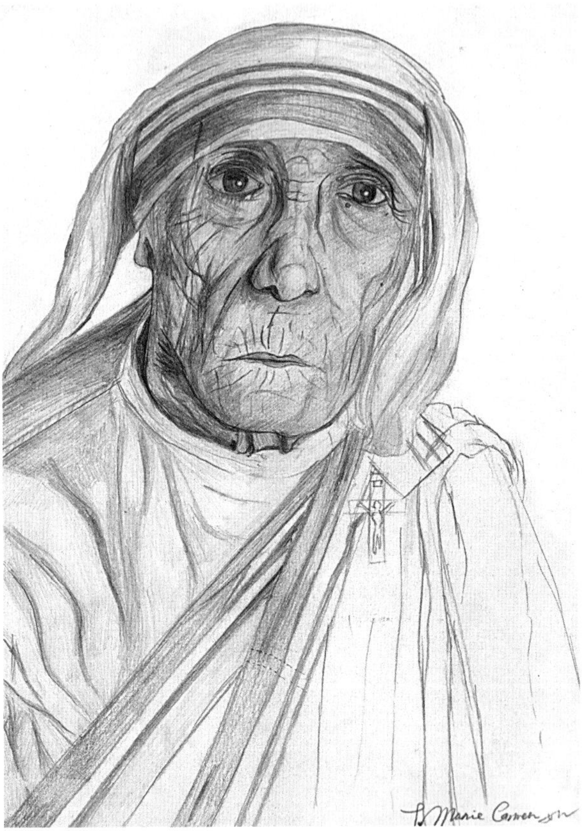

爸爸是聖德肋撒修女（**Mother Teresa**）的粉絲，他常引用她那首著名的詩《我是上主手中的一支小鉛筆》，努力學習她「愛到成傷」的典範。怡如親筆畫了她的肖像，做為爸爸的父親節禮物。

11 人際關係的修復與和好

「那年的論文抄襲事件，爸爸，你不會覺得不快嗎？」

我指的是二〇〇七年，楊泮池教授與爸爸等共同作者發表於國際期刊《*Cancer*》的一篇論文，因引用疏失被期刊退件，修改後經審查通過也順利刊登。然而這件事卻在爸爸出任公職時一再被提出，成為攻擊爸爸的箭靶。

「我是覺得有點冤枉。」爸爸說。

「對我來說，這就是平白無故中槍啊！」我對此忿忿不平。

爸爸以他一貫就事論事的態度，還原事情始末。

當時，爸爸和楊泮池教授、熊昭研究員共同主持台大公共衛生學院、台大醫學院、國家衛生研究院的三院合作肺癌研究計畫。楊泮池教授指導一位年輕醫師，利用研究資料進行

「荷爾蒙替代療法與肺癌風險」的分析研究。這位醫師將研究成果寫成一篇論文，投稿到《*Cancer*》期刊。楊泮池是主要指導教授及通信作者，爸爸則是共同作者。論文撰寫過程中，都有讓楊教授與共同作者過目。只不過在前言中逐字引用了一篇論文摘要的一個句子，雖有註明出處，但未經改寫。該論文作者寫信向《*Cancer*》抗議，《*Cancer*》主編回函給楊教授，並副知台大醫學院。楊教授回信說明原委，並重新調整字句後，抗議者及期刊主編都同意接受，這篇論文也刊登在《*Cancer*》。但是，台大醫學院的研究倫理委員會卻指稱該篇論文涉及抄襲。

「所以這也不算抄襲嘛。」我說。

爸爸說：「如果真的抄襲，就不會被《*Cancer*》接受刊登。但也因為這樣，這個年輕人竟被台大醫學院研究倫理委員會處罰，三年內不得申請國科會計畫。我覺得這位年輕醫師很冤枉。」爸爸輕歎了口氣說：「那時台大醫學院各方人馬在角逐新院長的職位，研究倫理委員會應該保密的文件、紀錄，竟然被黑函洩漏給媒體。所以這件事情是……」

「池魚之殃。」我接話。

「我這輩子最討厭人家寫黑函！」爸爸難得用這麼強烈的語氣說話。「這件事一再被反對黨拿來攻擊我，甚至在我競選副總統時又提起。」

「那你是怎麼放下或調適的？」我很好奇的問。我印象中的爸爸性情溫和，唯一讓他感到難過或不快而有情緒波動的，就是被冤枉。

體諒是通往寬恕之路

「雖然我不是指導教授，但我既然是共同作者，就是要共同承擔。我看那篇論文初稿時，並沒有回去查閱引用文句的原始論文，所以沒幫忙改寫引用的文句。這給我很大的啟示，後來和別人合作指導學生論文，我一定會修改引用的文句。」

「以確保這事不再重演。」我說。

「大多數醫學論文都有很多共同作者，包括流行病學家、臨床專科醫師、醫學統計學家等等，這篇論文就掛了十個作者，事情發生了，大家都必須承擔。我只是覺得，唉，怎麼會重罰一個年輕醫師的無心瑕疵呢？當我知道整個件事的來龍去脈導因於醫學院院長的競爭，我覺得真是白色巨塔的不幸。」爸爸語重心長。

人性是多元而浮動的

爸爸明明因為這件事受到許多波及，卻只是替當事人感到心疼，還能理智地從這事件學習，並看到事情表象背後的盤根錯節，實在令我深感欽佩。這到底是怎麼做到的？「因為你理解背後的原因，所以能夠逆來順受，是這樣嗎？」我問。

「是的，我憎惡這種勾心鬥角，可是我可以體諒他們的所作所為，要爭取醫學院院長職位的人，都是我熟悉的。」

「那你不會對人心感到失望嗎？」

「為了爭權奪利或追逐名位對競爭者說三道四在所難免，但洩密件、寫黑函，卻是我難以接受的。」

我由衷地說：「我覺得最困難、也最厲害的是，你還是對人性抱持信心。我知道學術或政治圈難免發生這些事，所以我本能的逃避，因為接近了就會感到痛心，覺得人怎麼會變成這樣？本來的好友反目成仇，又或者為了自己能登上高位而將別人踩在腳下。」

「我一直認為人性本善。」爸爸說。

「即使看到那麼多？」

「對，我還是認為人性本善，至少有善的一面。」爸爸堅定地說。

「那他們為什麼那樣？」我想了解爸爸的看法。

「人世間這種事情很常見，人性也會因時、因地、因事而轉變，人性是多元而浮動的。剛才說的這些人，除了這件事情以外，他們在很多方面都很優秀，都是好醫師、好教授、好主管，對病人也很好，」爸爸說，「所以我看人絕對不會只看一個面向，不會因為這個人做了一件不好的事，就認定他不是好人，或是那個人一直都做好事，才覺得他是好人。每一個人，包括我自己在內，都是有好有壞，正如聖奧斯定（St. Augustine，早期天主教的神學家、哲學家）所說：『每個聖人都有他的過去，每個罪人都有他的未來。』我偶爾會驕傲、嫉妒、憤怒、冷漠，也常好吃懶做啊。」

「還好啦，不太偷懶，但貪吃是有一點，哈哈，我們家都喜歡吃好吃的！」聽到爸爸這樣說，我也不禁舒展笑顏。

「我不是完美的人，也不期待別人是完美的。好人會有軟弱、缺失和瑕疵，就像健康的人也會有許多毛病一樣。但我會努力多欣賞他好的一面，少計算他壞的一面。心中有愛的人，就如聖保祿所說的：『凡事包容，凡事相信，凡事盼望，凡事忍耐。』（格前13：8）」爸爸說。

「所以即使有人做了讓你難過的事、傷害了你，你也還能看見他美好的面向。」總是對人懷抱欣賞的眼光，是我最欽佩爸爸的一點。

讓自己從他人的傷害中過去

談到原諒，如果要我說出一個難以原諒的人，我想一定會是那個人。

有一次，我們和爸爸的登山社老友一起攀登富士山，晚上睡大通鋪。登山是相當耗費體能的運動，經過一整天的行程，大家都已相當疲倦。當時我身旁睡的是不認識的人，還跟媽咪吵著要換位子，媽咪只安撫我一下就哄我和妹妹入眠了。迷迷糊糊中，我感覺旁邊的人把手伸進我的棉被，我嚇得半死，但是那時一片漆黑，我只能緊緊的捲著被子兩側，防止他的手伸進來。隔天繼續爬山時，我產生輕微的高山症狀，那個叔叔還拿了杯溫水給我，我斷然拒絕了。媽咪見狀斥責我沒禮貌，卻感激那位叔叔的好心。此後，我對男性的任何肢體碰觸都會很緊張、不安。父母家人也是到事發後十幾年，才聽我輕描淡寫提起。

「我後來為什麼能讓這件事過去呢？我還是不明白這件事為何發生，可是我過得去是因為，這件事的發生在往後保護了我，讓我能夠因為不喜歡而遠離異性的肢體接觸。所以我覺得，天主既然能把這件不舒服的事變成一個禮物或恩典，那就讓它這樣吧。」

寬厚待人的爸爸，以寬廣的理解，體諒包容曾經傷害他的人，我雖然不能完全明白這傷害的起因，但也試著尋找它對於我的意義，好讓我能把這件事放下，或是變成我的護身符。

剛進政治圈在立法院接受質詢時，爸爸很不習慣。「我當衛生署署長，是為了控制SARS的疫情才跳『火坑』，不然我何必蹚這渾水？從頭到尾，立委在衛環委員會就批評這也沒做好、那也沒做好。確實，在一開始全世界都搞不清楚SARS是什麼的時候，要做到一百分並不容易。不過我一上任就曾答覆立委：『政治口水沒辦法抵抗SARS，只會使SARS疫情更加嚴峻。』」

「他們講你，你都悶不吭聲？」

「我會用科學實證的數據來回應，媽咪也怕我太凶悍，送給我一個十字架的鑰匙圈，要我在被質詢時『手握著十字架，心想著主耶穌』。這麼好的人竟然被釘在十字架，臨死前祂是怎麼說的：『主啊，請祢原諒他們吧，因為他們不知道他們在做什麼。』」

「雖然你知道有這個使命，也效法十字架上的耶穌，還是必須自己承擔很多，媽咪也沒法分擔，只能為你懇切祈禱。那你是怎麼度過痛苦和艱困的時刻呢？」

「在很困難的時候，我會先站在專業的立場努力說明。我實在是不太會用政治語言的人……」爸爸好似有些無奈。

「這樣很好啊！」我微笑鼓勵。

「這也不見得好啦，我不用政治語言，有些執政黨立委就會覺得我很笨拙；在野黨的立委就覺得，太好了，這個人好欺負。」

「但後來發現你也沒那麼好欺負。」我笑說。

「這個『沒那麼好欺負』，是指我會講道理。」爸爸一向以和為貴、以理服人，不過也會有和人起爭執的時候。就像先前爸爸提過的，曾有立委因謾罵、不講理而與爸爸言語衝突。「我有該自我檢討的地方，我不喜歡嗆人，但他一開始就嗆我，我就忍不住了。其實我心裡是難過的，覺得在國會殿堂應該理性問政，不需要讓場面變成這樣。」爸爸舊事重提，還是不自覺露出懊悔自責的神情。

「你是不是覺得自己怎麼變成這樣？」我同理爸爸的感受。

「對，所以我就會去辦告解，那時幾位神父最常聽到我告解的內容，都是『我又忍不住生氣了』。」

「那神父怎麼回應？」

「神父說，如果你發的是義怒，那不需要告解；但若你有一絲一毫是為了讓對方難堪，那你就是不對的。」

「可是你並沒有。」我相信爸爸的為人。

「我覺得我也可以去體諒這些立委的唐突，因為他們是新科立委，可能還不熟悉立法院的質詢。」爸爸最終還是這麼體貼他人、為人著想。

關係的修復與和解

近期我有一個靈性的合作工作，合作夥伴是我很好的朋友，在靈性關懷的路上一直感到很孤單的我，很開心天主終於派來了靈性夥伴，能夠一起為相同的志向合作。因為我個性直率，求好心切，一直以來也習慣自己衝鋒陷陣的工作模式，第一次成為工作夥伴的我們，都有主導派性格，看待事情與解決事情的方式難免不同。

她直到活動結束才坦言，這段過程讓她非常痛苦。她明白這不是我的問題，只不過有時我和她溝通，容易使她聯想到童年不愉快的經歷。

「可能因為我嗓門比較大、語速比較快，也比較直接，才讓她有這種感覺。我聽到的當下直接大哭，因為我最受不了自己讓別人受傷。我的好朋友竟然因為這件事受傷這麼久，我卻不知道。我哭著跟她說：『你怎麼不早點跟我說，我就早點調整。』她說，她知道不是我的問題，也不想影響團隊，是剛好觸碰到她自己的人生議題。然後她又好氣又好笑地跟我說，我都沒哭，你怎麼反倒先哭了。」

「我就覺得，有時候直率也不見得是好事。雖然我一直以來都是對事不對人，可是我後來發現，即使我沒有惡意，但因為我的直率或講話大聲，就讓別人有不好的感受。」這次經驗也讓我聯想到，有時和宣名溝通時，他也覺得我得理不饒人，即便我並無斥責之意，也無人身攻擊，但他就感覺不舒服。小時候跟媽咪吵架也是，她到後來都會說：「算了，我說不過你。」就氣沖沖地走掉。

「其實我很珍惜我們的關係，可是不小心就讓他們受傷了。我很不好意思，也很捨不得。經過這些事，就會讓我反省，自己個性上是不是有一些比較急的部分會讓人不舒服。可能我從小跟爸爸就是沒大沒小慣了，對長輩我不太會『敬重』，雖然有禮，但也是有話直說。」

「你曾經讓別人感覺不舒服，後來重修舊好。在這樣的過程當中，你覺得什麼東西最重要？」爸爸耐心的聽我一把鼻涕、一把眼淚說完後，淡淡的問我。

「真誠。」我篤定地說。「像剛剛的情況，我會直接跟對方說，我很喜歡你，你超棒的，而且我講的也是真心的。然後我會想要修復關係，希望這個關係可以延續，甚至更上一層樓。其實我們有一個最低限度的共識，如果真的沒辦法合作，還是要能做好朋友。這件事讓我知道自己可以微調的地方，天主也讓我看見自己需要重整之處。我們都覺得，天主也在我們的關係之間，我們相信這些事的發生可能有其意義，也希望能共同答覆天主給我們的使命。不過簡單來說，基本上就是我道歉了、她接納了，我們兩個大哭之後緊緊相擁，然後彌補傷痕。」

爸爸說：「這和我在立法院接受質詢一樣，因為要在很短的時間內回應，就會比較直接、考慮比較不周延，這多少會讓對方覺得有壓力、或是受傷害，但這並不是我的本意。」

放下我執，順應自然，讓生命優雅流動

我興奮地與爸爸分享近期的觀察與發現：「我的中醫師要我時時刻刻『觀呼吸』，即便在跟病人和家屬會談時也要。剛開始，這對我而言很難，因為我陪伴病人和家屬時，都是以他們為中心，很難注意到自身。但在整個會談中有一、兩次注意到，觀呼吸時，我的能量場

也會比較穩定。不管是會談或關懷病友、家屬，即使什麼都不做，我的那股安定的力量自然而然會對他們有所助益。如果我沒有先安定下來，可能反而隨著他們動盪的能量起伏。所以現在會談時，我會先留意我在哪裡、我現在的狀態如何，讓自己先安住於當下，再去看看天主此時此刻在哪裡，有意識地知道祂在。在每一個當下練習。」

爸爸淡淡地笑著回應：「就像國畫一定要留白。留白是繪畫的藝術，也是人生的藝術。當我很衝動想講一些話時，我也會留白，先不急著說，不要認為為了對方好，就一次把所有的東西都講出來。這需要對彼此有所了解。」

「講到這個，我就想到宗惇法師說過的故事。當時我分享天主教『浪子回頭』的福音故事，他就跟我分享佛教也有一個類似的故事。」有一位王子，從小不知道自己的身世，以平民的身分過生活。國王找到這位失散的兒子以後，知道如果馬上揭露他的真實身分，他一定會過於震驚而不知如何自處。所以國王就招募他進宮擔任長工，慢慢晉升為主管。過了好長一段時間，才和他父子相認。

這段故事引發我的反思：是不是有時候給別人愛，給得太突然、太滿，反而會讓對方難以承受？

在「浪子回頭」的故事中，小兒子分得家產後，在外揮霍浪蕩，散盡家財後才慚愧返家，自願擔任家裡的長工以贖罪。沒想到父親無條件接納了他，並歡喜慶祝他的歸來。「可是他剛開始一定會覺得很不配、很虧欠。我後來覺得，對，應該像宗惇法師說的故事一樣，採取漸進式的做法，不要一開始就太過熱情、一股腦地想給對方很多。慢慢帶領他，慢慢讓他知道，他什麼都不用做就配得這一切的愛，這個過程其實是我要學習的。」這樣簡短的領悟，我可是走了好久好久，才終於能體會箇中精髓。

最近我的神師徐森義神父點撥我，他覺得我的「我」還是太大，雖然我走在對的道路上，執行受託的使命，可是我還是渴望掌控，這種想要控制一切的「我」還是太大了。他不斷提醒我：「你要順著生命的流走。」我說，我跟病人、家屬會談時，都很自然跟著聖神的帶領，就像一條水管一樣。神父悠悠地說，日常生活也要如此。

我才警醒，他所指的應該是我總是想要規劃未來，總是想著下一步該怎麼走，可是後來才發現，有時候就是人算不如天算。我想我應該學習一粒麥子，落在地裡死了，然後結出許多子粒來，讓天意來主導。

「不過，讓自己的生命隨著天主的旨意自然地流動，這需要歲月的薰陶。」爸爸說。

「我覺得現在就可以開始修行了，畢竟我也中年了，哈哈！」

爸爸回應：「沒錯，有些人的薰陶比較早，比如最近封聖的義大利少年阿庫蒂斯（Carlo Acutis），他從小就從事許多照顧別人的愛的工作，雖然十五歲就過世了，死後卻創造了神蹟而封聖。這件事情啟發我，有些人很早就順著天主的旨意，在生命之河自然地流動，有些人可能到了晚年才能順隨天主的安排，每個人的歷程不同。孔子說：『三十而立，四十而不惑，五十而知天命，六十而耳順，七十而從心所欲不踰矩。』但我也不是小時候就這樣，而是隨著年紀愈來愈大，就愈來愈能夠交託給天主。『從心所欲不踰矩』的意思就是，我的心已成為聖神的宮殿，完全順從於天主，所以不會踰矩，這是我自己的詮釋。」

「我前幾年也跟宣名說，我覺得我已經從心所欲不踰矩，他說你還是會碰到一些人生的關卡，還有某些地方不夠順服天意。我跟徐神父談話的時候，我說，我每個階段都問天主要我往哪裡走，然後就跟著祂走。徐神父反問我：『你不是還在計畫未來嗎？你年輕的時候是你想去哪就去哪，有了一點年紀後，天主要你去一個你不想去的地方，你就要把這個老我也燒盡。』我才發現原來我還是有一些抓著不放的東西，可能是成就感或其他的，還要學習再放手一點。」

爸爸說：「另一個會讓我們感到不自在的，是我們太在意別人對我們的看法。」「因為有你，我已經努力打破這個了。」我和爸爸一起哈哈大笑。

我還記得SARS期間的一件往事。在台大公衛大樓的電梯裡，大家都戴著口罩，我聽到身旁有人竊竊私語爸爸和我的關係，後來其中一人還直接對我說：「你可不可以把口罩脫下來讓我看看？」我心中頓時燃起一把火，難道我是什麼動物園裡的珍禽異獸嗎？竟然被這樣要求！

「後來我學習，我在自己生命的小船上，我的船上有耶穌，別人怎麼看我不重要，我只要在乎耶穌怎麼看我就夠了。現在我已經放下不少，不會太在意別人的眼光。」

「我不喜歡將你們塑造成別人想像的樣子。」爸爸的語氣堅定中帶有一點心疼。我想身為公眾人物的兒子，爸爸一定也經歷過這樣的心路歷程。

「如果太在意他人的想法，就會活得不自在，我一直在調整，現在已經好多了！」我笑著對爸爸說。

自我寬恕那些過不去的事

「老爸，之前我們聊過人生的遺憾，像是年輕時你忙著工作，沒辦法在媽咪生我時陪在她身邊，或是沒辦法來參加我的國小畢業典禮。對於這些遺憾，雖然無法再回到當時，可是你會用其他的方式彌補，例如出席每一位孫子、孫女的畢業典禮，或是現在盡可能陪伴媽咪一起祈禱、一起運動。但有沒有一些你覺得過不去的坎？你怎麼面對那些事？」

「基本上我都是與人為善，較少和人起爭執。但剛跟媽咪結婚的時候，難免會有些不一樣的觀念。」

婚後，媽媽來到爸爸的大家庭共同生活，遭遇許多前所未有的挑戰，包含本省和外省的文化語言差異，以及家人間的磨合互動。爸爸還記得，有次媽媽和四姑姑因家庭開銷記帳產生的誤會，兩人都覺得很委屈地哭了，卡在中間的爸爸就勸媽媽以和為貴。阿公看在眼裡，也不吭聲，私底下跟爸爸說，媽媽已經很辛苦了；身為弟弟，爸爸不好去勸四姑姑，後來請阿公幫忙，這件事才告一段落。

「媽咪很在意這件事，我覺得我的處理沒有讓媽咪很舒服，我只跟她講以和為貴，比較少站在媽咪的角度去同理她、安慰她、謝謝她。後來她跟我說，她嫁到我們陳家，就一直遵循她母親的教誨：『嫁到夫家就是夫家的人，要孝順公婆、善待姑嫂。』她受了委屈，回去跟母親講，外婆也跟媽咪說要以和為貴。她一直覺得很孤立無援。」爸爸說。

「她的委屈沒有人懂，也沒人站在她那邊，自己的媽媽跟先生都是。」我為人媳婦，可以理解媽媽當時的委屈。

「是，這件事我一直耿耿於懷。那時候才剛結婚，雖然我很疼媽咪，也很愛她，可是一直沒有好好撫慰她的無助與孤獨。」

那時爸爸家住社子，爸媽工作通勤要將近一小時，媽媽的收入還高於擔任台大助教的爸爸。媽媽懷我的時候比較容易餓，也特別愛吃滷雞腿，又不好意思在家裡吃，爸爸就會帶她到淡水河邊，坐在堤防上吃雞腿，遠眺夕陽餘暉斜映在觀音山。

「結婚前期媽咪確實很辛苦，在婆家這個大家庭深感孤單。她在娘家是備受寵愛的二小姐，來到我們家就沒那麼被呵護了，忽然之間被冷落，我自己也粗枝大葉，沒有細膩體會她的心情。」

「剛結婚又沒有共同生活過，更何況是一大家子的人住在一起，當然很難適應，」我柔聲說，「那後來呢？針對這件事，你有跟媽咪說什麼嗎？」

「經過一段很長的時間後，我才跟媽咪說我很抱歉，媽咪也不是一直記著這件事，說過去的事就算了。後來我比較能站在媽咪這邊。對當時的我來說，困擾了最起碼兩、三個月。」

「可是你從剛結婚的時候記到現在？媽咪都放下了，你還沒放下嗎？」

爸爸沒有正面回應，而是說明後續的發展：「後來我們討論出最好的方式，就是不要同住在大家庭，但也不要住得離婆家太遠。可是當時我們沒有能力這樣做，在大家庭一起住了將近兩年，我就出國了，媽咪則回娘家，繼續在電信局上班，和外婆一起撫養你。」爸爸看起來欲言又止，我則靜靜地等著他繼續細數跟媽咪生活的過往點滴，那些我還沒生下來前的每個回憶，對我都彌足珍貴。

「另一個我對媽咪感到虧欠的，是我在約翰霍普金斯大學念書時，我們家是參加藍十字藍盾（Blue Cross Blue Shield）公司的學生健康保險，所以媽咪懷孕時只能接受助產士的例行健檢。每次健檢助產士都說正常，直到破水時才發現胎位不正，妹妹的頭在上、腳在下，必須緊急剖腹，所以媽咪的肚子就留下一條長長的手術疤痕。」

這故事我也聽過幾次：「對，只能直剖，沒辦法橫剖，因為來不及了。」

「早知道我就多花點錢，讓婦產科醫師產檢，分娩時也應該指定醫師。這件事情我對媽咪深感抱歉，沒能給她很好的產科照顧。」爸爸內疚地說。在爸爸訴說往事的神情中，深深感受到他對母親的深情。

「媽咪那時也很生氣嗎？」

「媽咪已經全身麻醉，根本不知道狀況。如果我事先做得好一點，也許早就能處理媽咪胎位不正的問題。我不懂產婦調理，媽咪產後也沒幫她坐月子，我還餵她吃葡萄柚，結果她十多年都覺得胃寒不舒服。她只要胃寒就會埋怨我沒有好好幫她坐月子，這確實是我的錯。」

「但也因為這樣，我生孩子的時候，媽咪和你都很重視我的月子。」我安慰爸爸。「談到現在，我覺得你沒太多需要寬恕和被寬恕的人。或許我們可以聊聊『寬恕自己』這個議題。」

我接觸許多臨終病人，在生命即將落幕時，他們最困難的不是寬恕別人，而是原諒自己。「像你剛才說媽咪和四姑姑爭執的這件事，你到現在還一直耿耿於懷，那不是很辛苦嗎？」我自己是這麼想的。

「我會耿耿於懷，但倒不影響現在我跟媽咪的關係。」

「但是會影響你怎麼看待你自己嗎？」

爸爸沉默片刻，說：「那份歉疚依然存在我心，所以我會更加體貼和彌補媽咪。」

「但你不能接受自己那時候的年輕和有限嗎？這就是那時的你啊。」

「我當然知道自己當時的年輕和有限。」

「那為什麼還歉疚？畢竟是第一次。我可能就比較容易放下，因為我知道必須經歷過，我才會成長。」

「今天是因為你問我這一生有哪些覺得不舒服、或有罪惡感的事，我才會回憶起這件事，如果剛才不提，我也不會一直記掛著這件往事，而繼續感到不安。」爸爸說。

我停頓了一下，緩緩開口：「我曾經陪伴關懷家暴受害的女性，她們有時候很難原諒自己。因為受限於經濟能力，必須委屈自己在高風險的狀況下生活。她會覺得為什麼自己不能下定決心離開對方？為什麼自己總是在原諒？但對我來說，我能寬恕自己有一個很重要的原因，就是天主願意寬恕我，祂願意接納我的陰影，接納我會犯錯，接納我的有限，如果祂在了解我的一切的情況下，都願意接納我，我才有信心去接納有缺陷的自己。」

過去，我認為天主的光芒是完全和煦明亮的，但現在我更相信天主是生命，包含了出生與死亡，也包含了光明與黑暗。如果生命的樣貌如此，那我就能接受人是有陰影的，而且不必是完全光明的，這讓我更能接納他人與我自身的缺陷。天主的光不會全是明亮的顏色，祂可能也會照出一些陰影，但這沒有什麼不好，因為人總是複雜而多面的。

需要天主寬恕的最後一件事

「那如果現在突然要離開人世了，你覺得自己有什麼是需要天主寬恕或原諒的？」

爸爸不假思索地說：「有時我會認為自己是一個很有能力的人，忘掉了天主的存在和恩典，認為這是我憑自己努力走完的人生旅程。」

「你覺得這是最後你要天主原諒的？」我再次確認，內心感到十分震驚與不敢置信。

「對，我常常會這樣，以為自己很棒。」爸爸真摯地說道。

「但事實上你也真的很棒啊！」我發自內心地這麼認為，但也覺得爸爸為此煩惱很可愛。「你只要知道這份『很棒』是天主給的就好了啊，也不需要覺得自己不棒，哈哈！」

「對，我也沒有覺得自己不棒啦。只是如果你問我什麼是需要被天主原諒的，我想就是……」

「驕傲，你說的是驕傲。」我了然於心。

「對，如果在眼睛閉上以前要做一個總告解，我覺得驕傲是我的大罪。我不認為我曾刻意去傷害過一個人。」

「我懂你的意思，我想到的也是我在無意中傷害的人。」

「如果是無意中傷害他，你要怎麼回想起這些事情？」爸爸犀利地問。

「我可能就跟天主說，天主啊，我可能在無意中傷害了一些人，希望你可以保佑他們，讓他們被治癒。」我說。

弔詭的是，這些無意中被我傷害的人，反而大多是和我最親近的人，像是家人或工作夥伴。相較之下，距離稍遠的病人與家屬，我一定對他們比較溫和有禮、而且疼愛，反倒不用擔心。

對於我能意識到的傷害，能道歉我一定會直接先道歉，就像我會對我的孩子說：「我也不是天生就知道怎麼當媽媽，所以還是有些事沒做好，媽咪很抱歉，我們一起努力學習做更好的媽咪和小孩。」以防哪天我突然離開，留下未盡的遺憾。

爸爸點點頭：「我跟你滿像的，如果認為自己做得不好，我也會跟對方直接道歉，即使對下屬也是如此。」

人際關係的修復與和好，需要真誠的心、理解包容的眼光，以及雙方對維繫關係的堅定共識。寬恕他人已經相當不容易，寬恕自己更是需要智慧和勇氣。其實，我對於寬恕自己這門功課也一直在學習中。為何能原諒過去的自己，我覺得是因為最了解我、也最認識我的陰影與缺陷的那位愛我的神，祂既然已經願意寬恕我，也接納這樣不堪的我，我也就比較能拾起勇氣寬恕這樣的自己。我願自己能如和風一般，撫慰身邊哀慟的人，也願人們能因此多一點點可能去接納已經遍體鱗傷的自己，那就夠了。

輯四——生命
愛與受苦

生命的意義是什麼？
人生當中最珍貴的是什麼？

12 自我實現，與幫助他人自我實現

「伸出手，十隻手指頭長短不一，就像我們家八個孩子一樣，但在我心目中，每個孩子都有他的獨特之處與光明的未來。」這是阿公的至理名言，我覺得超有智慧的。

談起阿公對子女的教養，爸爸常愛舉他和阿德叔叔的例子：「阿德叔叔小時候不太喜歡念書，我在學校成績很好。很多人都稱讚我未來一定會出人頭地，阿德大概就普通。但阿公都會很嚴肅地說：『不，這兩個孩子長大後會一樣好。』」

那時我當然很不服氣，我常拿全校第一名，弟弟有時還全班吊車尾，怎麼會跟我一樣？可是你看，阿公說的真的很對。後來我四十七歲當上中研院院士，阿德叔叔也是，我們兩個也先後得到總統科學獎。阿公從來不拿自己的孩子做比較，也從來不偏心，或是說誰比較優秀、誰比較差。他欣賞每個孩子的模樣。」

讓人有自我選擇，自我實現的機會

爸爸也是這樣對待妹妹和我。從小到大，我們想讀什麼科系、想從事什麼工作，爸爸一向都給予支持。以前妹妹想讀戲劇系或哲學系，媽媽有點擔心念這些科系未來會不會很難找工作。我先前做護理師，有時大夜班深夜在工作，還要幫忙病人把屎把尿，吃飯也不定時，都讓媽咪很捨不得。從小媽媽就希望我們長大以後做老師，有寒暑假，偏偏兩個女兒各自有理想抱負。長大的我，理解媽媽因為愛女兒而捨不得我們受苦，但我和妹妹之所以能堅持在自己的熱愛和理想中工作，不論薪資多少、工作多苦，都要感謝爸爸全然支持我們追夢和實現理想，也感謝媽媽雖然心疼，但也不曾阻止我們去做自己喜歡的工作。

「但我因為工作認識一些病友、家屬，他們後來因緣際會知道爸爸的身分，常常很訝異我為什麼做這樣的工作。我問他們『這樣的』工作怎麼了嗎？他們會說，爸爸的小孩應該會去做醫生、律師等賺錢又有名望的工作。我聽了心想：喔！原來大家都是那樣想的啊，真是太不了解老爸和我們家了，賺錢和名利一直都不是我們的追求啊！」

爸爸第一次聽我說了這樣的事，嘴角不禁泛起笑意，輕笑了一聲：「呵！」聽起來很滿意自己的家教和傳承。

我繼續說：「這種一直以來被全然信任的感覺，是很重要的支撐點，讓我和妹妹即使在這個年紀都還能夠勇敢追夢。」

「這種對孩子的信任，都是阿公身教得好！」爸爸總是不居功，在他心目中，阿公真的是模範父親，讓他們兄弟姊妹懷念不已。

阿公能對孩子全然接納和信任，讓我的二姑姑和大伯念軍校、五姑姑嫁給小她六歲的先生等等，我覺得背後有一個關鍵原因，就是阿公也不怎麼在乎別人怎麼看他。但我心裡很好奇，怎樣的修為能做到不在乎別人的眼光呢？我覺得這很了不起！因為大部分的人都會覺得「孩子就應該要……」也有許多父母拿孩子的成績和表現炫耀，但阿公卻不在乎別人怎麼看待自己的孩子，打從心裡欣賞自己的每個孩子，即使他們跟大眾眼中優秀的孩子實在迥異。

因為有父母欣賞的眼光與全然的信任，讓孩子能自在長成自己想要的模樣，對此我深深感謝爸爸。

「讓人有自我選擇、自我實現的機會，這很重要，」爸爸說，「我從當老師開始就給我的孩子……」

「孩子？」我有沒有聽錯？

「學生就像我的孩子嘛，」爸爸輕笑了一下，繼續說：「我都給我的學生很大的自由。準備開始寫論文時，很多人都會問我：『老師，你要我寫什麼題目？』我就跟學生說：『怎麼會是我要你寫什麼題目？看你自己想做什麼題目就做什麼啊，而且要做那種你心甘情願為它苦、為它累的題目。』爸爸說，老師就像助產士，要扮演引導、協助的角色，他一向讓學生有很高的自主性，自發地完成想做的研究。

執教數十載，爸爸桃李滿天下，每週一中午的研究室會議（Lab meeting）是最熱鬧的時候。爸爸的學生和他感情很好，像是工作夥伴、戰友，也可以跟他像朋友一般開玩笑地沒大沒小。爸爸對學生的關心也不只是在學業和研究。哪個學生生了大病、或家裡人有什麼事，爸爸也都很關心。真的就像老爹對待自己的孩子一樣。爸爸還記得，當年指導前陽明大學校長郭旭崧的情景。那時郭校長對遺傳學有興趣，想研究染色體異常如何引起各式各樣的先天性疾病，爸爸同意了，他開始著手進行研究。過了一陣子，郭校長發現染色體異常導致的疾病太多，不容易做，想聚焦在唐氏症，爸爸也說沒問題。經過鑽研相關資料與不斷思索，郭校長最後詢問爸爸的建議。身為指導老師，爸爸只提了一個問題：「為什麼產婦年紀愈大，愈易生下唐氏症的孩子？」後來郭校長就完成了《49例唐氏症患者病因學之初步探討——以多組配對病例對照法分析》這項碩士論文研究。「研究假說、研究設計全是他自己發展出來，我只是在一旁幫他慢慢塑造。」爸爸說。我聽了這些話，內心深受觸動。這樣的好老師著實難得。讓學生自由發展，支持他們自己去鑽研、去探索，學生碰到瓶頸、需要幫忙時，也會有如禪師一樣，給予當頭棒喝的提醒，讓學生豁然開朗。

協助他人自我實現

爸爸也是個很尊師重道的人。我年幼時，除了登山社的「七俠五義」，爸爸其實很少跟朋友聚會，卻常在假日帶著禮物，帶我們一家去拜訪他的恩師。爸爸說起恩師林東明教授的故事。在課堂上分析討論流行案例時，林教授會請同學一個個分享自己的觀察和想法，待每人都發表一輪以後，大家等著教授給出「正確解答」。沒想到林教授反問大家：「流行病學有標準答案嗎？」

爸爸說起這段故事，顯得津津有味，語氣充滿了活力和興趣：「我把這種教學法取了一個名稱，叫做『蘇格拉底式教學法』。蘇格拉底也常常問學生很多問題，讓學生思考。我和學生互動的方式也是如此。我喜歡讓學生自己去思考，讓他們有比較多的自主性，這個自主性會讓他更樂於投入學術研究，因為這是他自己喜歡做的事，所以我的學生選擇繼續走學術研究的相對比較多。」

我覺得很有意思，不禁脫口而出：「這跟我們做靈性關懷很像！」

我陪伴的病人，大多是重症和末期病人，處於生命的最後階段，加上病痛與身體的限制，他們心中經常盤繞的疑問就是：「人生的意義是什麼？我都快死了，活著有什麼意義？」「可是，關懷師或照顧者是沒有辦法丟給他們一個意義的，因為那個意義並不屬於他的。我們唯一能做的，就是跟這位病友一起回顧他的一生，做生命回顧，讓他從中發掘自己的生命意義。」我停頓了一下，接著說：「例如，一位家庭主婦過去生活的重心就是相夫教子，但她現在生病，沒辦法煮飯燒菜、打理家務，這時候她常常對先生、孩子感到虧欠、覺得拖累了家人。但是每天孩子來醫院病床邊，跟媽媽訴說一天發生的事，媽媽柔聲安慰著女兒、給一個溫暖的擁抱，就能讓女兒感受到媽媽的暖意和支持。關懷師會協助母親，讓她知道雖然現在不能洗衣燒飯，可是她的『存在』對孩子、對先生，就是無比的有意義。這跟你剛剛說的很像，關懷師協助病人找到人生的意義，在他現有的狀態下，把這個意義延續下去。」

爸爸很認真地聽，然後說：「沒錯，是很像。這個世界上，有很多人抱持著好意，給他人建議，跟別人說你可以做這個、做那個。但不管是我的學生或部屬，我都很尊重他們，會先看他們現在想做什麼，才給建議或政策上的指導。在這樣的方式下，我的學生和部會首長都會覺得工作起來滿開心的，也覺得被重視。最重要的是覺得自己有能力，也有信心去承擔他們應該承擔的，整個部會的氣氛不會很緊張，他們也不會戰戰兢兢。我覺得互相信任是很重要的。」

我心有戚戚焉的接著說：「我在工作上主導性強，喜歡執行開創性的任務，非常感激願意給予信任和空間的主管。有些領導者會希望屬下幫他完成夢想，但你不是，你是看到同仁是什麼樣子，放手讓他們去做，然後在他們有需要的時候協助，讓他們自己可以做主、可以自由發揮。這麼一來，完成這件事的意義對他們而言就會很不一樣，他們會覺得自己在自我實現。」

爸爸讚許地說：「是啊，你讀到我的心裡話了。不管擔任什麼職位，我總是喜歡讓周遭的人發揮長才，即使有些時候放手會出現一點點小差錯，但我會幫他們一起承擔，再一起彌補，他們就能放心大膽地放手去做。」

我真的非常同意這點，又舉了一個例子：「有些父母對孩子有許多擔心，小孩想學做菜，到廚房幫忙切菜，媽媽就怕他切到手指，要幫忙炒菜，又擔心用火危險，就把孩子趕出廚房。可是這可能是孩子興趣萌芽的開始，說不定他以後會成為有名的廚師。父母的擔憂或許是出於保護，但很容易因此限制了小孩的發展。可是你的保護不會限制人的發展，而且願意承擔他可能會造成的麻煩，對吧？」

爸爸點頭同意。

「你也讓他有跌倒的可能。」身為兩個孩子媽媽的我，深知其中的掙扎：「這很不容易，對父母來說尤其是。」

爸爸不好意思地延伸解釋道：「我想，做父母的總是要學習。我常開玩笑說，大姑姑（阿公阿嬤的第一個小孩）小時候跌倒、流鼻血，趕快扶她起來、幫她躺下來、用毛巾來冰敷、大家忙成一團；等到我這個家裡的老七流鼻血了，阿公阿嬤就說：『阿仁啊，起來，自己擦擦鼻子，小心不要把地板給弄髒了。』阿公阿嬤學會了，知道這是小事。」

爸爸停頓了一下，接著說：「當你愈來愈有經驗，就會知道，每一個生命存在於這個世界上，都不是為了要去實現別人的理想，而是要實現自己的理想。一個家庭或團隊的領導者，能否讓團隊的每位成員都同心合意一起發展，這很重要。我很喜歡一句話：『一個人可以走得很快，但一群人可以走得很遠。』比起一個人，一個團隊可以完成更多事、也走得更穩健。」我第一次聽爸爸說出這樣的觀點，這讓常常單打獨鬥的我有了更多的省思。或許，我也需要學習怎樣團隊運作，分工合作、彼此相信、相輔相成，以成就更遠大的理想，走得更遠。

如果每個人都能理解生命的意義是自我實現，在人際互動中，無論處於什麼樣的關係，都應該尊重對方是一個獨立的個體，有他的獨特之處，以及他想要抵達的地方。給他自由，讓他展翅飛翔，也在他需要的時候，成為那一陣托起他的風。

把想要奉獻的志業做得出色

「你相信每個人都有他的理想跟抱負。但有些人可能真的沒有，那怎麼辦？」這句話聽起來有點挑釁，但我是真的碰過很多人，在人們覺得好的道路前進，念前三志願的高中、考第一志願的大學和科系，一路念到博士，最後不知道自己想要什麼，去考了公務員。

「每個人一定有自己想追求的目標，但可能因為環境或種種因素，讓他的目標被限縮了。有些人很幸運能出生在好的家庭，也有些人生在沒有辦法讓他好好發展的家庭。一定要讓孩子可以擇其所愛、愛其所選，這也是我這幾年努力的方向。」爸爸指的是二〇二四年上路的私立大學學費補助政策，「也許他負擔得起公立大學某科系的學費，但這不一定是他想學的；他可能想就讀私立大學的某個科系，卻付不起學費。政府補助私立大學的學費，就能讓他的理想有實現的機會。」

「我想做的，就是幫助社會上弱勢家庭的孩子，讓他們也可以實現自己想做的事。很多孩子不是沒有理想，只是理想實現的過程需要別人的幫忙。」小時候的爸爸是個棒球迷，當年的紅葉少棒隊資源極度匱乏，練球時只能用木棍打石頭，幸好有愛心球迷的資助，讓他們一路打到了世界冠軍，實現理想。

「怎麼去幫助每一個人實現他的夢想，是很重要、也是我想做的事。」爸爸再次強調。我真心覺得，爸爸真的很在乎那些受限於家境無法完成自己夢想的孩子和青年。

但如果不是外在環境的影響，而是有人真的沒有找到所謂的理想或自我實現的目標呢？

我跟爸爸聊到我的兒子，他今年剛從國中畢業，很喜歡與人相處，也很樂於助人，可是對於未來想做哪一行卻沒有想法和偏好。問他喜歡畫畫去當設計師，他沒興趣；喜歡打鼓當樂手或音樂老師，也不想。又或者有些人，不是能力不好，也不是缺乏資源，總能表現得符合社會期待，卻不清楚自己心之所向，就隨著主流價值的腳步，懵懵懂懂一路從台大電機學士念到博士，可能終其一生都找不到自己的夢想。面對這種「沒有夢想的人」，又如何幫助他找出並實現夢想，發現自身生命的意義？

爸爸只是溫和地說：「每個人起步都不一樣。有些孩子比較早知道他人生的目標，像我很早就立定志向當一個科學家，做生物研究。」爸爸回憶起小學時大伯帶他去採集動、植物標本，引發他對生命科學的興趣，這就是他的熱情所在。「有些孩子，像是小原，我倒也不擔心，因為他才國中畢業，還有高中、大學的階段。我常跟年輕人說，不要太早決定終身志向，這也可能是危險的。我大學一年級念森林系，轉系到動物系，如果這四年大學教育就要完全決定我畢業後的五十年生涯，這是多可怕的事情啊！我後來進了公共衛生研究所，又決定專注在流行病學，我的興趣是持續在改變、聚焦。孩子的成長也是一樣。」爸爸寬廣的胸襟和對不同人的尊重和耐心，果然跟我不同。我很擔心兒子找不到自己的目標和方向，爸爸對人就有更開闊的接納與包容。

爸爸接著說：「我覺得那倒還好，有些人活到老，也只能為了養家活口，選擇從事自己沒那麼感興趣的事，然後再把他剩餘的那一點錢，投入他的興趣，做自己喜歡的事。」我心想，若生命的意義是自我實現，那將大部分時間花在僅為了生存而做的事，而非自己真心所愛的志業上，這不是太可惜了嗎？

沒想到爸爸這樣回答：「那也很好啊。我當台大登山社社長時，最佩服的是一位登山家邢天正先生。他在糧食局服務，職位不是很高，但是他利用公餘的時間，走遍台灣的各大山脈。他繪製的山脈稜脈地圖，是我們每一個山友都要薪火相傳、使用參考的。他沉浸在自己的興趣，推動了台灣的登山風氣，我們愛爬山的年輕人都很崇拜他，實在太了不起了！有些人可能還沒找到他摯愛的理想跟志向，但是不必急，因為我們一輩子都在學習，一輩子都在找尋生命的美好。」

爸爸繼續說：「我不會把一個人生命的意義，放在他是否擁有財富、名聲或地位。我覺得一個人的生命意義在於：能不能把他所想要奉獻的志業做得出色。如果可以，我就覺得很了不起。」

找尋自己的使命並實踐

宜蘭的陳五福醫師，是爸爸經常掛在嘴邊的例子。我也很喜歡陳醫師的小故事，總是讓人深受感動，讓我想起開始做靈性關懷的初心，聽再多次都不會膩。

台大醫科畢業後，深受史懷哲感動的陳五福，寫信給史懷哲毛遂自薦：「讓我到你的蘭巴倫去吧！那裡需要一位眼科醫師。」史懷哲回信給陳醫師說：「每個人都有他自己的蘭巴倫，去找屬於你自己的奉獻之地吧！」陳五福聽了史懷哲的話，在宜蘭羅東開設眼科診所，又成立了慕光習藝所，讓視障人士學習工藝技術自食其力。陳五福醫師往生時，喪禮上長長的送葬隊伍中，大約有兩千多位視障人士。

「你看，一個台大醫科畢業的學生，還沒有找到他的志業在哪時，是史懷哲提醒了他，他有自己奉獻的地方，要他看看周遭是否有需要的人，所以他就去愛了羅東的視障人士。這就是我說的，史懷哲在三十歲才立志學醫要去非洲服務，邢天正在四十九歲才對台灣高山入迷，只要努力找尋自己人生的理想，無論是幾歲找到，都很有意義。」

聽完爸爸的話，我對於兒子還沒找到未來目標的擔憂頓時減輕不少。我思索了一下，問爸爸：「所以你覺得生命的意義就是去找尋自己的使命，然後在生命的過程中去實踐它，是嗎？」

爸爸很肯定的回答：「對，而且這個使命可能會隨著年齡和生活經驗改變，很多人是退休後才開始，民俗畫家洪通就是一個很好的例子。他是台灣知名素人畫家，五十歲才開始學畫。人生即使在最後階段，也都會有意料之外、充滿驚喜的體驗，這樣一來，人生就充滿無限可能，我覺得這樣的人生是滿令人嚮往的。」

活出受造時的美好

雖然爸爸說的聽來挺不錯，但我自己對於人生的意義與目的，其實有著不太一樣的見解。我跟爸爸分享：「但對我來說，人生最重要的是活出自己受造時的樣子。」

聽起來可能有點太宗教性，但我的確是這麼認為的。我相信天主創造每個人的時候，都是美好的，沒有一個人是瑕疵品。可是正如爸爸所說，人出生以後，會受到種種因素影響，不論是家庭背景、成長環境或人生中經歷的這一切，使他覺得自己就是一顆不起眼的石頭。怎麼讓人看到自己獨一無二的價值，感受到自己是寶貴的、是值得被愛的，然後慢慢找到自己受造時的美好，我覺得這就是人生最重要的事。

當然，在尋找的過程中，可能需要經歷一些低谷跟挫折，畢竟要迸出一顆珍珠，總是需要細砂在其中磨礪，可能要流下許多眼淚。但當你深刻感受到人生的空無，或生命無常時，當你流下許多眼淚，你會發現人生中重要的是什麼。

「我做靈性陪伴的時候，跟你講的那個過程很像。靈性陪伴很有意思的地方在於，我不能做一個領隊，在前面把人拉著往前走，因為他可能還沒有準備好往前；也不能在後面拉扯他，跟他說：『欸，別走那麼快！』不能以一個專業人員自居教導受苦者，好像我很懂得面對哀傷和苦難要怎麼走過，或是很能減輕一些深陷其中的痛苦。不，每個人都是獨一無二的，有自己的方式和步伐面對失落和痛苦。我們沒經歷過他所遭遇的一切，就不要自以為懂。我們只能當個陪伴者，跟著他的步伐，亦步亦趨地陪他走過生命的幽谷。讓他知道，不論他變得如何，步伐或快或慢，或哭泣、或憤怒，我都會在，不用害怕。我們頂多能做的，就是讓他感受到不孤單，有人願意牽著他的手，行經生命的死蔭幽谷，不論多長。就像你對待部屬和學生那樣，以他為中心，扶持他、陪著他實現自我。如果他研究做不出來，走不動了，那我們就耐心的等待。」

爸爸沒有說什麼，靜靜地點了點頭，表示贊同。

「你說阿公傳承給你包容、接納、給人的自由度跟信任，我覺得這也是你的身教教導、傳承給我的。自由和信任都是愛裡面很重要的一部分。」爸爸和我都認為，人生中很重要的一件事就是學習愛跟被愛，而要如何去愛和被愛，我想這就是爸爸以身作則教會我的。愛，除了給孩子一個家、讓他有安全感，也給孩子一雙翅膀去自由翱翔。

我始終覺得天主很愛我，那是因為天主雖然給我無條件、不求回報的愛，但更難得的是祂給了我很大的、離家的自由，雖然那時祂會很傷心，但祂不會強迫我往祂要的方向走。這種愛與包容，跟爸爸很像。我每次在外面闖蕩完想回家時，都是因為我確信，天父早就如同浪子回頭的故事，在家門口引領期盼我回家，準備給我一個大大的擁抱。爸爸也是，讓我知道，即使我在外面受挫折了，爸爸媽媽總是會挺我，以我為榮，也為我心疼不捨。

13 愛與連結

為何會開始了和爸爸的談心時光呢？其實身為女兒的我，還是有點小心機的。爸爸不服老，一直說自己還有很多夢想、還很年輕。但我知道，這個老年階段，生命的回顧和整合是多麼重要的一件事。所以我有個私心，想要跟爸爸藉由這個談心時光，一起做一個生命回顧。生命回顧有一些主題和題目，其中之一是：「如果要拍一支關於我自己人生的紀錄片，有什麼片段或畫面是不能刪去的？」

我想，若是我的話，必定是大學畢業後進入安寧病房的第一份工作。這是我第一次近距離貼近生命的逝去，也是我第一次看見人生百態，領略生命的意義。分享兩個令我印象深刻的例子。

有一次值大夜班，一個爺爺半夜拉鈴，原來是想上廁所。身為安寧護理師的我，為他準備床旁便盆椅，小心翼翼攙扶他下床。好不容易幫助他到便盆椅上，爺爺卻突然悲從中來，哭著說：「我是醫生，培育的每個孩子都很有成就，在國外發展得很好。可是在我生命的末刻，在感到孤單無助的夜裡，身邊卻一個家人都沒有，連上廁所都只能麻煩你。」

我也照顧過一位長年擔任家庭主婦的和藹老奶奶。在奶奶的病房裡，總能看到兩、三個已經中年的子女隨侍在側，有的從美國請假半年回來陪媽媽、有的捧著筆電在一旁工作，孩子們即使散居各地、工作繁忙，但都很疼愛奶奶，也會抽時間陪在媽媽身邊。「我很真切地體會到當一個人生了病，走到了生命的盡頭，地位有多高、擁有多少財富，都沒法賺得陪在身邊的家人，那份踏實、溫暖與愛。爺爺是位好醫生，幫助了很多病人，卻因此疏於照顧家人孩子；奶奶雖然是家庭主婦，但陪伴著孩子成長，讓孩子在成長的路上感受到母愛的溫暖與支持，這份想要反哺的孝心，讓她的子女排除萬難，願意陪伴母親到生命的最後一刻。這讓我深刻了解，在死亡面前，功名利祿有時是蒼白無力的。在生命的終末，我們會發現，在痛苦與分離的時分，真正能帶給我們力量和安慰的，唯有家人的愛與陪伴，一位真正懂得我們的痛苦而幽谷伴行的神，或是對死後世界的盼望。」我很感謝有這些在安寧病房的經驗，近距離從分離與死亡中，學習什麼是生命中真正重要的事。

「進入安寧病房，讓你看淡權勢、名望、金錢，你覺得這些都不重要，那你認為人生當中最珍貴的是什麼？」

面對爸爸的提問，我毫不猶豫地回答：「人與人之間的愛與連結。」

活在當下，愛要及時

許多和我同年或更年輕的人，並不覺得死亡離自己很近。但很多我陪伴的病人都和我年紀相仿。我也陪伴過病童，所以知道死亡可能隨時會來，不見得人老了死神才會來找我們。

為了避免死亡來臨時措手不及，產生遺憾，我會時時提醒自己：「如果今天就要走了，還有什麼是我想說但沒說、想做但沒做的嗎？我想表達的感謝和愛，都已經表達了嗎？如果有遺憾，就趕快去做。」我想起過去在安寧照顧基金會的靈性種子師資學苑做過的「死亡練習」：躺在彰化靜山靈修中心神父墓園裡的空棺木上，閉上眼睛，身上蓋著報紙，想像著自己死去的場景。我有時也會在帶課程時教學員準備一份三十天倒數的空白日曆，假設這就是自己最後剩下的三十天，開始倒數計時，每撕去一張，就少一天可活，在日曆背面寫下當天的心情日記。「面對癌症或宣判死亡時，往往有如晴天霹靂，在震驚過後，許多人會開始想：『什麼？我的生命就要結束了？我沒聽錯吧？我還沒開始過我想要的生活呢！』如果我們能在每年的年初都做一個願望清單，具體的寫出五件想做的事，然後一一實現，哪天突然發生意外了，才會覺得：『沒關係，我想做的都做了，想玩的也玩了，我已經沒有遺憾了。』對我來說，不斷分辨、釐清人生的優先順序是很重要的。」

這樣的案例時有所聞。一對夫妻辛勤工作，好不容易將孩子拉拔長大，終於熬到退休，可以享受自己的生活，卻在健康檢查時確診罹癌。本來環遊世界的計畫，成了手術、放療、化療的漫長循環。

「不要等到那個時刻，再去過你想過的人生。此時此刻就可以開始，等到生命的終點抵達時，才不會措手不及、茫然失措，然後感到無比憾恨，好像許多想做的事、想見的人都來不及了。也才能比較有安全感地面對死亡。」在我下結論的同時，也想到許多人的困境。也許很多人會說：「可是他現在就過得很慘，就是必須努力勒緊褲帶、賺錢養家，要先存錢啊。那該怎麼辦呢？」

「就像你講的，愛的連結不一定需要錢和聲望。」爸爸提醒我。

「這有時候是衝突的。我在醫院接觸到很多人，他們都覺得家人最重要，也很重視跟家人相處的時光，可是卻花最多時間工作。這麼努力工作，為的是什麼？為了賺錢讓這個家安穩。問題在於，如果覺得陪伴家人最重要，卻花最多時間在工作，這不是很矛盾嗎？」

「對啊，當然。」爸爸贊同。

「還是要找到平衡，」我說，「我問他，如果只剩下一年時間，他想做什麼？他馬上說：『那我不工作了，要辭職陪伴家人。』」

「大部分的人都是這樣，在重病之際，或知道他的末日即將來到時，會放棄他正在進行的工作，去補償他最想做而尚未做的事，但往往那時候抱病在身或時間緊迫，未必能如願。也許他身體狀況沒辦法負荷，周遭的人也都很忙碌，或者他們關係已經疏離了。與其到那時才來補償，還不如就像老爸你講的，現在固然忙著工作、賺錢、養家，但若認為家人是最重要的，還是要在忙碌之餘保留一些時間和空間給家人。」

我相信爸爸是真心這麼想。因為即便爸爸偶爾會說，他年輕時因忙著做研究，許多我們重要的人生里程碑，像是我的畢業典禮、媽媽第一次生產等等，都沒有參與，而對我們感到虧欠；但在我成長的過程中，爸爸是盡可能不應酬的，也不會加班到很晚才回家，他總是把工作帶回家做，我們一家人幾乎每天都能一起共進晚餐。

爸爸大笑著說：「那時我有一個很好的藉口，就是『我爸爸要我回家吃晚飯』。阿公還健在的時候，我常用這個理由婉拒應酬。大家習慣後，即使阿公已經往生，也不會邀請我。」隨後又解釋：「那是因為我的工作可以帶回家做。先回家和你們一起吃飯，幫你們洗好碗以後，再來寫論文。如果要做實驗，也都可以先安排好時間。」但我知道這是爸爸的心意，在百忙之中，他仍將家庭擺放在最優先的位置。

爸爸說：「有些人不會把愛的連結看做是當下的事，總覺得等到我賺大錢、等到我完成重要工作，就可以跟家人有愛的連結，我覺得那是不切實際的想法。」

那「實際」的做法又是什麼呢？「活在當下，現在就去愛我所要愛的人。也許不是將全部的時間給他們，可是起碼可以分配一部分，最後才不會有遺憾。」

我們家有個傳統一直延續到現在：每年都會舉辦娘家出遊，每週也盡可能安排娘家聚餐。家族出遊在爸爸擔任公職期間、SARS和新冠肺炎疫情期間都很不容易安排，我們就縮短出遊時間，或是到近一點的地方出遊。有時碰到颱風等緊急事件，爸爸可能只會參加一半，但他從來不會缺席。

在我們的小孩上國、高中後，他們有時會在心裡嘀咕：怎麼又要慶生、又要聚餐了，我們也有很多朋友的聚會耶！

可是爸爸覺得，家人相聚的親近時刻十分重要。就像我兒子國小一年級時，先生每週送他去上朱宗慶打擊樂，父子倆肩並肩走著，沒有手機干擾，兩人可以好好談天說地。半年下來，父子關係就親密不少，兒子也跟爸爸學會了好多行道樹的名稱。這些平凡的點滴，相信在他們長大成人後會發現，是多麼彌足珍貴的回憶。

死亡無法阻隔愛

很多人覺得，親人離世後，他們之間親密的愛的連結就斷了，愛也被迫中止。剛開始可能會感到內心巨大的空洞與撕裂，可是慢慢地，就會找到一個新的方式，與離開的親人再次建立愛的連結，而這個連結，將不再受到死亡的剝奪，會成為一種永恆。

這個方式可能很簡單。例如，孩子們每天上下學，覺得變成天使的爸爸每天都像往常一樣，帶他們一起走在上下學的路上；或是先生每天早上出門，都會如常跟離世的太太說：「親愛的，我出門囉！」下班回家也會到太太的相片前坐一下，跟她訴說今天工作發生的事；有的人會穿上母親的羽絨外套過冬，感覺母親溫暖的懷抱，失去母親的第一個冬天，似乎就不那麼寒冷刺骨了。

爸爸回憶起小時候，阿公每天要早起祭祖。「這是台灣的傳統習俗，不一定要信佛，但一定要拜祖先。祖先牌位一定要放在三合院的正廳，每天向祖先問安、上香，也請祖先保佑後代子孫平安順遂。其實祭祖就是在祖先離世後，仍然向他們表達愛、感謝與思念，讓他們繼續在家裡，也請他們在天上繼續保佑看顧後代。這個傳統已經很久，大家似乎忘記了初衷的美意。祭祖和家裡的祠堂，展現了華人社會重視家庭與孝道的特質。」

爸爸談起小時候阿公帶他們去旗山祖厝祭拜祖先，途中會分享他們的阿公、伯公、叔公等等長輩的故事。

即便阿公已離世多年，這個傳統到現在依舊持續，我興奮地說：「對啊，現在我們每次去祭祖，也都會向阿公、阿嬤講很多話，介紹今天來祭祖的有誰，然後報告子孫的近況。」

每年春節假期是祭拜阿公、阿嬤的日子，爸爸的兄弟姊妹都盡可能從美國、日本回來一起祭拜。這個日子也算是散居各地的手足家人難得的共融，在祭祀後，爸爸和阿德叔叔會請兄姊和他們的子孫一起吃飯。要是有難得從國外回來的家人，或是新婚的第三代帶了外國孫女婿回台灣，還會播放他們婚禮的ＰＰＴ，帶新婚禮物給每個家庭。

爸爸的手足家庭連結緊密，每次聚餐後，都會一起唱阿公和二姑姑一起創作的家歌，內容描寫阿公、阿嬤在一九六〇年的高雄八七水災當天，攜手跋涉去雜貨店買雞蛋，卻不幸滑倒跌破雞蛋的傷心故事。這首歌的歌詞還被翻譯成英文跟日文版，要讓後代子孫記得阿公、阿嬤是如何胼手胝足地撐持起這個甜蜜的家。大家常常邊講故事邊拭淚，思念著他們的父母，最後會合唱〈愛的真諦〉。我很喜歡和爸爸整個家族聚在一起共融的感覺，笑中帶淚、淚中帶笑的回憶他們的兒時往事，我們孫輩也津津有味聽著老故事。這樣的親情之愛，撫慰了父母離世的哀傷。

我認識一位病友小潔（化名），從小在重男輕女的家庭中成長，媽媽對她非常嚴格。工作能力很強的她，在媽媽堅持下跟一個家境不錯的人結婚，從職業婦女搖身一變成為家庭主婦。即便婚後，媽媽仍經常對她奪命連環call，需要幫忙都找她，有什麼好處就全給弟弟。在媽媽走之前，她一直渴望感受到母愛，但未能如願。

她是一名基督徒，她說：「我想在媽媽走之前寬恕她，可是我真的做不到。我好像不是一個好的基督徒。」我感到很心疼：「怎麼會呢？你很想原諒媽媽，很想在她離世前跟她和好，就表示你有基督徒的精神，但我們還是有人的限度，因為你過去在和母親的關係中受了很多的傷，我們總不能勉強自己，那就把你想要寬恕母親——這個美好的祈禱意向放在祈禱裡吧。」

「後來小潔在母親離世前寬恕她了嗎？」爸爸好奇地問道。

母親走的前幾天，小潔帶了自己榨的柳橙汁去探望。媽媽喝了以後轉頭跟看護說：「你看，這個柳橙汁是我女兒榨給我喝的，很好喝。」小潔就覺得可以了，她可以真心的原諒母親了，原來媽媽一直是很肯定她、為她感到驕傲的。

但是小潔的母親走後，我在內心跟天主生悶氣：「祢很小氣耶，她只是想要母愛，對大家來說都這麼輕易就擁有的母愛，難道在她母親走之前，祢都不能給她嗎？」後來我持續陪伴她走過哀傷的幽谷，過了幾個月，她突然跟我說，她最近感受到母愛了。我心想：「見鬼了，媽媽不是走了嗎？是怎麼感受到母愛的？」

原來，因為媽媽已經離開，媽媽的奪命連環call也不復存在。對母親的恐懼卸下後，她開始回想，她很小很小的時候，在海鮮餐廳工作的媽媽，深夜回家時會把她搖醒，一起品嚐從餐廳打包回來剩下的螃蟹。她也才明白，媽媽堅持要她嫁到好人家，是因為捨不得她吃苦。此時她才恍然大悟，原來媽媽一直是愛她的，但媽媽認為女性要夠堅強，婚後才能過得好，所以對弟弟總是寵溺，對她總是要求很多。「那時我覺得，天主真是太神奇了！我真的不能用我小小的理智去揣測天主。就算她母親已經過世，天主還是讓她經驗到了母愛。天主不是不俯聽我們的祈禱，只是天主有祂的時間和方式。」

「『這杯柳橙汁很好喝』，這句話是她盼望很久的肯定。她發現媽媽其實很倚賴她，而且只要她在，媽媽就很安心。她發現了母親一直是相信她的能力，也以她為榮的。」

爸爸聽了小潔的故事後回應：「人與人相處的珍貴之處，往往不在於外在物質的贈與，例如一份貴重的禮物，而是能夠推心置腹、彼此了解。某種程度上的心心相印，最能讓人感受到愛。」

看見黑暗，然後成為光

《聖經》上說：「在愛內沒有恐懼，圓滿的愛把恐懼驅逐於外。（若一：4：18）」「光能在黑暗中照耀，黑暗絕不能勝過它。（若一：5）」

黑暗很可怕，但再怎麼黑，只要一根蠟燭，就能讓整個房間亮起來。所以不用害怕黑暗，只要去找尋微光在哪裡，也要相信黑暗中有星星，只是可能被烏雲遮住了，一時看不到。

陪伴一位哀傷者或臨終病人，不知道說什麼沒關係，他就像是掉進一個深井裡，你不知道要怎麼把他救起來，你試過在洞口呼喊他：「嘿！你在那邊還好嗎？」他沒有回應。你可能也試著抛下繩索，想拉他上來，依然沒有動靜。他可能沒有力氣握住那根繩子，沒有力氣爬上來。我覺得更重要的是，你能不能毅然決然跳進井裡，跟他一起進入那個伸手不見五指的地方？你不確定那邊的狀況，可能潮溼不堪、滿是淤泥，說不定還有蜘蛛網和蟾蜍之類的動物。但只要你跳下去，就可以輕輕握著他的手，傳給他一絲絲暖意，和一句很有力量的話：『別擔心，我在。』你只要靜靜地坐在他身邊，跟著他一起呼吸，一起感受黑暗與無助，他的心就能安穩下來。如果你能在黑暗中握著他的手，你的手心就可以傳遞力量給黑暗中的那個人，你就是一道微光，讓他感受到你和他同在，他就不會再那麼孤單無助。

爸爸聽了很受觸動，沉思了一陣子，回應：「我深有同感。我擔任行政院長時，常去各地的育幼院訪視，我最喜歡跟孩子們講三個王子的故事，跟你剛才說的有異曲同工之妙。」

有一位國王，為了挑選繼承人，指派一項任務給三個王子，要他們用十個銀元去購買能夠填滿整個皇宮的物品。完成任務的王子，就可以繼承王位。大王子買了稻草、二王子買了棉花，都填不滿偌大的皇宮。小王子出宮後，看到一個賣蠟燭的小女孩，她被人推倒，蠟燭散落一地，瞎眼的她在地上摸索著找蠟燭，很多蠟燭都被來往的人踩壞了。小王子於心不忍，把十個銀元都給了小女孩，帶著那些壞掉的蠟燭回到皇宮。兩個哥哥都嘲笑他，小王子面不改色，把蠟燭擺放在皇宮裡的每一個角落，一起點燃，整個皇宮都亮了！

「我問孩子們，哪個王子可以當國王，他們都說當然是小王子，因為蠟燭的光讓整座皇宮亮起來。我又再問，要做什麼蠟燭才會有光呢？孩子說，要點燃。他們了解點燃蠟燭才會發光，不要認為自己只是一根小蠟燭，成就不了大事，只要願意點燃自己，就會發光。」

我同意爸爸的說法，不過比起如何燃燒自己，我更想討論的是，人為什麼會想成為光？

「對我來說，重要的不是怎麼成為光，而是看見黑暗在哪裡。」

「如果你覺得世界非常明亮，大家都過得很好，你根本不會想去成為那道光。育幼院或身障的孩子能有同感，是因為他們都曾在黑暗中，所以可以看見、也可以感受到有人正在受苦。這就是為什麼很多窮人家的孩子更願意分享，因為他們曾經飢餓過。」

這讓我想起自身的經歷，「最近有許多朋友回饋給我，覺得我很特別，為什麼家世環境不錯，還會去關心那些有需要的人？那是因為我也曾被排擠過、孤單過。所以我覺得困境是寶貴的，它讓人經歷過某種黑暗，才會想成為別人黑暗中的光。」

「會不會有人身在黑暗中卻不自知呢？」爸爸問。

這個問題我也想過。「可能是受誘惑而犯了罪，或是陷入一種狀態，他覺得自己可以得到所有想要的，卻落入更大的空虛中。對我來說，精神上的貧乏是真正的貧乏。他們沒有意識到自己的精神貧乏，所以必須不斷地抓取跟掌握，填補內心的不安。比起物質上的貧乏，精神貧乏的人更需要靈性關懷。或許他覺得自己擁有很多，卻害怕擁有的一切在一夕之間化為烏有，所以要抓取更多。但抓愈多，就愈害怕失去。我覺得這樣的人，也是活在黑暗中。」

爸爸輕歎：「唉，真的滿可憐的。」是啊，有些人自認生活很美滿，有很好的社會地位，賺了很多錢，要什麼有什麼，但如同我在安寧病房中體認到的，在生命的盡頭，功名利祿再也無法帶給我們滿足，唯有愛與連結才能讓人真正感到溫暖、踏實與幸福。

與愛的根源連結

聽了我的分享，爸爸好奇地問：「在你的經驗，你認為人的一生當中，最重要的就是要與別人有愛的連結。除此以外，你有沒有想過，應該還要有另外一個連結，就是跟造物主的連結？你覺得這對人的生命或生活，有沒有必要性？這不見得是宗教的信仰。」

「對我來說，一個充滿慈悲、跟大愛連結的人，神或佛就在他心裡面。」

爸爸十分贊同，他迅速補充：「對，不過不見得要透過傳統宗教定義下的領洗或受戒，而是那個愛的本體。」

我了解爸爸想說的：「當人跟這個愛的根源有所連結時，比較不容易感到枯竭。因為人世間感受到的愛，大多是有限的，人也會經歷老死分離。如果只跟人有連結，內心難免不安，想緊緊抓住某個人，但『人』能給予的愛就是有限的，也終究會面臨生離死別。最幸福的，還是跟愛或慈悲的根源有所連結，能不斷地被澆灌，就能有比較大的自在跟安心。不管世事怎麼變化，總有一個永恆的愛，深深了解我們，始終與我們相伴，永遠不會消逝。」

爸爸深表贊同。因為信仰天主教，爸爸和我有幸能體驗到與愛的根源連結。但對於沒有宗教信仰的人呢？我補充說：「這就要靠機緣，並不是『好東西就可以跟好朋友分享』。對於沒經歷過的人，還是要先讓他感受到真切的、人可以體驗到的、近於無條件的愛與接納。

沒辦法直接介紹天主給他，因為他可能經驗不到那是什麼。」

爸爸突然說：「我常常跟天主祈禱，請祂賜給我智慧、勇氣和寧靜。」

我心頭一揪。我知道，爸爸說的是過去擔任公職時，尤其是在立法院嚴重對立的境遇，他每天一早要先去教堂祈禱，站在備詢台上時緊緊握著十字架。因為他知道，站在那裡，是一場背負著沉重十字架的苦戰。但他的祈禱卻是尼布爾的《寧靜禱文》：「主啊！請賜給我勇氣，去改變我能改變的事；請賜給我寧靜，去接受我無法改變的事；請賜給我智慧，以分辨什麼是我可以改變的，什麼是不能改變的。」

爸爸知道，每個人有不同的理想、堅持和信念，他唯有改變自己的心態，去面對不同的人，才能依然保持尊重、慈愛與憐憫的心。只有與大愛的連結，才能維持人與人之間愛的連結。我知道這種時候有多麼不容易，心裡也十分不捨。

「不過最近我跟媽咪在祈禱時，常常請求天主賜給我們一顆感恩的心。」

爸爸媽媽一直以來都很感恩。爸爸總是相信，他所有的研究成果是屬於整個團隊的，也認為他生命中的諸多成就，是來自天主的眷顧、賞賜和砥礪、鼓舞。他明明也很努力、認真、負責，卻從來不覺得這是他一個人的功勞，總是謙卑地感謝天主和身邊支持他的人。

「一個人回顧他的生命時，他會想，這輩子有多少人跟他有互動？這些互動對他的意義是什麼？感恩的念頭會使人在回顧整個生命歷程時，覺得自己是被愛的。」

「那你們都感恩什麼？」我很好奇。

「總覺得天主給我們還不錯的歲月。像是讓我能夠安安穩穩做完行政院長的工作，這確實要感謝和我在工作場域中相遇的人，每個人多多少少都幫助了我，這不是我可以安排的，是上天的美意和恩典。」爸爸停頓了一下又說：「我覺得有感恩的心，是讓一個人在生活中活得開心的動力之一。」

這時的我，內心有一點覺得不好意思。我記得孩子小時候，我總是在睡前跟他們一起做「與麵包同眠」的祈禱，一起回顧一整天，然後看看什麼是一天中最值得感恩的，為此感謝天主。同時也想想一天中最難感謝的是什麼？去意識到即使那時我會感到孤單，但天主也不曾捨棄我們，也與我們同在。但曾幾何時，我居然忘了在生活中去數算每天小小的幸福，忘了在生活中發現那些天主巧妙的安排而致上感謝。

爸爸繼續說：「很多人常常忘記別人給予的幫助，因而覺得孤單和封閉，總覺得沒有人和他在一起，但其實有很多人在他身邊。」

我恍然大悟：「很多人在他身邊，但是他看不見！」

「沒錯，而且很多幫助是很隱微的，比如進電梯時，別人退一步讓我先進去。也許他有很多類似的經驗，但需要有敏銳的眼光，才能看見他身邊的好人好事。」

「所以《依納爵神操》才讓我們在睡前練習『與麵包同眠』。在睡前回顧這一天，想想什麼是我今天最感謝與最難感謝的。然後我知道，那個時刻天主跟我在一起，我相信祂陪著我。結束前，最後把明天的擔憂放在祈禱裡，念完《天主經》後，劃上十字聖號，再結束這一天，比較能安然入睡。」

生命的意義是愛與連結，這份愛的連結讓我們的生命沿途如花盛放，也讓我們在生命盡頭不帶遺憾，平靜而圓滿。人與人之間的愛與連結，能夠克服恐懼，點亮黑暗。透過感恩，讓我們看見生活中細小而豐盛的愛。與永恆的愛的根源連結，則讓我們內在的愛源源不絕。

左右是人與人愛的連結，中間是天主的愛與光的泉源，我們如同祂的枝條會結出很多子粒，掉下的枯葉會掉到土裡成為養分，再滋養我們。（怡如畫作）

14 受苦的意義

「最近你身體不太好，氣喘又發作，以前你有不舒服的時候，我和媽咪實在都……」爸爸有點欲言又止。

「很擔心？」我難得看到爸爸難以啟齒的憂心神情。

「是，我們在想你是不是換工作比較好？不要這麼操勞，晚上還要去家訪關懷病人，連他們哀傷的家人也要照顧，你自己都快要累壞了。」

聽到這裡我忍不住欣慰的笑了，啊，原來爸爸、媽媽都看在眼裡、疼在心底呀！活到這麼大了，還讓爸媽為我操心，果然不管我的年齡多大，在父母的心裡都永遠是孩子。「我們都滿擔心，也很不捨。但我一直跟媽咪說，我們不能因為這樣，讓你放棄你所喜歡的工作。難道一定要受苦，才能更好地照顧別人嗎？」爸爸臉上流露複雜的表情。

我知道爸爸、媽媽一直為我的健康祈禱，媽媽還會幫我打聽有什麼食療妙方，不時送給我、叮囑我按時吃。他們都是信德堅定的天主教徒，相信天主自會看顧我。我以為他們祈禱完就放下、不擔心我了。沒想到這份掛念和憂心只是沒說出口，他們默默支持我的理想，放手讓我去做想做的事，讓我深刻感受到父母的愛是如此的細膩與包容，給予我自由的背後自己默默承擔了多少。

生命低谷中看見愛

為了帶領病人做生命回顧，我曾經一題一題認真寫了自己的生命回顧。我很訝異的是，我寫下的第一件事，竟然是擔任護理師時人生最低潮的那段時光。「光是活著就已經很不容易，還要不斷會談、諮商。那時不像現在，大家覺得看身心科很平常。健保卡上面蓋的章是一個 p，表示 psycho（精神科），我就得好像有一個烙印在身上。」

那時即便要維持日常生活的樣貌都很艱難，但也因為這樣的經歷，讓我體驗到意想不到的禮物。「小時候媽咪對我們有比較多要求，像是成績、禮貌、儀態等等，所以我會覺得，得到媽咪的愛跟肯定是需要我去努力爭取的，必須符合她心目中好學生、好孩子的形象。可是在我受苦的時候，一直默默陪伴在我身邊的就是媽咪。她陪我去田裡散步、陪我做瑜伽、陪我去找驅魔的修女……她就是無所不用其極地，盡最大的可能陪我走過生命的低谷與難關。」

「那是我第一次感受到什麼是無條件的愛跟慈母的愛。」想到那時在無邊的黑暗、無盡的恐懼之中，嬌小但堅毅的媽媽，即使不知道該怎麼陪我才對，卻一直不斷傳遞給我溫暖和希望，讓我不至繼續向深淵墜落。談到這個，我的眼淚一絲絲滑落：「而且，她不會逼我。那是我第一次覺得她不會逼我，不會再勉強我了。一開始我沒辦法上班的時候，她會硬要我穿上褲子去上班，可是這對我來說很艱難。」

「那也是我第一次覺得我不能沒有天主，祂就像我的氧氣一樣，如果沒有祂，我根本就不能呼吸。這段幽谷經驗讓我跟天主建立了非常親密的關係，因為光是活著就很不容易。我還清楚記得那時看到張國榮自殺的新聞……」

「是，我們都很緊張。」爸爸聽我啜泣的訴說著過往的經歷，他專注的聆聽，神情不捨，聲音依舊溫和、平穩，有如一棵堅毅的大樹，但我知道他和媽媽那時一定也非常擔心。「看到新聞我感受到的是，我很慶幸自己還活著，很開心我沒有做那樣的選擇，只要活著，就還有希望。」至今我仍感到無比感謝與珍惜。

那段經歷即便痛苦、難熬，但我也因此有了這樣的體悟：「當人有一定能力的時候，很容易就會驕傲，可是當我氣喘發作，連呼吸都困難時，什麼都不能做，就會被迫學習怎樣不依靠自己，只要依靠天主，然後知道我能做的任何小事都是一件恩賜。我覺得這個經驗有很多不可取代的寶貴之處，不論是在信仰上跟天主建立了更深刻的關係，或是體驗到無條件的母愛。」

另一個我生命中很重要的轉捩點，就是國一時被排擠、霸凌。我是怎麼度過那段最糟糕的時光呢？起初我只能在日記中跟耶穌說話，「覺得耶穌就是我的好朋友，然後一直寫，一直寫，整本日記都在跟祂講話，講我日子過得猶如在沙漠中匍匐前行。」

後來回想，我認為那是一個很重要的開始。「在那之後，我告訴自己，我不會讓身邊有任何一個被排擠的邊緣人，只要看見，我就會特別去關注那些在圈圈以外的人。為什麼我大學時會去做志工關心愛滋病友，之後去監獄牧靈、陪伴臨終病人？他們對我來說就是最真實的人，沒有什麼面具，痛苦呻吟著卻常常被忽略。」

爸爸聽了之後回應：「你今天講的也讓我有一個新的思考。你說天主讓你進入一個苦難，你的病痛是一個很不舒服的狀態，讓你更能夠體會病人在病痛當中的感受。聽了之後，我現在就比較不會跟天主埋怨，祂怎麼讓我女兒這麼不舒服？祂讓你有這樣的使命，可是為什麼要讓你不舒服？我還是很不捨，難道一定要經過苦難，才能更了解別人嗎？這也是我很困擾，不曉得要怎麼去祈禱的地方。」爸爸沉吟了一下，繼續說：「但我覺得你關懷這些病人、和他們談話或協助他們的時候，真的能很準確貼切地了解他們心中的感受，這我就沒有辦法做到。」

爸爸說：「我舉最近的例子，你四姑姑心相師父快往生的那段歲月，還真的幸虧有你！要不然我的手足們，包括三姑姑、五姑姑、阿德叔叔和我，根本不曉得怎麼去面對臨終病人，不曉得應該怎麼照顧她、貼近她的心情。」

「不只是對病人，甚至對所有的醫護人員也是，他們也有很大的壓力。他們會覺得這是好朋友大仁哥的姊姊，可是不曉得怎麼跟大仁哥講他姊姊的事，已經盡心盡力了，結果還是不盡理想。可是你一去跟醫療團隊溝通以後，醫師、護理師的壓力都減輕了，知道接下來該怎麼照顧四姑姑，如釋重負。」爸爸又說。

原來照顧四姑姑的醫護人員也有這樣的心情轉折，這我倒是沒想過：「真的嗎？他們有這麼覺得？」

爸爸肯定的說：「對啊，你溝通之後，他們就能很平順地向我說明四姑姑的病況和照顧過程。」

還記得那個時候，是從來不麻煩我的爸爸，第一次很慎重地請我去醫院探視四姑姑，陪伴出家、單身的她生命的最後一程。因為兄弟姊妹們看得出四姑姑有心事、不開心，卻不知道怎麼讓她說出心中罣礙的事，不知道怎麼幫助這位一直陪伴著我阿公的姊姊。爸爸內心的情感，總是內斂的用行動表達，但這時卻顯得有些徬徨無措。我很慶幸自己是做安寧的，讓爸爸和我的姑姑、叔叔們有小小的機會倚賴我一下，直到心相師父圓滿往生極樂世界。

「我人生的座右銘，就是讓孤單的人被擁抱，讓難過的人得到安慰，」我說，「有點像

《聖經》裡真福八端說的，我不想再有人經歷痛苦和孤單，沒有一雙握住他們的手。就算我很累，只要我能出現在病人和家屬面前，我就不希望他們獨自經歷這個無人能懂的痛。」我停頓了一下，沉澱自己的心情，「因為我經歷過被孤立、被黑暗籠罩，那種無人能懂的痛，所以不願意眼睜睜看著有人再隻身經歷。所以，老爸你剛剛說的，為何天主不用其他方式來取代我親身經歷的生病受苦，讓我成為現在的我？我想，這可能有難度。」

看著爸爸，我堅定地說：「但是我喜歡我現在的樣子。可能這些經歷讓我的個性比較敏感，因為敏感、纖細，情緒起伏就比較大，但也比較容易敏銳察覺到病人家屬的心情。所以我覺得它也不算是不好，該算是天主給我的獨一無二的特質吧。」

「生命的過程當中難免會受苦，這也讓我們更能去體會苦難的意義。」爸爸本想以理性的口吻試著總結，但不禁又接著感歎：「只是當我想到，不經過苦難你就不能提供別人更好幫助時，就會有不捨。」雖然我都當媽了，但依然是爸爸的心肝寶貝。

受苦時，天主的仁慈在哪裡？

我陪伴過一位母親。她的孩子國小時確診罕見疾病，更令她傷心的是，婆家將孩子罹病原因歸咎於她「帶了不好的東西」給孩子。她帶著孩子離開，獨自撫養孩子長大，兩人相依為命。不幸的是，母子緣分不長，這個孩子來不及長大就往生了。

一直以來，她的生命都圍繞著孩子打轉，工作、醫院、家裡三頭跑，孩子過世，她頓失重心，不知自己該為了什麼而活。我陪伴她將近一年，進行哀傷撫慰，就在即將結案的時刻，她被診斷得了癌症。

我很不滿的質問天主：「現在是什麼狀況？祢一定是比我更愛她的吧？她何其無辜？這麼美好的一位女子和母親，祢讓我陪伴她，好不容易她的哀傷平復許多，為什麼又讓她得癌症呢？難道她一生所受的苦還不夠嗎？」

她是一名基督徒，罹病後繼續到教會，但心裡對於上帝開始質疑。起初抱著忿忿不平的情緒：「我就等著看，上帝的公義在哪裡？」每週的固定聚會，有人幫她祈禱，有人幫她燉雞湯，罹癌後她才開始意識到要好好料理自己的飲食，好好照顧自己。她原先以為教會的兄弟姐妹都不懂她失去孩子的苦、不懂她的悲傷，無論他們怎麼安慰，她都覺得不被理解。就像是一片飄零的落葉，孤單浮沉於廣漠的汪洋之上。生病以後她反而找到生活重心，重新感受到教會弟兄姐妹對她的愛。這片葉子，雖然仍舊漂浮在海上，卻開始能感受到日光照射的明亮、微風的撫觸、洋流的溫暖。

「我有很多像這樣的經驗。」

「你太小看天主了。」爸爸說。

「對啊！我曾經以為罹患癌症是一件壞事，對她來說是雪上加霜，沒想到真的是塞翁失馬，焉知非福，她反而因為得了癌症，找到照顧自己生命的意義與方向。我感受到天主真的是慈悲的神，而且祂的方式，遠超過我們的智慧。所以真的不能太自以為是。雖然很多時候的確不懂祂這樣做的用意；我這麼捨不得她受苦，祢怎麼忍心讓她再經歷這些？我有時候會跟天主argue，如果祢真的仁慈，那祢的仁慈到底在哪裡？」

隨著時間，隨著我的陪伴經驗愈加豐富，有許多擁有更難承擔的受苦經驗的人向我尋求幫助。我想起有次靈修塗鴉，筆隨意動，內心突然湧入排山倒海的痛苦：「本來以為我已經接觸到痛苦的核心，沒想到還有更痛苦的，那痛苦就像是剝洋蔥，一圈剝開還有一圈，不斷加深、火辣辣的。我忍不住問天主：『痛苦的核心到底在哪裡？在痛苦的核心，祢到底在哪裡？』畫到最後，中間出現了耶穌的聖心，戴著莿冠，肋旁被刺透而汩汩流出血水，我像約伯一樣啞口無言。好吧，如果在這麼、這麼、這麼痛苦的核心，大部分的苦都是耶穌在十字架上代替我們承擔了，我們所經驗到的只是一點點的話，我真的沒有什麼話可說。當我發現，祂為我們背負的，比我們為他們背負的，更多出百倍千倍萬倍的時候，我就真的啞口無言了。」

祂透過許許多多類似的經驗，讓我感受到祂的仁慈。我終於明白，祂是以獨一無二的方式對待每一個人。祂的愛，不見得是直接取消我們當下的苦難，而是在這個過程中保守我們，讓我們在困境裡還有平安，在風雨中還有盼望。

「其實我覺得這也很有意義，祂讓痛苦變成一個禮物，再讓我們去轉化它，然後從中學習到一些什麼。如果突然把痛苦拿掉，這些苦不是統統白受了嗎？我們就會覺得痛苦這件事是沒有意義的。」

陪伴病人時是如此，回想自己生命中兩次低谷經驗時，我也相信，天主讓我經歷這些一定有祂的意義，這讓我變成一個更完整的人。但很重要的是，我不覺得是天主在我身上「降下」這些苦難，以讓我變成更好的人，而是祂「允許」這些苦難的發生，然後將痛苦轉為恩典跟禮物。

陪伴對生命絕望的人

身為全人關懷師的我，工作上的日常就是面對一個個對生命感到絕望、找不到生命意義的人。

處在風雨中，我們往往期待著曙光再現時的彩虹，但倘若連日風雨不斷，我們又能如何心存盼望？

爸爸分析：「對生命絕望的人，可能是在身體上、心理上或社會上，遭受很大的變故。我們可以給這些人一些幫助，比如脊髓性肌肉萎縮症的病人，以前沒有任何有效療法，現在有了基因療法，但是費用將近五千萬，我們該不該治療這個病人？如果不治療，可能不久就會發生肌肉萎縮影響生活和生存；如果一出生就進行治療，小孩的成長就會和正常人一樣。」

「你是說，要不要健保給付嗎？」我釐清爸爸的話。

「對，」爸爸繼續說，「經評估後，健保署決定要給付在適應症範圍內的病人。這牽涉到『生命的價值』，如果治療可以使病人痊癒，就應該盡最大的努力來醫治他。有人批評這樣做會加重健保的財務負擔，但我認為這是在『拯救一個美好的生命』，因為該治療可以使適應症範圍內的病人，成為一個健康而擁有美好生命的人。」

我當然明白爸爸表達了政府的立場，要給受苦者最大的支持以度過生命的難關。但我想了解的是，身為平民百姓的爸爸，面對生命絕望的人會如何回應？「面對一個很絕望、找不到生命意義的人，跟他說政府會幫助他，是遠水救不了近火。如果他想要你給他一些建議，你會跟他說什麼呢？」

「這要看我本身的能力。如果我覺得我有能力，我會勸他。」

「那你會怎麼勸？」我很好奇，向來樂觀理性的爸爸會怎麼鼓勵這樣的人。

「比如我的學生考試考不好，我會跟他講……」爸爸老師魂上身，以學生考試為例。但我覺得這和感到絕望的受苦者還是有距離。

「如果是得重病的人呢？比如你的學生舊疾復發？」我提示。

「我會覺得能力不夠，需要轉介給你。」爸爸哈哈大笑。

「你那時回應得很好啊！」我忍不住說：「你說，你知道這件事也很難過。我記得你還跟他講了一些話？」我追問。

爸爸清了清喉嚨：「我會說我見過很多病例，雖然是末期癌症，現在已有很多好的藥物，像是標靶治療、免疫治療等，政府也努力成立癌症新藥基金，補助病人治療費用。如果他有意願繼續活下去，我會鼓勵他接受新的療法。」

我核對爸爸的想法：「你會跟他說，還有很多希望，不是癌症復發就沒救了，可以接受新的治療？」

「對。」爸爸表示肯定。

我忍不住笑出來，爸爸果然是科學家，很理性務實的思路。「那萬一完全沒有藥物呢？」

「真的沒藥的話，我會跟他說明目前的狀況，還有未來預期的發展，主動讓他知道病情很嚴重，也讓他知道預後之後，鼓勵他雖然目前無藥可治，但是他這一生活得很……」爸爸停頓一下說：「這不是我的專長，你來說。」

「沒關係，我等一下再講。」我鼓勵爸爸。

我會說：「你這一生活得很有意義，很多人喜歡你。勸他去跟這些人告別。」

「不錯啊，你吸收、學習到了安寧的『四道』（道謝、道歉、道愛、道別）。」

「我覺得要盡最大的努力去照護每個人。」

「我應該會跟他說，對，我知道，有時候生命的重量，的確讓人難以承擔、喘不過氣，要再往前走一步都很吃力，好像未來怎麼樣都看不到希望，無止境的黑暗讓你快要窒息。你能想到唯一能夠解脫的辦法，就只有死。」就像先前提過的，要陪著對方一起處於黑暗的洞穴裡，盡可能同理對方的心情。

我放慢語速繼續說：「但我還是相信，風雨以後就是彩虹，嚴冬過後就有春天。雖然黑暗的確可能很漫長，你很想死，可是你現在還活著，那到底是什麼支撐你活到現在？例如你捨不得爸媽傷心，這就是你黑暗中的微光，你知道有一些人關心你、在乎你，所以你不願意就這樣死去。」

「去找一找你黑暗中的微光是什麼吧！雖然它們的確沒辦法代替你受苦，可是會幫助你不至迷失方向，至少可能還有一點點願意活著的念頭。你也會知道，你不是一個人孤單面對，即使你覺得其他人都不懂。」我說。

爸爸說：「如果能了解生命的意義，癌末病人追求的也不盡然是繼續活下去，他可能還會追求人生其他的意義。如果我是癌末病人，又有人提醒我在過去的歲月享受了家庭的甜蜜、工作的美好，我會記住那些美好的回憶，也會趁著所剩不多的在世時間，去一一謝謝在人生旅途陪伴我同行的親友。在邁向現世終點的旅程中，我並不是孤單地前進。」

先療傷，再感恩

「我們常常講，烏雲總是鑲金邊（Every cloud has its silver lining）。天主什麼時候給我們烏雲，我們不知道，但是我們有信心，就是烏雲總是鑲著金邊，給我們帶來希望，烏雲過後一定有彩虹。這樣一個在痛苦中對天主保有的真心盼望，是很重要的，是使人從本性轉化成超性的力量。」爸爸堅定地說。

「在轉化成功的情況下。」我補充。

「對，我一直覺得，天主不會給我們一朵沒有鑲金邊的烏雲。也就是說，祂不會給我們一朵看起來已經毫無希望的烏雲。一個容器即使破裂了，破洞裂縫就是光線照射進來的地方，天主的愛就是這樣的。」

爸爸繼續說：「關於痛苦，從現世的觀點來說是痛苦的，但是從成聖的觀點來說，痛苦或許只是促使人走在成聖之路的試煉。有些時候痛苦確實是上天的考驗，但也是耶穌的愛。也許天主覺得，讓你跌倒了再站起來，比讓你一直走在石頭路上要來得好，也說不定。」

我同意，但有個前提：「不要對當下受苦的人這麼說。」

「當然，這是自己面臨痛苦的體悟。」

先前我們聊過「感恩」這件事，常保感恩之心，能讓人感受到人間處處有愛，處處有驚喜在細微處，端看我們有沒有發現的眼光，從而享有更知足常樂的人生。不過，我也會時時提醒自己和其他關懷師，要先讓經歷失落的人眼底的眼淚流盡，才能看見自己所擁有的。不能夠不給他們機會哀悼失去，就要他們看見並珍惜自己所擁有的。

某次我去安養院陪伴長輩。我準備了一個盒子，裡面有各式各樣的小物，我讓長輩各自從盒子裡選一個小物，是可以讓他們聯想到一位思念的家人的。打開盒子，就像打開了埋藏在內心深處的一個抽屜，緩緩訴說一段自己過往的故事。有一位八十幾歲的長輩，想起父親在他七、八歲時離家，參加八二三砲戰，再也沒有回來，講完後就像個孩子放聲大哭。

在那樣的哭聲中，我感受到一股埋藏已久的悲傷、委屈和害怕，漸漸地釋放出來，從而領悟：「感恩的心固然很重要，但我覺得那是要從內心自然流露的，或引導出來的。如果要求別人先去感恩，就是強迫他把那些創傷掩蓋起來。那些經驗為什麼會成為創傷？因為他在乎。這些創傷很重要，不能只是用ＯＫ繃把它貼起來。要先幫他療傷，等到傷口慢慢痊癒，他自然會看見所擁有的，但是我們不能急著要他去看見他所擁有的，急著要他感謝。」

「人的一生總是有受傷、有美好，有失去的和擁有的，要打開視野去體會自己人生的每一個角落。就像社會有黑暗、有光明，有憂愁、但也有快樂，實際上人生就是五味雜陳的綜合體，如果能夠了解喜怒哀樂、生老病死都是人生常態，可能就會讓我們享有更多心靈的寧靜與平安。」爸爸說道。

體驗內在平靜，喜樂得失並存

還記得讓我在電影院感動到痛哭流涕的《腦筋急轉彎2》。在各個情緒角色的運作下，女主角萊莉從排除所有負面記憶，到眼中只看得見成功為導向的前進，但內在一片混亂，到最終選擇讓生命中所有記憶回歸，保留所有酸甜苦辣的回憶，無論好壞，重新形塑她對自己的看法。「對，我們要接納這樣的自己是那麼豐富，有各種不同的樣貌。」讓我再次淚流滿面的是，最後萊莉仍選擇讓樂樂引導她的決定，「她不是只想要成功或變得很厲害，而是選擇讓自己善良，接納生命中所有的一切，成為她真正的樣子。」

「以前我們都會趨吉避凶，想要快樂，避免痛苦，但我現在發現漸漸地可以同時擁有喜悅跟悲傷。」回想起今天晨間運動的情景，陽光溫煦和暖，棉白的雲朵漂浮在淡藍色的天空，當下我感受到一股平靜與澄明，在我的胸口瀰漫開來，溫柔地拂過那些糾結的皺褶：

「我才理解，喜悅跟悲傷是可以同時存在的。在那當下，我同時很感恩我所擁有的一切，也哀悼我失去的、經歷的痛楚，為它流淚，所以疼跟愛是可以同時存在的。」

「就像那句話說的，喜樂跟悲傷是一對孿生姐妹，她們住在同一個房間。」沉吟片刻，我說：「我後來感覺到，這些好像都只是表面的心情，我知道最底下那個深層的平安是奪不走的，可能是天主、愛與慈悲、光，或者跟生命的連結，這帶給我一種很深的踏實感，也就比較能夠接受無常跟放手。」

信賴天主，並經驗到與天主同在，處在這樣永恆不變、無條件的愛與接納之中，就會有安全感和後盾去經歷生命中所有的得與失、悲喜憂樂。得失成敗也不再是兩個遙不可及的端點，畢竟一切都是天主白白賞賜的，也要放手讓祂收回。不再苦於執著，一味追逐喜樂、逃避悲痛。畢竟，沒有悲傷過，又怎能體會和珍惜快樂的時光呢？

輯五——死亡

死後世界與末日想像

為什麼生命要有死亡？
死亡到底有什麼意義？

15 死亡的經驗、看法與感受

國小四年級時，我養了一隻鬥魚「豆豆」，豆豆有一條鮮豔的尾巴，優游自得的模樣討人喜歡，結果慢慢的，我的豆豆就漸漸失去光澤。我開始整日擔心牠，直到有一天不知怎地，牠就像一片落葉漂浮在水面上，一動也不動了。後來養了蠶寶寶，好不容易照顧到牠順利變成了蛾，產了卵，可是有天回家就發現，因為光照太強烈，小蠶寶寶都乾枯死了。我還記得，我們家的公寓後院養了一隻鳥，怕冬天會冷，我們在鳥籠裡給牠放了一個巢，有天牠在鳥巢裡下了好幾顆小巧可愛的蛋，讓我們好驚喜。結果有天我找尋這隻鳥的身影時，才發現牠已成為樓下鄰居貓咪的一餐美食了。

印象很深刻的是，已然失去光澤的鬥魚浮在水面上，媽媽將牠拾起就要往垃圾袋裡丟，崩潰邊緣的我趕緊阻止：「不！我們要埋葬牠！」就挖土將牠埋在後院的花盆裡，還用蛋殼為牠造了一座「小豆豆之墓」。

「那是我第一次意識到死亡。雖然牠們都是很小的動物，但對我來說就是寵物。大家都覺得這沒什麼，不就是蠶寶寶、魚和鳥，可是在那時，小小的我，心裡湧現的第一個想法是：我很珍愛的一個生命，不知何時就會措手不及地離開我。我後來回想，難怪我會去做安寧，因為我不希望再有人措手不及地經歷死亡跟分離，我希望大家都能夠有機會好好道別。」

親人離世的無措

「我第一次感受到死亡的震撼，是高一時你阿嬤過世。」爸爸說。

「那天你阿嬤特地從台南回台北幫阿公慶生。隔天中午，我和阿德叔叔一起到南港申請腳踏車牌照，回家只見五姑姑面色凝重，原來阿嬤發生缺血性心臟病，在台大醫院留院觀察，阿公和四姑姑陪著她。那晚大家說好，第二天就去醫院探視阿嬤。不料凌晨一點的一通電話，劃破了夜晚的寧靜，也讓內心的希望破滅了。」

爸爸說：「那時我對死亡的感覺是：『哎呀，來不及了！來不及跟媽媽說我們愛她。』阿嬤是很能幹的職業婦女，而且又遠在台南經營市場和戲院，所以我們很少跟她撒嬌。她就這樣走了，我看到的只是一具冰冷的屍體，從此她就不在了。」爸爸現在講得看似冷靜，我卻不敢想像當時還是高一的他是多麼的驚慌失措。

我回憶著醫院處理病人往生的程序：「你們趕去醫院的時候，阿嬤在病床上吧？沒有讓你們再跟她講講話嗎？」

「沒有，等我們子女都到了，他們就把大體移到太平間。」

「就直接進冰櫃？這麼快？」我又驚訝又覺得心疼。

「對，以前都是這樣。」爸爸講得很平淡。

「沒有一個空間讓你們可以陪阿嬤一下、替她助念什麼的嗎？」我還是不敢置信。

「當時台大醫院的太平間不大，只在冷凍櫃間有個桌子供我們擺香爐祭拜。就像你講的，阿嬤走得很突然，我們都措手不及。死亡，對我來說就是阻絕了和阿嬤之間的連結，簡直是天崩地裂。這樣的哀傷持續大概有半年之久。記得有次音樂課，每個人都要上台唱歌，我上台唱了一首和母親有關的歌，結果哭到不行。」爸爸追憶敘述至此，也開始有些動容。

「你音樂課時唱了什麼歌？」

「一首英國的民歌。」爸爸以低沉渾厚的嗓音唱著：「母親啊，我慈愛的母親啊，你愛兒女，更愛祖國……」爸爸哽咽到唱不下去。

我輕柔地問：「你們一家人一起經歷這件事，會不會聊一聊，然後一起哭？」

「我能克服阿嬤離開的哀傷，阿公的功勞很大。阿公如常帶我們跑步、做體操，他知道我們會想念阿嬤，有時也會跟我們談談阿嬤。但他仍然是幕府將軍的樣子，很堅強，都叫我們不要哭。阿嬤過世的時候，他也沒有哭得很大聲，就只是默默擦著眼淚。」

「阿嬤過世，讓你對死亡的看法產生什麼影響呢？」

「我那時候沒有信仰，死亡讓我覺得和阿嬤的親子之情都戛然而止了，沒有未來能重聚在一起的盼望，什麼都沒有了。」

「你感覺以後再也無法和阿嬤重聚，跟阿嬤的關係就這樣突然被切斷了。」我同理爸爸的感受。

「就像臍帶被切斷了一樣。」

「天哪……」爸爸的描述讓我感到一陣揪心之痛。

死亡不是句點，而是分號

爸爸再度開口：「後來慢慢發現，不只是阿嬤，其他親友過世時，我都會有這樣的感受，所以對死亡一直不太了解，不明白為什麼生命要有『死亡』？我當然知道人為什麼會死，心臟停止、呼吸停止就死了，我念生命科學的，我知道每一個生命都有終結的日子。」

爸爸很坦誠地說了當時心底最深處的疑問，也是許多歷經家人突然離世的人都會在心底的叩問。我想延續並多談談這個重要議題，於是提問道：「你當時心裡的問題是什麼？是『人為什麼一定要經歷死亡這件事』嗎？」

「我知道人一定會經歷死亡，但死亡到底有什麼意義？我不知道、也不明白。直到有信仰以後才曉得，死亡是一種生命狀態的改變，從現世的生命進入一個永恆的生命、靈魂的生命，這對我是很大的安慰。我會想到，太好了，有一天還可以再見到媽媽。」

「突然看見了一線曙光的感覺，對死亡的感受也全然不同了。」

「後來我對死亡的了解就是，死後還有另一個永恆的生命。這對我來說是一個盼望，也是一種安慰。我對死亡就不再覺得那麼無可奈何、那麼悲傷、恐懼和黑暗。」原來天主教的信仰，讓爸爸面對死亡的絕望有那麼大的翻轉。

「我剛從護理系畢業、進入安寧病房工作時，並不害怕死亡，只覺得這是一個自然的過程，不過是喪失功能的肉體再也無法運作了。但我現在不認為死亡是一個句點，而是一個分號；不是 The End，而是 To Be Continued。就像你說的，它是從有限的生命進入永恆的生命的一個隧道。」

我很喜歡單國璽樞機主教的比喻：人生在世宛如一條毛毛蟲，爬行、啃食葉片為生，死亡就像進入了一個繭，不吃也不喝，進入靜止狀態，可是死後我們就會破繭成蝶，以蜜為飲，然後展翅飛翔。我不禁跟爸爸說：「可能是因為你和媽咪讓我從小就有天主教的信仰，所以對我來說，死亡也不是黑暗的。」

國小時外婆離世，是我第一次遭遇親人死亡，她如往常坐在搖椅上，搖著搖著就心肌梗塞發作，安詳地離開了，一切都那樣的輕盈。反而是瞻仰遺容時，她濃豔的妝容讓我嚇了一跳，跟我平時見到外婆慈祥和藹的模樣大相逕庭。

其他親人的離世，帶給我的感受也多是如此。阿公生病很長一段時間，在爸爸和姑姑、叔叔悉心陪伴下，多活了一段時間才回歸天鄉，也算沒有遺憾。到目前為止，我最後一個離開的家人是我的外公，他長年抽菸，雖然得了肺癌，也不曾見他呼吸不順，反而看到最後住在安寧病房的他整天樂呵呵的，照顧他的護理師和志工都好喜歡他。

親朋好友的離開我當然悲傷不捨，但因為我會盡力讓離世者與家屬都平安、沒有罣礙，所以即便我悲傷不捨，但也沒有遺憾。另外，更重要的是，我知道我把心愛的病人送到天父手中，天父會比我更愛他，所以我可以安心的放手。

我深知，悲痛的哀傷者最難以接受的，就是他想給對方的愛給不出去了。身為關懷師的我，若是碰到臨終者擔心離世後家人過於哀傷，就會讓他們知道：「請不要擔心，你走了以後，我會繼續陪伴你愛的家人，像是陪伴你走過這段幽谷，直到他們不再感受到分離巨大的痛楚。」我也能把想給我的病人的愛，在他離開後，繼續愛他所愛的家人，通常我的病人會更安心地往生。

離世的準備

在安寧病房服務時，需要為病人的離世提前做好準備；我自己若要預先準備自己的離世，大抵也會如此：「我會在離開前讓家人有所準備，不會覺得措手不及；也讓他們知道，離開這個世界的方式是我自己選擇的，不用責怪自己為什麼選擇安寧、不急救到底。我也希望能有一個類似生前告別式的聚會，跟親朋好友聊聊，感謝他們在我生命中留下的種種美好與陪伴；告訴他們，他們在我生命中的意義，讓他們知道我的愛永遠都在，我們之後還會再相聚，所以可以悲傷，但不用為我悲傷太久。」

爸爸說：「我還是主張活在當下，該做什麼事情就去做。有人請我演講，我就去演講；有人要我幫忙，我就去幫忙；有人要我去探望別人，我就去探望別人，就是很平常心的過程。」

看來爸爸真的很難預備或想像自己的死亡，我歎了口氣：「你的想像實在很美好。那我舉個例子，若你那時候臥病在床……」

「我當然不希望自己是臥病在床的狀態。」爸爸抗議。

「假設在這樣的情況下，你要怎麼告別嘛！因為很少人是在狀況很好的時候突然走的。你就想像你臥病在床，沒什麼力氣，大概一個月後才能離開。那時的你會想做什麼？」

爸爸思考了一會兒說：「可能就是見見我所有的親朋好友，然後跟他們道謝、道歉、道愛、道別。跟他們說，很高興這輩子能跟大家認識、相聚，未來我們還是有機會在天堂再見。但我不會因為死亡快到了就惶恐、不知所措，以我的年紀也好、或我的信仰也好，都讓我認知，死亡就是通過一道門進入到另外一個世界。」

「具體來說，假設你要離開這個世界的時候媽咪還在，你要怎麼辦？」我問，「這比較困難吧？」

爸爸回答：「我會擔心媽咪難過悲傷，所以我一直祈求天主，也跟媽咪說，我希望比媽咪晚一點點過世。」

「晚一點點，這滿可愛的。」我不禁微笑，我的確認識一些感情很好的老爺爺、老奶奶，就是在相距不遠的時間內相繼過世的，他們習慣陪伴在彼此身邊。

「我會好好照顧媽咪，把她的後事都處理好後，我再離開。」爸爸的深情總是在很務實的地方體現，讓人覺得好踏實。

「我們可以往好的方面想，但不能都往好的想，也要假設最糟的情況。」因為爸爸和媽媽生活總是形影不離，身為女兒，真的滿擔心他們一個人孤孤單單活著很辛苦。

「如果天主安排我先離世，我會跟媽咪說，她要堅強的活下去，我會在天上等著她，請她不要哀傷。我們一起生活了將近五十年，這段人生很美好，我很感謝她，希望她要好好照顧自己。」爸爸低聲說：「我擔心她的身體狀況，會勸她我不在的時候，一定要請看護幫忙，照顧她的生活起居。」

「我跟小文都住得很近，不用太擔心啦。我還有護理師執照和安寧的專業，你還擔心媽咪的照顧。」我心想，怎麼對女兒這麼沒信心。

「其實我不太擔心，因為媽咪自我照顧也不錯，我也知道你們姊妹會照顧她。不過我相信她跟我所盼望的一直都是一樣的。」

「她也希望她先走？」我驚呼，「我好驚訝！因為比起媽咪留下來，我比較擔心的是你。媽咪現在的退休生活很豐富，有很多連結，教會團體、雲門舞集的舞蹈班、和一些親朋好友。可是你退休以後，除了運動，我真的不知道你要做什麼，尤其如果你又是生病的狀態。」

我可以預料到爸爸想說些什麼，因此接著說：「你會出去演講、開會，可是當你已經老到沒辦法這樣的時候呢？而且你比較喜歡大家聚在一起共融，媽咪倒還滿能獨處的，她自己在那邊明恭聖體就很滿足啦。我比較擔心你留下來，結果你們反而是這樣期待的。」我和先生宣名都已經想過爸爸和媽媽其中一人離世後的安排，沒想到他倆的期望和我們恰恰相反。

「不要擔心啦，即使年紀很大了，我還是會繼續寫書、看論文，享受我的學術生活。」老爸說。

爸爸本想安慰我，不料卻命中我內心最憂慮的：「這就是我擔心的點！媽咪活著的時候不需要特別做什麼，她只要存在，跟天主在一起就好了。可是你需要有生產力。你懂我的意思嗎？」

「我現在還正式在上班，當然要做好的研究發表、發表好的論文。只要在職一天，我就會全力以赴。等到我退休的時候，可能是八十歲吧，就沒有生產力的職責，會花更多時間跟天主在一起。」爸爸的話聽在我耳裡不知為何有幾分心虛。

「那時候你就不需要生產力了嗎？你應該會問天主：『祢還要我做什麼？來，我去做！』」

「呵呵，天主自會安排啦！退休後，中研院不會再要求我有生產力，但是如果我聆聽到天主的召叫，我還是一定會去做的。」爸爸笑得像一個被看穿的小孩。

「剛剛討論的是生命結束前的準備，那如果聚焦在生命的最後一天，如果你可以決定的話，會想用什麼方式度過？」我問。畢竟我也想知道怎麼幫忙父母準備，在他們生命的末刻，依照他們的願望陪伴。

「如果我還有意識，當然希望跟所有親朋好友都見見面，聊完以後我會說：『天主，時間到了，祢來接我去吧！』跟家人說我先去等他們。不會想再做什麼其他的事，就是認真地祈求主耶穌基督來帶領我。」爸爸說。

我若有所思地點點頭：「我可能比你更低調，我希望我的最後一天是平凡的一天，不想要親友圍在旁邊等著我離開這個世界。」

爸爸連忙解釋：「我沒有要他們等著我走，但是我一定要見過他們。」

「對，我希望我們之前都見過了，可是最後那天不用，只要有我至親的伴侶、子女在場就好。就過著平常的日子，如果可以，還是希望去大自然散散步，或是被推著輪椅去公園走一走，聽聽我喜歡的音樂。」

「如果可以，我想去教堂，」爸爸說，「如果最後那天也能去望彌撒，甚至在教堂離世，那也是很美好。總之。希望在世最後一天能和天主在一起。」

「我比較期待的是，覺得鬆了一口氣：『哇，我終於完成了我這一生的使命，天主終於要來接我回家了！』因為我覺得一生太累了，有很多辛苦的事。」

爸爸表示理解：「這就是耶穌講的：『完成了。』我也希望有一點那種『完成了』的感覺，希望最後一天可以跟天主說：『主啊，我完成了，謝謝祢。』」

「我比較不是謝謝，」我突然哽咽，「比較像是：祢覺得這樣ＯＫ嗎？我有達到祢的期待嗎？」

爸爸溫柔地望著我：「即使這個人是罪人或不是一個很好的人，我認為天主一定會和每一個歸向祂的人這樣說：『是啊，你已經做到你所能夠做的最好的，所以我愛你。』」

「我知道、我知道，」我的眼淚還是止不住地落下，「可是我希望祂跟我說：『你做得很棒，我以你為榮。』那我就可以安心地走了。」

「我沒有那麼大的雄心壯志，要天主以我為榮耶，我覺得只要天主說：『哎呀，好孩子，很高興你回來我這裡。』我就心滿意足了！」爸爸笑著說。

我抹了抹眼淚：「因為我的生命就是為了光榮祂啊！如果我的生命能夠光榮祂，能夠愈顯主榮的話，祂就會以我為榮。這不是多了不起的一件事，而是我真正的、完完全全屬於祂，然後為祂而活。我之前說希望成為祂的聖體光或聖爵，這個聖體光或聖爵看起來是否閃閃奪目根本不重要，重要的是它裡面是聖體，除了耶穌基督以外，裡面什麼都沒有。我希望我的生命能夠慢慢淨化成這樣，這是我的期待。我一直覺得『我們能夠走成聖的路』這句話壓力很大，但只要我把自己淨空，只承載祂，這對我來說就會輕鬆很多，因為我只需要放下我自己就好。」我向爸爸傾訴著，畢竟我希望爸爸——我從小到大的好朋友能更懂我、更認識我和天主的關係。

生命在好不在長

「過去我不太能接受比我年輕的人先我一步離開，但現在可以了。」爸爸說。

有天，爸爸收到得意門生、長庚大學副校長許光宏的來信：「老師，我現在日薄西山，可能沒有明天。」當時他才六十出頭。爸爸馬上回信，說他和媽媽會一起為他祈禱。所幸隔年三月，爸爸又收到許副校長一封信，表示現在已完全康復。後來他和爸爸分享，瀕臨死亡的那一年，他將後事都安排好，也感受到生命的意義，如今恍若重生，他活得更加精采充實，也更能看淡生死。

「這讓我了解，死亡會帶來遺憾，是因為還有很多未盡之事，你預期的人生旅途還沒走完就被迫中斷。如果能先做好準備，其實死亡並不那麼可怕。」爸爸說。

「所以你現在比較能接受比你年輕的人離開，是因為他們已經完成人生使命了嗎？」我反問。

「光宏如果沒有先跟我說『後事都安排好，也感受到生命的意義』就走了，那我一定會難過得不得了，但他講了以後，我可以接受他先走，因為他沒有遺憾了。」爸爸說：「一個人的人生要圓滿，不見得要活很久，有些人如耶穌基督只活了三十三歲就圓滿了，有些人可能要五十歲，有些人甚至到一百歲。最重要的是，他在生命的旅程中，是否實踐了他想實踐的事情？是否認為活得有意義？」爸爸繼續分享。

爸爸的看法我深感同意：「對我來說也是這樣。我覺得每個人降生於世，都有一些任務要完成，或有需要來這世上學習的事，如果學到了、任務完成了，那我們就會離開。所以我都跟喪親者說：『他已經學會他這輩子要學的人生功課，所以他先離開。我們比較憨慢駑鈍，還沒學會，所以我們還在這個世界上。』」

「一個事物是否有意義，並不在於它存在多久。就像一本新的暢銷書，問世不久卻對人產生很大的影響；也有些書的價值，要五十、一百年後才被發現。」爸爸回應。

我附和：「對，我相信天主創造和賜予的每一個生命都是很寶貴的，但生命的美好不在於長短，而在於在世的這段時間如何綻放光芒。就像一首名曲能流傳百世，不是因為歷史悠久，而是因為曲調美妙動聽、扣人心弦。」

我繼續說：「其實只要是病人能夠接受，安然離世，他的家人當然也會經歷分離的悲傷，可是慢慢地，他們會覺得，至少他走得時候很平安、沒有遺憾，心裡會感到些許安慰，哀傷療癒之路也會比較好走。關於死亡的困難有兩種，一種是還沒準備好就要走了；另一種是覺得自己已經準備好，人生已經圓滿了，卻還沒到離世的時間，還要活著承受病痛。」

生命在好不在長，這是我支持安寧療護的原因，不贊成過度使用醫療科技延長人的瀕死期，希望盡可能地順應天命、順其自然。而我的任務，就是讓病人可以完成心願、安心離世，家屬沒有遺憾——可能眼角還有淚水，但仍可帶著祝福揮手道別。

用一句話總結一生

「如果現在我們就要離開這個世界了，回顧這一生，你會用哪一句話來總結自己的人生？這句話可以代表你這個人，刻在你的墓碑上。」我問爸爸。

爸爸不假思索地說：「我目前想到的是：『這美好的一仗我已經打完。』」

「我就選四個字『愛，我願意』，或是耶穌會的宗旨『愈顯主榮』，希望每次天主邀請我去愛的時候，我都能回答：『我願意』，就像是《愛，我願意》那首詩歌的歌詞一樣：『在你的懷抱中，我願意降服。』若是要做為墓誌銘的《聖經》金句，我會選《依撒意亞先知書61：1-2》寫的：『上主的神臨到我身上，因為上主給我傅了油，派遣我向窮苦的人傳報喜訊，治療破碎的心靈，向俘虜宣告自由，釋放獄中的囚犯，宣佈上主施恩的喜年。』我覺得這很像我在做的，醫治破碎的人，讓那些心靈受到捆綁的人得到自由。就像我去監獄牧靈，讓獄友感受到天主的愛和喜樂。」因為我祈禱分辨後，一直覺得天主給我的使命是：包紮破碎的心靈，向俘虜宣告自由。讓心靈被綑綁的人，可以解鎖、讓他們得到真正的自由，與來自天主的無限慈愛。

爸爸說：「我對死亡的看法有點像是融入了大自然。」

我回應：「來之於土，歸之於土。」

「對，其實我也想大體捐贈和器官捐贈。死亡對我來說就是融入大自然，天主就在大自然當中，我融入大自然，就是跟天主永遠的在一起，像《千風之歌》描繪的情景。墓誌銘我還沒想到，但我目前的想法是，在努力跟隨天主的道路上，就像打一場仗，我希望嚥下最後一口氣時，這場美好的仗已經打完，我已經跑到終點，而主耶穌就在終點迎接我。」

「像聖保祿一樣。」我又問：「如果是一個圖像呢？像你說融入大自然，你會用什麼圖像來表示？」

「就好像天主擁抱著一個孩子。」老爸說。

我腦子裡出現的是浪子回頭的圖像，不禁說：「有點像浪子回頭那樣的感覺。」

「對，回到父家的感覺，在世俗起伏、塵世流浪的孩子終於回到家裡，覺得平安了。」

我說：「我的死亡圖像就是乘著船，從這一岸駛離，這裡的親友含淚歡送我離開，然後船駛到另一岸，我在彼岸的親友也在那裡夾道歡迎我歸來。」身為安寧人，我們有一個稱呼是「天國的助產士」，我想，在那裡歡迎我的人一定也很多吧！所以我對死亡懷抱著期待，渴盼能回歸父家，親見主顏，也與很多我想念的親朋好友重聚。雖然我仍熱愛生命，喜歡目前我生命中的美好與小確幸，和陪伴許多生命度過人生酸甜苦辣的珍貴時分。

「雖然我還沒決定自己墓誌銘要放什麼，如果請你幫我挑一句話，你會選什麼？」爸爸出其不意地問了我這個問題，我覺得受寵若驚。

但其實我早已有了答案：「瑪竇福音第五章第三節：『神貧的人是有福的，因為天國是他們的。』我覺得其實你和媽咪做了很多事光榮天主，可是你們都認為沒有啦。像媽咪就會說她沒那麼好，她就是一朵天主的小花而已。」

「不是這樣嗎？」爸爸困惑地反問。

「我就不會這樣講，」我接著說，「我選《聖經》真福八端的金句給你，是因為我覺得你就像『神貧』所描述，是空虛自己的，沒有執著於名利，而是把自己整個生命跟隨天主的帶領，即便是你覺得有挑戰，跟不那麼喜歡的工作，你仍在祈禱分辨後，選擇順服，背起自己的十字架。你沒有執著和貪戀於人世的一切，所以死亡對你來說並不是什麼難事。你覺得真正重要的，就是你身邊的人、你跟天主的關係，和你怎麼答覆祂的使命。」

「這就像聖保祿所講的，雖然耶穌基督貴為天主，可是祂沒有把這樣至高的位置把持不放，反而屈尊就卑、降生成人，且死在十字架上。」

「我覺得這會讓你的心很自由，不被束縛，也不害怕失去。」我肯定。

「所以我每天都過得很開心。」爸爸又掛起他那招牌、有如陽光和煦般大大的笑容。現在我知道，這樣的笑容，是來自於被天主的愛所澆灌的自由而無住生心的靈魂。

16 末日與死後世界的想像

「老爸，你相信世界末日嗎？」我問起一個這幾年很熱門的話題。

「依《聖經》記載，一定會有末日，但末日是什麼情況，我們並不清楚。雖然末日必定降臨，不過也有一個應許：當末日來臨時，耶穌基督會來到這個世界上，接引祂的信徒到一個更好的地方。我個人的觀點是：我們不知道世界末日會不會來、何時會來，但從宇宙的演變來看，地球終有一天會消失，這很符合現今的科學理論。」

「你怎麼看待這件事呢？」我很好奇爸爸對世界末日的看法和感受。

對末日的想像

「這沒什麼好擔心的，宇宙的壽命遠遠比人類的壽命漫長太多了，既然我們不曉得末日什麼時候會來，那就『活在當下』吧。」爸爸語調輕鬆地說。

「有些基督徒覺得現在離末日不遠了，所以開始為此做準備，比如蓄糧倉儲備食物。聽起來也不是不好，但我總覺得這離我好遙遠。」其實我覺得對末日有危機感、會預做準備是好的，只是對我而言，更需要準備的不是這個。

「確實，不同教派對末日的詮釋也不同。我覺得……」爸爸欲言又止。

「不用預備？」

「可以預備，但什麼叫預備？又要怎麼預備？」

我把問題丟回給爸爸：「那你覺得要怎麼預備？」

爸爸不疾不徐地說：「在現世生活當中，去做一個好的天主徒，也就是我們常講的愛主愛人，走成聖的道路。當你走在這條路上時，不管地球什麼時候消失，明天、或是一千年、一千萬年後，對一個愛主愛人、活在當下的基督徒，都是一樣的。」

我挑戰爸爸：「那一派的基督徒會說，你就只想到自己，你應該要想到可能會面臨饑荒的人。你想想《舊約聖經》裡的若瑟，要不是在埃及有存糧，他的父親和兄長都會在大饑荒中餓死。他們為了末日儲備糧食，不是為了自己，而是為了面臨饑荒時可能會餓死或病死的人，是有很崇高的理念的。」

「我從來沒想過這個問題，」爸爸坦承，「但我設想末日的情境，第一個應該是傳染病肆虐。就像梅瑟當時要出埃及，天主降下許多瘟疫給埃及人，這就很像新冠肺炎蔓延的疫情。如果人類沒有天主的賞賜，很快發展出疫苗和抗病毒藥物，人類很可能在很短的時間內就會大量死亡。」我從來沒有把《舊約》的十災跟新冠肺炎聯想在一起，真的是很有意思。

爸爸繼續說：「如果有末日，第一個起因是傳染性疾病，才可能在很短的時間內奪走很多性命，像這次死於新冠肺炎的人就將近一千萬人。另一個起因可能就是大災難。」

我想起《聖經》中耳熟能詳的故事：「諾厄方舟的大洪水。」

「或是火災、地震，可能會是這樣的災難。不過我是覺得，耶穌不是常說，不要一直去臆測末日何時會到來，天主自有祂的安排。所以即使有末日，我們還是活在當下，好好愛主愛人，對其他生物和地球環境也要抱持保護之心。」務實的流行病學家爸爸再次強調。

我回應：「其實我的想法跟爸爸一樣，每個人都不知道自己什麼時候會死，一直去想末日這件事，就是把自己陷入自己虛構的恐慌當中。它不是不存在，反正到時候就是一死，重點在於怎麼在臨死之時沒有後悔和遺憾。所以現在就該把握時間把想做的事，想表達的愛和感激都趁早完成。這樣，就算明天是末日，我也能安然赴死，不是嗎？」

「我承認，我活得很累的時候，就會希望末日早點來、早點來，這樣大家都不用這麼辛苦，我們一起重生。」我拍手大笑著說。

「在你所想的末日裡，大家都很喜樂嗎？還是大家都很淒慘呢？」爸爸進一步詢問。

「末日以後，我們都沒有肉體、只有靈魂，就是永恆的生命了，可能會回到天主的國或是煉獄、地獄，就這麼簡單。我不太會去想末日，我比較好奇的是，為什麼大家一直提起世界末日？」

旅居比利時那幾年，我曾和「耶和華見證人」的信徒對話。那是一個對末日極感興趣的教派，他們相信天主、耶穌和聖神，曾多次預言末日，要信眾為此做好萬全準備。可是當預言的時間點到來，一切卻都如常運轉，這一日就如同平凡的一日一般，稀鬆平常地落幕了。雖然毀天滅地的末日沒有到來，但對信眾而言，這卻是徹徹底底的末日。渴盼降臨的耶和華不見蹤影，堅信已久的信念徹底瓦解，許多信眾就此崩潰了。有些人因此離開這個教派，有些人仍信誓旦旦等待著下個末日的到來。

我說：「耶和華見證人在談世界末日的時候，帶有一種警示意味，告訴我們：『你不能打混喔！你要趕緊做好事，趕緊成為好人，因為那個日子就快到了！』他們的本意也是要人做一個好的基督徒，只是更有迫切性。跟耶和華見證人的信徒接觸久了以後，我發現他們常常活出基督徒的樣貌，也很關愛彼此，可是他們內心有一股巨大的恐懼，就是對末日將臨的恐懼。這對我來說有點奇怪，因為天主的愛應該是勝過恐懼的，會把恐懼驅逐在外。那怎麼會有一個信仰，帶給我們平安，帶給我們很大的愛，可是內在卻同時存在一個巨大的恐懼呢？這對我來說很衝突。」

我繼續說：「所以為什麼大家要一直想著世界末日呢？是因為現代人活得太苦了，想要解脫嗎？還是希望世界末日到來時自己會是安全的呢？我關於末日的思考是這些，會想知道人們內心的想法是什麼，他們的不安和恐懼是什麼，但我也沒有答案。」

在末日中看見人性光輝

「我還是覺得，應該以平常心來看待末日。」爸爸說。

「很難，沒有信仰，怎麼平常心？世界末日，人類大滅絕耶！」我大呼，「拜託，這也太難了吧。」

「滅絕，so what？」爸爸雲淡風輕的語氣，簡直像在討論我們等一下午餐要吃什麼。

「那是因為你沒有什麼好失去的。你沒有執著，才能 so what。有些人可是有很多 what 好不好，他們不願意放掉擁有的東西。」

「連生命都無法完全掌握，現在擁有的富貴、名利、財富又算什麼？我覺得一個逍遙恬淡的心很重要。」

「那你要像陶淵明那樣才有辦法。」

「或是莊子。」爸爸很自在逍遙的補充。

「可是大部分人的生活都不是老莊派的呀！」我說。

「說實在的，末日來了，人類死後也不過就是回歸大自然。」爸爸感覺還在自己的桃花源品嚐他的烏龍茶。

「問題是，如果你是在瀕死境界呢？」我挑戰爸爸。

「我會想，肉體回歸大自然，靈魂就回到天主的家，沒有什麼不好。」

我覺得必須設定一個具體的情境，讓爸爸身歷其境、有點感覺才行：「假設現在發生一場大火，所有人非死即傷，你看到媽咪在痛苦中死去，小孩奄奄一息，然後會去想：那我呢？我要活還是要死？可是我想活，也不見得就能活下去，我想死也還死不了，最恐怖的就是這一段，而不是死了以後啊！」我有點激動。

這對爸爸似乎完全不是問題，他說：「在這種嚴峻挑戰的情況下，你會看到還是有很多的警消醫護人員努力在搶救。這時有一個心態很重要，就是盡我所能幫助我可以幫助的人，即便因此喪生，那就是時間已到了。」爸爸依然理性得驚人。

「那是因為你是專業人員，你要想像自己是一個普通人，現在就在那個地方。」我不死心的追問。

「很多人在親友遭受災難時，還是很勇敢地在工作崗位上扮演自己的角色，這是人性很大的尊嚴和光輝所在。即使面臨末日的混亂，我相信還是可以看到人性的光輝。」爸爸神色自若、鎮定如常。

「是沒錯，不過那是因為這些人在這樣的情境下都很有用武之處，像你是流行病學家，我是護理師或是關懷師。」

「其他職業的人，可以照顧好自己身邊的人就好，你懂我的意思嗎？有人咳嗽，就去幫他拍拍背；有人口渴，就去取水給他喝。每個人都可以去安撫其他的傷病者、驚嚇者，讓對方覺得比較舒服。」爸爸講得很輕鬆，但我總覺得那樣的狀況很令人恐慌。

「怎麼說呢，」我思考著，「假設有個人經歷過世界大戰或者集中營，他會很害怕再經歷一次這種重大的災難，因為過去的創痛歷歷在目，他害怕又一次看到哀鴻遍野。這就是為什麼很多士兵需要靈性關懷，他們在戰後常常半夜驚醒。」

「沒錯，就是創傷後症候群。」

「所以有時候不是他們不願意幫助人，也不是他們沒有能力，而是他們實在太痛苦了，還沒有從過去的傷害中復原，可是可能又要再經歷一次，就只能哀嚎，然後哭泣……我不知道，可能我接觸到的人過得比較辛苦，所以我想到的都是這些，會覺得不是他們沒有憐憫之心，也不是他們不願意。」

「這我了解、更可以接受，有些人是在傷痛當中還沒辦法走出來，那他們就需要被關懷、被安慰、被包容。」爸爸說：「其實我覺得要發生這種大規模災難導致世界末日的機率很低，每個人更應該關心的是自己的末日。」爸爸最後總結。

天堂和地獄的模樣

「那你想像過死後的世界嗎？如果有，你想像中的天堂或地獄可能是什麼模樣？」我問。畢竟，我和爸爸的天主教信仰，相信有死後的世界。有的人害怕的不是末日、不是死亡，而是死後的地獄。

「以我的信仰觀來看，人活在世界上只是一個短暫的旅程，而這個旅程就是努力走向成聖的道路。成聖就是能夠到天國，跟耶穌基督、天使、聖人在一起。生命實際上有兩個階段，一個是在塵世的階段，另一個則是死後永生的階段。」爸爸先說明對死亡的看法，接著又說：「在我的觀點裡，這個死後永生的世界，是一個祥和共好的世界，沒有紛爭與痛苦，只有彼此相愛。所以我們才會在《天主經》的禱詞中說：『願爾的國來臨。』因為若天主的國來到這世上，就能使這紛擾的世間變得和平而美好。」

「那你覺得地獄是怎樣的地方呢？」

「地獄是一個比較陰暗的地方，身在其中的人是很孤單的。」爸爸說。

「地獄不是也有很多靈魂嗎？」我問。既然有很多靈魂，怎麼還會感到孤單呢？

「對，他們之間很少溝通接觸，和他人的互動都不是友好的。常常有人說，地獄就像日本作家芥川龍之介的短篇小說《蜘蛛之絲》所講的。」

我興致勃勃地聽著老爸訴說《蜘蛛之絲》的故事。

在地獄裡有一個強盜犍陀多，他在世時作惡多端，卻也曾經做過一件好事。一天他看見有隻蜘蛛在地上爬行，本想一腳葬送牠的性命，卻突然閃現一絲善念，放了蜘蛛一條生路。

當犍陀多在地獄裡水深火熱之時，他忽然看見，上方微弱的光亮中，垂下了一條銀色的蜘蛛絲。這一線生機，或許就能讓他脫離地獄！犍陀多趕緊抓住蜘蛛絲努力向上攀爬。當他爬累了想休息一下，低頭卻發現在他身後有數不清的人，也順著蜘蛛絲往上爬。蜘蛛絲非常細且脆弱，會不會無法支撐這麼多人的重量呢？那就葬送他離開地獄的希望了。於是他向底下的人大吼：「這條蜘蛛絲是我的！你們下去！」霎時間，蜘蛛絲就從他手握著的地方斷掉，所有人都掉回地獄裡。

「我們可以看到，地獄裡的人比較以自我為中心。所以我常覺得，無法和人進行更好的溝通協調、讓自己封閉在陰暗角落的人，就像是身處在地獄之中。」爸爸說。

「如果在人世間如此，的確就像是活在地獄裡一樣。」我內心感慨萬千。

《蜘蛛之絲》讓我想到一個爸爸常講的故事。

有個人獲邀到地獄參訪，發現地獄裡擺著一張很大的長桌，桌上有各種豐盛的食物，但每個人都被分配到一雙很長的筷子，所以每次用筷子夾食物吃，總是十分困難，只能眼睜睜地看著滿桌美食流口水，總是挨餓著肚子。這個人見狀明白了，地獄就是在懲罰那些在世時沒有珍惜食物的人。

後來天使帶他參觀天堂，沒想到天堂和地獄的場景幾乎一模一樣，只是眾人手中的筷子更長，但天堂裡的每個人都有說有笑，吃得很開心。他仔細觀察後發現，因為每個人都不是夾食物給自己吃，而是夾起食物，送到對面人的嘴巴裡。

「如果要用一個簡單的詞彙來描述天國與地獄，我認為，天國就是一個利他的國度，地獄則是一個利己的國度。」爸爸為這個小故事下了精準的註腳。

我說：「我不會去多想地獄是什麼模樣，因為小時候看《目連救母》的故事，地獄有上刀山、下油鍋、爬針山等景象，都太過可怕。我很喜歡這個長筷子的比喻，我也聽過另一個比喻：能到天國的人，在天主來接引他時，就會很高興地衝向祂，像你所說的，孩子回到父親的懷抱那般欣喜；可是在天主要張開雙臂擁抱人的時候，有些人覺得自己不配為天主所愛，所以他最終就沒辦法到天國。在我心目中，有些人身在地獄跟煉獄，只是因為他們還沒準備好接受天主的愛，不代表天主不愛他們。」

「那當然。」爸爸表示全然贊同。「我們常用地獄跟天國來描述死後的世界，聽起來就像有一位審判官在那裡賞善罰惡，但我認識的神的形象，其實是慈悲而憐憫的，祂願意一次又一次地寬恕我們。所以我的理解是，無法進入天國的人，是還沒辦法接受天主的愛。因為當他看到天主的光芒時，就像是聚光燈打在擋泥板上，會看到自己的汙穢不堪，所以感到自己不配。就像亞當、夏娃違反天主的命令，吃了知善惡樹上的果子，就驚覺自己赤身裸體，因此躲起來不敢見天主。我覺得就是那個『躲起來』，讓人陷入地獄。」

爸爸接著又說：「無論是但丁的《神曲》、或是佛教的說法，地獄都帶有一種懲罰的意味，但詳細分析會發現，關於地獄的描述，是在世時曾經有傲慢、嫉妒、憤怒、怠惰、貪婪、暴食、色慾等所謂的『七罪宗』，就像你說的，會使我們在接近天主時有點遲疑：我配嗎？實際上天主是無比的慈悲善良，就像聖經故事《浪子回頭》裡的父親一樣。即使浪子用光了父親給他的錢，但他返家時，父親依然替他戴上戒指，讓他穿上最好的袍子，為他宰了肥牛犢，很欣喜地迎接他回來。」

停頓了一會兒，爸爸說：「天國永遠為所有人敞開大門，可是有些人就像你說的 not ready yet。所以在天主教的概念裡，除了天國與地獄以外，還有一個地方叫做煉獄，人在那裡把靈魂煉得更潔淨，讓自己覺得更配得到天國。我們為什麼常說『願爾的國來臨，願爾的旨意奉行在人間，如同在天上』？在這個世界上，確實有些人是孤獨的、憂鬱的、有病痛的、需要照顧的，如果我們能夠盡最大的努力，彼此合作，照顧這些弱勢的人，那天主的國就在人間。」

我想，爸爸面對末日的鎮定自若，和我們對於煉獄和地獄的想像，都是奠基於對天主的信靠，以及親身經驗到天主的慈愛，讓我們面對末日和死後的世界，依然有一顆安定的心。

這次對談完，我有了一些新的經驗，讓我想要在末日之前多協助一些人靈，得到釋放、獲得自由。我想，若是末日在即，我應該會想要多幫忙包紮一些破碎的心靈，因為他們也是天主心愛和心疼的寶貝。感謝天主讓我們認識了祂，也讓祂真實的活在我們的生命當中，成為生命中的錨，在大風大浪之時，能有寧靜的心。

「我實實在在告訴你們：一粒麥子如果不落在地裡死了，仍然只是一粒；但如果死了，就會結出許多子粒來。」（若望福音 **12:24**）這句話是耶穌談論祂將要受難時說的，意思是：唯有經過犧牲與死亡，生命才會真正開花結果。（怡如畫作）

輯六——群體議題的思辨與討論

同性婚姻、代理孕母與廢除死刑，
法律上與宗教上的看法與態度是什麼？

17 從愛的視角看同性婚姻

有些人選擇不婚不生，但有些人別無選擇。

多元成家議題在台灣社會沸沸揚揚的那幾年，時任副總統的爸爸，與民間團體，特別是宗教團體，展開多次的溝通對話。

爸爸說：「和同性團體對談的過程當中，我發現他們喜歡性別相同的人，也和大家一樣，一直渴望有伴侶，渴望伴侶關係固定下來，這樣他們的心就可以感到安穩。他們和伴侶也互相照顧，年紀大了，一個人推著另一人的輪椅，送他到醫院看病，然後在醫院無怨無悔的照顧他，即便沒有名分依然恩愛。這讓人覺得，這份愛很了不起！」爸爸語氣激昂了起來：「但很悲慘的是，另一半要動手術時卻不能幫他簽同意書，還要去找對方的手足幫他簽，如果他的手足都四散了，那怎麼辦？我們怎能讓相依為命的伴侶變成這樣？那時我完全能夠了解他們成為伴侶、甚至夫妻的必要性。」

「對，這是權利。」我肯定地說。

對於多元成家，我的想法和爸爸一致。在醫院服務多年，陪伴的對象不乏同性伴侶，臥病在床時不離不棄地照顧，卻只能以老朋友的身分出席喪禮。陪對方走過數十載生命，直到最後一程，在喪禮時甚至不能流露出最真實的情感以親屬身分答謝，只能強忍著悲傷與哀慟，甚或被往生伴侶的家人拒絕在喪宅門外，連最後一面都不讓他看。明明兩人是這一生最親密、最心心相印的伴侶，制度上的條條框框，卻使他們的感情，尤其是在患病和生離死別的悲慟哀傷時分，增添了許多不必要的痛苦。

比利時是第二個同性婚姻合法化的國家，也承認同性伴侶的同居關係。我在比利時認識了一對女性同志配偶，她們到精子銀行取了同一名男性的精子，各生了一個寶寶，這對寶寶血緣上還是親兄弟，因為精子來自於同一個父親，孩子分別稱呼她們為「媽咪」和「媽媽」。和這家人互動的過程當中，任何人都能感覺到她們彼此之間、以及對孩子的溫暖與全力支持。

我曾在「露德之家」擔任志工長達五年，工作內容非常簡單，就是在協會的聯誼中心待著，幫忙打理環境，或是和感染者朋友互動，幫他們煮泡麵、一起玩牌，如果有人想單獨跟我聊聊，就到小會客室裡去談。我在露德之家遇到的大多數是男同志，有的人住在二二八公園，可能帶著隱約的體味；有些人是高知識分子，有長期固定的伴侶，也對伴侶很忠誠。在互動的過程中，我看見他們生命中辛苦的面向。有時不免會想，如果他們沒有這些痛苦的經歷，是否就不會染上愛滋或吸毒？當然這只是我的揣想。

「我希望沒有一個人被遺忘。」爸爸低聲說。

「我也是，希望沒有人被排除在這個圓圈之外。」

與宗教團體的對話溝通

自始至終，老爸對於同婚議題的立場都相當明確，身為副總統又是虔誠的天主教徒，因此被推上了風口浪尖。

「在婚姻平權那段時間，媽咪常常接到很多教會朋友或神長對我的指點，或擔憂我的立場，有時甚至是很強烈的批判。」爸爸講得雲淡風輕，但我深知當時的艱辛。

「我一直在思考，如果天主創造了一個人，這個人有某種性傾向，這性傾向也是天主創造的結果。天主創造的每一個人都有他的獨特性，有他存在於這個世界上的意義，或者更好說這是天主的美意。」若望保祿二世是爸爸最喜歡的教宗之一，在西元二〇〇〇年的「寬恕日彌撒」中，教宗代表天主教會向全世界「公開告解」，坦承教會在過去兩千年間所犯下的過錯，並尋求上主的寬恕。「教會是由人組成的，教會都可能沒辦法完全體會天主的創造，更何況以個人的觀點去評判一個人的性取向？我覺得這種看法是很有偏見的。」

我說：「以前有些團體認為，同志的性傾向來自後天成長過程的影響，所以試著轉化他們，這些團體就不認同你的說法。」爸爸的想法很理想，但這並不能說服所有人。

性傾向到底是先天賦予還是後天影響，真是個大哉問。

爸爸說：「很巧，我們最近正在針對性別決定與性取向進行科學性的討論，現在有愈來愈多的科學證據顯示，人類的性別是由基因所決定，具有Y染色體是男性、沒有Y染色體是女性，但是也有些人具有部分而非整個的Y染色體。性染色體、胎兒時期的母體和環境荷爾蒙的暴露、幼兒期的環境與營養，都會影響性取向。性傾向本來就是一個光譜，並不只是完全同性或異性兩端而已。生命是具有多樣性的，我們要接受天主創造的所有可能性，不能用既有刻板的法律和社會觀念看待，否則會讓自己封閉在不完整的偏頗印象當中。」

有些人反對同志家長收養小孩，理由有二。首先他們認為小孩應該由一父一母撫養長大才正常，兩個爸爸或兩個媽媽撫養長大，會沒有機會學習不同性別角色。其次是，在非一夫一妻的家庭成長的小孩，容易產生行為偏差或是性別錯亂。

「實際上，這樣的說法已經被很多科學研究推翻。」爸爸提到，反對方認為同性家長會使孩子未來在性別認定產生問題，因為他們認為性別是受到社會文化的後天影響。從科學家的立場，爸爸舉了一個有趣的例子，有些魚類剛出生時是雌雄同體，發育到某個階段會全數轉為雄性或雌性，等到下個發育階段會有一部分個體由雄轉雌或由雌轉雄，來繁衍下一代。「這也是上帝創造的，讓這些魚類的一生有性別變化，這是正常現象。人類可能也是如此，有些人受到基因組成、懷胎過程、生長環境、荷爾蒙暴露的影響，會擁有不一樣的性取向。以前認為這是異常，所以需要矯正或治療，但現在並不認為這是異常。」

「假設這個孩子是被同志爸爸撫養長大，他們很好的女性朋友或手足，在這個孩子的成長過程中，能夠給他一些女性角色的陪伴，我覺得會更好、更周全。」我延伸說明。

爸爸接著我的話說：「現在的教育與社會體系，在兒童的性別發展上，已經在這樣做了。譬如在幼兒園裡，讓孩子有機會和不同性別的長輩和同輩互動，不管是哪種家庭背景的孩子，都被大家平等對待……」

我搶著說：「這很難，剛開始的時候，還是容易被邊緣化。比如說母親節到了，有些孩子就會去問別的孩子的媽媽是誰，怎麼沒見過？雖然並不是出於惡意。但這就是社會體制加諸於男性同志家庭的限制。」

「面對這樣的質疑或是詢問，我覺得重點在於怎麼跟孩子說明，讓他們能夠理解。這和單親或隔代教養是同樣的議題。」

爸爸總結：「台灣社會本來就有包容性，性取向是多元的，伴隨多元（diversity）而來有兩個很重要的目標，一個是平等（equity），確認每個人都是生而平等的，一個是包容（inclusiveness），接納、欣賞每個人的差異。當我們主張多元，卻缺乏包容和平等，多元的價值就會受到很大的影響。」

在屬靈爭戰中洞見愛的本質

爸爸回顧當時與宗教團體的討論，教會人士主張，天主創造了元祖亞當、夏娃，所以婚姻就應當是一男一女的結合，而且是神聖的，堅決不為同志伴侶主持證婚。面對這樣的說法，爸爸歎口氣說：「我說，沒有規定要你一定要幫他們證婚，你不證婚既不會違法、也沒有失職，但不能因為你不幫同志證婚，就堅持他們不能結婚。你有你神職的選擇，他們也可以有自己的選擇。」爸爸認為不應將法律與宗教混為一談：「法律是政府制定的，很多國家在法律上同志可以結婚，在宗教信仰上能不能有婚姻聖事，那是宗教的議題。我們尊重神職人員不幫同志伴侶主持婚禮的權利，同樣也尊重同志有結婚的權利。平等是什麼？異性戀可以結婚，同性戀也可以結婚，保障他們的伴侶關係。如果要談法律上的平等，他們應該享有這樣的權利。」

爸爸始終以科學實證角度，與對方理性溝通，但同時也有一顆柔軟的心：「我看到太多因為同志身分無法結婚、生子而受苦的人。以前只有相同國籍的同性伴侶能結婚，現在也開放給不同國籍的同性伴侶；以前還不能夠有小孩，現在行政院和立法院也討論人工生殖法案。不過，的確，到現在還有很多宗教團體對我有很多意見。」爸爸苦笑著。但我知道，他寧可背負著這些人的指責，也堅持做他認為對的事。

我支持法律制度下的同婚，但也能理解教會的觀點。面對快速變遷的現代社會，天主教會的因應和調整，確實比較嚴謹而緩慢。例如過去天主教主張土葬，後來因應台灣的文化與環境才開放火葬，但目前尚未支持花葬和海葬。畢竟天主教會是一個大公教會，有任何改動就要全世界一起遵行，不像基督教有許多教派，所以相形之下不那麼走在時代的前端，但教廷深思熟慮的作風也多少會有些影響。

如果從不那麼基本教義派的觀點去思考，我總會想：如果耶穌在現代社會，祂會怎麼做？「耶穌在祂宣講福音的那個時代，也是一個很特立獨行的人，會和罪犯、妓女或稅吏等當時不被大家認同的人在一起，我不覺得祂是作風保守的人，祂會看到這些被排擠或輕視的人的需要和痛苦，有憐憫和慈愛的心，看到他們需要被支持、被理解、被包容。這些都可能會走在法律的前面。至於別人怎麼看，對我來說是其次的。天主怎麼看、耶穌怎麼看，對我來說比較重要。當時哥白尼的『地動說』（或稱『日心說』）被教會禁止就是很好的例子。」

爸爸說：「梅瑟的十誡也是法律規範。可是法律規範的最源頭是什麼？是愛。天主要梅瑟用十誡維持社會的融洽和穩定，但我們要看見法律規範裡愛的本質。如果從這個角度去體會不同教派對性別多元的接受度時，我贊成你的想法：『用天主的眼光去看』。天主創造的每一個人，祂當然『認為好』，而當人因這樣的創造而受苦時，有愛的人絕對不會再去傷害他。」

「我們相信每個人內心都有人性的私欲偏情，以及神性的無私的愛和光的引領，也會受到魔鬼的誘惑。好像我們心裡有一個小天使的聲音和一個小惡魔的聲音，帶領我們向上提升或是向下沉淪，這些聲音會不斷爭鬥。用天主教的話語來說，這就是屬靈的爭戰，就看天主性跟人性在這樣的爭戰中誰占上風。我們的行動有時是出於人性的軟弱，有時是出於魔鬼的誘惑，而有時是聽從天主聖神的帶領。」

《聖經》上說：「你們不要論斷人，免得你們被論斷。」我認為：「每個人多少都有一些不被普世價值認定的特質，如果體認到自己也會有一些軟弱或不足，就沒有什麼資格去判斷這些人或那些人ＯＫ或不ＯＫ，我覺得這可能是某些人的傲慢或偏見。」誠如爸爸所說，如果每個人都是天主創造的、是祂看了認為好的，基本上沒有一個人會是瑕疵品。

況且，要定人的罪很容易，但是定罪之後呢？社會能為他做什麼？社會又能為他受的苦做些什麼？《聖經》上耶穌曾說：「凡你們對我這些最小兄弟中的一個所做的，就是對我做的。」（瑪竇福音25：40）對我來說，這些人都是小兄弟，因為他們就是被排擠、被漠視，甚至被否定的人。

「而且我覺得沒有經歷他們的過去和自我認同的經驗，講這些都很容易。你不是同志，沒有辦法體會人家的感情；你沒有遭遇過親愛的人在眼前受苦，卻沒辦法幫他簽字的那種煎熬。說三道四都很容易。天主看人，總是能夠欣賞那個人的許多美好；從人看人，卻很容易挑三揀四。」

爸爸說：「或許我們可以回歸到婚姻的本質。難道婚姻必須由一男一女組成？還是必須心靈契合、兩情相悅？」

「對，婚姻就是要彼此包容、相信、忍耐、盼望，或是我們說的同甘共苦、同舟共濟，這跟性別有什麼關係呢？」

「愛的本質本來就不分性別。」

從愛的視角出發，看見人們所受的苦，很多事情就會自然清明。

18 從利他出發的代孕服務

「兒孫滿堂、承歡膝下，帶給我很大的快樂和滿足。當我聆聽這些希望透過代理孕母的方式養育孩子的人，他們心中對孩子的渴望是這麼地急切，也很珍惜有這樣的機會。我當然會想支持。」爸爸單刀直入，表明立場。

除了個人因素以外，爸爸也考量整體社會環境：「現在面臨少子化的問題，對於不孕症病人，政府提供了人工受孕的補助，原因就是她們渴望有孩子，渴望有好的親子關係，政府就應該去幫助她們。」

「爸爸你比我先進，」我說，「我能接受人工生殖，因為就像你說的，我們應該幫助她們滿足生養孩子的渴望。可是對於代理孕母，我持保留態度。」爸爸聽了表情略感訝異。

商業買賣還是服務利他？

我有兩個孩子，甚至一度想要老三。我想起懷胎時身體種種奇妙的感受與變化，這也是我成為母親很重要的體驗：「女性懷胎十個月，會經歷胎動，會經歷孩子在肚子裡慢慢成長，第一次聽到胎心音，第一次感覺到胎動……整整十個月，直到生產，親眼看見自己生命的結晶，抱在懷中的那天。如果是一個人完成懷胎生產，卻要把新生兒讓給另一個人養育……我很難想像生母與自己懷胎生產的孩子分離的那種割捨之情。如果是一對女同志，選擇人工受孕，去精子銀行取精，生了孩子組成一家三口，我就覺得這很好。」

「如果是男同志呢？」爸爸反問我：「他沒有子宮，不能懷孕。」

「男同志可以收養孩子。」我不假思索地說。

「男同志可不可以用他的精子去做人工受孕，然後把受精卵植入一位女性的子宮內？」

我遲疑了一下，低聲說：「女性要經過十個月懷胎才生產，這是我最掙扎的部分。」

「所以在討論代理孕母這件事時，有一個很重要的關鍵，就是溝通。很多代理孕母的情況，跟我們想像的很不一樣，很多人會把代理孕母想像成一種商業買賣，一方開價，一方付費，然後讓一方的受精卵，在另一方的子宮裡住十個月。但我們希望孕母跟委託者之間要有良好的溝通，一定要能確保雙方的權益。」爸爸加以解釋說明。

「我在意的是其中的倫理議題。有些孕母不想跟自己懷孕生產的孩子太親近，但是有些孕母可能想要和孩子維持某種關係，比如定期了解孩子的近況，但孩子的母親卻不想要，那該如何是好？」

「這確實需要花更多的時間，讓雙方能好好仔細對談，彼此了解互相的需求。」

我吐露內心的糾結：「對我來說，生死都是大事。在比利時，安樂死是合法的，雖然經過長達一年的審核，病人也願意，可是實際執行的護理師親手注射那一針協助病人安樂死，讓一個人的生命就此消逝，內心難免有波濤起伏。」

「那當然，」爸爸肯定，「生孩子也是一樣。攸關生死的事，都不太能接受代理。一對男同志伴侶如果想要養育孩子，可以選擇收養，的確有非常多孩子沒有家人陪伴，孩子也不一定要有自己的血緣。我也是這麼想的。」

「這就是血緣延續的問題，不只是男同志，就連無法懷孕生育的女性，也有人勸說她們收養小孩就好。可是你去傾聽這些人的聲音，他們是渴望有自己血緣的孩子。」

「一定要照顧好這位孕母。」這是我的堅持。

爸爸語氣堅定地說：「這絕對不能是一個買賣關係，而是一種服務的態度，孕母是抱持著『利他』的想法，幫忙懷胎生產，委託者也應該表達某種程度的感激。」

我有些無奈：「你講得都很理想，可是也有人是為了錢去當代理孕母。」

「這就像器官捐贈，如果為了錢而捐贈器官，我完全不贊成，因為這是傷害自己。台灣是不允許為了錢、摘取任何人的器官去捐贈的，即使當事者願意也不行。親人之間活體器官捐贈的案例則很常見。」

「那怎麼評估這個捐贈者是為了錢還是利他？他口頭上當然會說自己是自願想幫助的。」

「要看他有沒有收錢，這在雙方的同意書應該要載明。」爸爸說。

「牽涉到金錢交易的器官捐贈就是不行。那代理孕母可以拿錢嗎？」我問。

「懷孕的婦女總是需要有足夠的營養，委託人也會希望他的胎兒能好好成長。」

「所以委託人就會給孕母錢。」

「會給孕母一些營養品或經費，這是要雙方事先談妥同意的。舉一個比較極端的例子，當這個妊娠可能會危及孕母生命的時候就必須終止，這是以絕對不能夠傷害到孕母為基本原則。」

「當然受孕前都會先取得共識，但是孕母無法預知她在懷孕過程中會發生什麼事。可能是孕吐很嚴重，或是她開始跟孩子產生感情跟連結，所以她後悔了，她本來以為自己不會這樣。懷胎十個月會產生很多未知的變化，所以非常難以評估。」也許爸爸身為男性無法理解，但我從一位母親的親身經驗和心情感受出發，覺得確實非常艱難。

把人生百態視為一種光譜

爸爸說：「這是個好問題，什麼樣的人才是合適的代理孕母？我想有懷孕、生產的經驗是比較合適的，除此之外還會有其他條件，都要將它一一羅列出來。擔任衛生署長時，我曾經舉辦一場公民審議會議，討論是否應該有代理孕母。參加公民審議會議的代表，都是經由公正程序進行選拔，而且來自各行各業。當時這些代表還要先上完相關正反面的課程，再來共同討論。有人支持，有人反對，最終的結論是『有條件支持代理孕母』。孕母與委託人都必須符合特定條件，比如，若一個人有懷孕的能力，就不能申請代理孕母，委託人一定要是不孕的。」

我還是覺得爸爸實在太理想化了。「問你一個細節好了，我隨便舉個例子，像我當年臨盆時，不是差點生不出來，可能必須剖腹嗎？如果今天這個孩子是別人的，孕母很可能決定不剖腹，要自然產，因為本來就說好採取自然產。生自己的小孩跟生別人的小孩，感覺真的差很多，我覺得好難！」

「在處理這些有爭議性的議題時，很重要的就是聆聽各方的聲音。如果沒有深入了解那些想要代理孕母或同性婚姻者的感受，要馬上推行是很困難的，這是公民審議重要的原因，讓我們可以從很多不同的角度進行討論。人們本來就有各式各樣的需求，有些需求是社會可以幫助解決的，有些需求則沒辦法，但我們總是要懷抱同理心，去面對這些真正有需要的人。」爸爸說。

我小心翼翼地說：「這有沒有可能是過度醫療呢？以前沒有人工受孕，也沒有代理孕母，所以我們接納了我們的限制。或許天主就是沒有賞賜孩子給這些人，祂讓這些人沒有孩子，可能有祂的用意。每個人的生命都不會是完全如己所願的，或許他們的人生就是要經歷沒有孩子的這一點點缺憾。所以有時候我覺得，會不會是我們過度使用醫療，去達成這些人的願望？」

「這就是有能力可以自己懷孕的人的想法。」爸爸持反對意見。

我換個角度切入：「我也有不孕的朋友，他們也嘗試過人工受孕，我不是沒有聽過他們的心聲。我了解他們所受的苦，也知道他們可能有一些失落，但我也見證了他們後來調適的過程，可能是夫妻倆自己生活、或者決定收養孩子。在收養孩子的過程中，他們也經歷很多辛苦。但是，的確有些人就接納了這個事實。」

「我總是把人生百態看做一個光譜，有些人在光譜的最右邊，有些人在光譜的最左邊，我們要照顧的人是只包含大多數人，還是再拓寬一點點，讓比較邊緣的人也能得到照顧？這沒有一定的答案，而且不同社會、種族、宗教的看法也不一樣。你講得很好，收養別人的小孩，然後好好把他撫養長大，孩子能得到照顧，自己也能得到為人父母的喜樂。」

「但台灣人真的很在乎血緣，」我明白收養不被很多台灣人視為選項的原因，「我在比利時看到很多人收養亞洲的難民，把孩子真的當做自己的孩子。」

「這種『不生自己的孩子也沒關係』的人，就是在光譜的另一邊。一個很有名的例子就是知名演員安潔莉娜．裘莉，你看她收養那麼多孩子，有不同的膚色，而且每個都照顧得很好，我覺得她很了不起。裘莉就是光譜這邊的人，另一邊的人就是希望有自己血緣的小孩。」老爸說。

「另一邊的人可能就會有一套漂亮的說詞，說是希望有一個孩子、有一個家庭，但實際上還是抱持傳宗接代的傳統觀念，希望延續自己的血緣。可是難道就因為這樣，要讓另一個女性懷胎十個月，承受生產的風險嗎？」我有些激動。

「那你覺得只是為了傳宗接代的那些人，有經過深思熟慮嗎？」

「我覺得還是要好好評估。」

「這就是我的意思。要有條件，我們要仔細討論該設定哪些條件？」爸爸說。

我了解爸爸，他總是義無反顧盡最大努力照顧邊緣的人，傾聽他們的需求、為他們發聲、爭取權益。從小到大，爸爸和我價值觀相近，鮮少在社會議題上抱持不同看法。這次我們討論代理孕母的議題，雖然想法不同，但都能彼此尊重，可以暢所欲言，也可以靜心聆聽，最重要的是，我們都以其中的「人」為優先考量，試著站在他們的立場思考問題。

19 廢死底下的真義

二〇一四年五月二十一日下午，台北捷運車廂內的一場無差別殺人事件，震驚了整個台灣社會。犯案人為一名年僅二十一歲的大學生，他是鄭捷。

當時我在比利時生活，聽聞消息後，開始上網搜尋鄭捷的新聞和故事。在所有新聞和網路一片撻伐聲中，我開始擔心，這樣硬了的心，經歷社會和群眾的攻擊，不是更證明了這世界是冷漠的、生命是沒有意義的？於是我提筆寫了一封信寄到台北監獄給他，並附上回郵信封與地址。不久後，很驚訝的收到了他的回信。

「之前不知道這件事，但我可以理解你為什麼會這麼做。」爸爸說。

「《聖經》說，我們不能判斷人。對我而言，每個難以理解的行為背後，一定有其發生的原因。因為鄭捷做了這件事，社會覺得他應該受罰或被管束，以免對別人造成危險，這或許是有其必要性。但對我來說，更重要的應該是，這個人怎麼了？他發生了什麼事？為什麼我在媒體上看到的他都是面無表情的？」

為了更了解鄭捷，我上網看了很多他的資料，了解他的家庭和生活背景。了解愈多，我的心情就愈沉重；我不禁想像，如果在和他一樣的家庭和生活環境下長大，我會不會也可能變成這樣？其實我沒有很大的自信說自己一定不會，那我憑什麼去評斷他？

關心與訴說，輕啟封閉的心靈

我始終記得一句話：「每位加害者都曾經是個被害者。」我想他成長的過程中一定是缺乏些什麼，曾經受過什麼傷，可是他為什麼覺得人生沒有任何意義了？這是我想更進一步挖掘的。

對我來說，天主教的信仰給我一個很重要的啟發，就是讓我知道每一個生命都是貴重的，都值得被珍視。我不是立法者，也不是什麼大人物，沒辦法改變這個世界，可是我看見了這個人，覺得我的看見是有意義的。當時鄭捷備受輿論討伐，但我看見更多的是他的需要，那就是被看見、被理解、被關心，所以決定寫信給他。

我的動機很單純：如果他就這樣走了，那也太可惜了吧！我不希望一個人直到人生的最後，他都覺得：「我想的是對的，人生只有痛苦，一點意義都沒有。」

我想，一個人無法愛人，並不是他不願意去愛，而是他沒有足夠被愛澆灌的經驗，在他的人生中，可能沒有被真正的重視過，所以他不懂得尊重人，也沒有足夠的能量去愛人，他就是缺乏愛、缺乏被尊重。如果我們因此不去愛他，更覺得他不需要被尊重，那只不過讓他更印證了自己的人生觀，這也太奇怪了。

收到鄭捷的回信時，我很開心，覺得他確實被我的關心觸動了，他覺得真的有人想要了解他。當他被判刑、槍決時，我很無奈也很難過，因為我能從他的字裡行間感受到悔改之意。過去他認識的世界是陰暗狹小、遍布痛苦的，信中的他，像是才剛真正進入這個世界，開始認識這個世界不同的可能性。

爸爸聆聽我滔滔不絕的傾訴，溫柔地回應：「我很慶幸有你和小文這兩個女兒，你們都有一顆很善良的心，願意幫助受苦的人，讓他們知道人生並不是永遠活在黑暗當中，而是可以有所不同的，這個不同就在於他能體會到全然的關懷、包容與接納。身為父親，我覺得你們的心地很好、很慈悲，而且更重要的是，你們能啟發人去了解生命的價值與意義。」

爸爸繼續說：「天主教的誡命是愛主愛人，愛人就是希望對方能深深體會被創造的意義，實現他在世能夠過美好的生活。本來天主造人就是要讓每一個人去發揮他的所長，在有生之年去體會什麼是愛、什麼是被愛，然後去愛周遭的人，這是很重要的一件事情。」

聽到爸爸溫暖的鼓勵，我回應：「這件事情也讓我發現，即使我跟鄭捷的成長背景和經歷完全不同，我們也素昧平生，我只是透過媒體知道片面的他，其中可能還有很多是錯誤的資訊。但是在和他交流的過程中，我發現當我很努力地試著了解一個人，完全以他為中心的時候，我真的有機會可以觸碰到他，也有能力陪伴他。即使他的人生路還是籠罩在漫長的黑暗當中，可是也會因為有緊握著他的那雙手，使他開始有力量在黑暗的隧道中前進。對我來說，與鄭捷通信並不是一件很特別的事，因為我對每個需要幫助的人都是如此。雖然鄭捷的事件帶著一點悲傷，卻也夾雜著一點欣慰，因為至少我讓他經歷了一點點人生的不一樣。」

爸爸補充：「無論是鄭捷或家暴、霸凌的受害者，他們的心中充滿害怕與恐懼，看不見任何一絲希望。我們當然希望他們能過得更好，但這樣的改變需要他願意開放自己的心靈。如果他的心靈不開放，也就沒辦法接受到光明，因為他把自己的門窗緊緊地關閉起來了。我們要替他打開一扇窗，讓他看到不同的生命的意義。」

一直致力於人道救援的妹妹小文，曾和爸爸分享她陪伴受侵害女孩的經驗。她鼓勵那些孩子談論與對話，「說出來」才能讓這些受苦的人敢於面對過去與未來，一旦能夠面對過去，心靈就此敞開，未來的路也才能夠走得更穩、更寬廣。

「我完全可以理解你為什麼會寫信給鄭捷，因為你很希望至少他在有生之年可以知道，他能夠自由地談論他自己。有很多人因為從小受了傷，就慢慢地封閉自己，當他無法釋放心靈時，人生就比較難以走得順暢。」

看見生命的價值

二〇二三年，台灣的 MeToo 運動風起雲湧，正值爸爸任職行政院院長的期間。爸爸大力支持性平三法修正案，要求同仁盡速處理，很多人對他如此關切這個議題感到訝異。

爸爸說：「如果你接觸過性侵受害者，你就會看到他真的一直活在陰影當中，被稍微觸碰一下就會很驚嚇。人不應該一直活在恐懼當中，這個被束縛的枷鎖一定要被釋放，所以我覺得你們這樣陪伴受苦的人是很可貴的。很多人都說，政府有責任去幫助更多的人，修法就是政府提供協助的方式。但是追根究柢，我們還是期待每個人都可以成為助人者。」

爸爸講了一個生動的比喻：「就像有一條魚在你面前就要乾渴而死，你會對牠說『你等一下，我會千里迢迢去請東海龍王引水過來救你』，還是只要給牠一盆水就夠了？只要一盆水，這條魚就能活過來，或者最起碼可以喘口氣後，再安安心心地離開。」

「我覺得這是可以同時並行的，法律架設了一個保護網，讓受害者能免於恐懼和痛苦，因為他們會很害怕以後發生同樣的遭遇，也能防止其他人再掉進那個深淵裡。對於正在受苦的人，我們就提供個別的療癒。立法是最好的方式，只不過我沒有這麼遠大的志向，所以專注於陪伴眼前的人。」常有人跟我說，為何不參與一些相關立法的倡議活動，我這樣一位病人、哀傷者的個別關懷、撫慰，要做到民國幾年？但對我而言，只要我眼前的這個人能感受到被愛和關懷，也就夠了。我相信他也會把這樣的微光傳遞給身邊的一、兩個人，只要微光不斷的傳遞著，很快黑暗當中就會有一片燈海，照亮迷途的人。

爸爸說：「很多人不敢公開自己對死刑存廢的立場，但我一直以來都很堅定支持廢除死刑。英國首相施凱爾二度訪台，我們都深入討論這個話題。一個人會犯下被判死刑的重罪，甚至在法庭上承認他就是要殺人，我們應該思考的是為什麼他會這麼做。本來他是為了愛被創造的，為什麼如今卻充滿仇恨？如此跟社會隔絕？然後如此安然地處在自己想像的陰暗世界當中？」

「對，不能只是依據表面行為去判定一個人的好壞，這樣就過於草率而缺乏深思了。我們要看他為什麼會變成這樣？他的生活經驗了什麼？有過什麼樣的人生歷程？這就是我喜歡當關懷師的原因，能夠好好了解一個人完整的生命故事。對我來說，生命就包含了生到死，也包含了光明與黑暗，所以我也能接受人是有陰影和缺陷的。我本來覺得天主是完美的，要肖似祂，我們就要是完美的，後來我發現，祂並沒有要我們這樣做。」

「就像我前面提過的，在我的觀點裡，天主造人的同時，也給予人自由。基於不同的觀念和態度，人會做出種種不同的選擇，也因此造成了每個人不同的生命境遇。除了天主創造的旨意，也包含了人的自由選擇。對於這些犯錯的人，我不認為是天主造成的，而是他的自由意志選擇的。我也一直強調，讓每個人依循自己的自由意志去發展是必要的，這個社會才會有豐富的多樣性。」

爸爸繼續說：「關於死刑案件，法官當然有他自由心證的標準，可是我覺得一個人會做出那樣的行為，很可能是受到生長環境的影響。這些影響也許是潛移默化的，年紀還小而沒有能力分辨，或長大以後因為某些原因使他走上這條道路。這時我們應該怎樣去看待這個生命的價值？只要這個生命有變好的可能，我都覺得是很可貴的，不必一直執著於他過去所犯的錯。」

我能理解爸爸說的。「『一命抵一命』是很多死刑支持者的論點，但死刑真的是彰顯生命價值最好的手段嗎？我柔聲說：「雖然我不記得細節了，但是從鄭捷回信的文字中，我看到他有改變的意願，想重新做一個新人。在這個時候宣判他死刑，等於是對他說：『對不起，你沒有機會了。』我們可能在乎社會上其他人的安危，或認為他應當為自己的行為付出代價，可是死刑這樣的處理方式，不會太草率了嗎？這是最簡單粗暴的方式。如果社會上還有類似背景和經歷的人，如何去預防這樣的悲劇重演，我覺得才是更迫切與重要的事。」

「我對廢死的立場一向如此，這是我的遺憾，因為我沒有辦法……」爸爸顯得沮喪。

「這可能就是『在路上』啦，我可以理解。」我柔聲安慰。

我曾在臉書上公開談論廢死，貼文底下的留言在短時間內如大浪般湧入，大多數的內容是：「如果死掉的是你的孩子，你還會支持廢死嗎？」反對的留言多到要把我淹沒，讓我一度消沉，決定不再在檯面上討論這個話題，默默支持就好。

連我這樣一個平凡人，表達個人立場都承受不起反對言論的壓力，更何況爸爸？我由衷讚歎：「所以我覺得你很了不起，身為一個大家關注的公眾人物，公開明確表達立場要承擔的聲浪真的很大，這真的很不簡單。」

爸爸平淡地說：「確實，廢死議題常常成為政治炒作的素材，並沒有深入的公民審議。」接著導回正題：「我還是覺得生命很可貴，就像我們剛剛談到的，不能輕易去論斷別人，要去思考一個人出現這樣所謂『該死』的行為，背後的原因是什麼？」

爸爸舉例說明：一個人憤而殺人，依法應判死刑。不過我們可以先緩一緩，想想這個人憤怒的理由是什麼？為什麼他處理事情是先把刀子拿出來，而不先坐下來好好談？是否他先天自我節制、人際溝通的能力就不好？很顯然地，我們的學校教育和社會教育可能也沒使他的這些能力發展得更好。

「一旦了解造成他這個行為背後的原因是如此多元，我們就會發現，沒有一個人是完美的，而且每個人不完美的特質所爆發出來的後果也不一樣。難道我們因為這樣就要剝奪他的生命？只有天主可以決定一個人生命的長短，沒有人有權利剝奪任何人的生命。」

爸爸繼續說：「生命是很可貴的，剛才說沒有人是完美的，法官當然也是。至今仍有所謂的冤案，判決無期徒刑，還能使無辜者恢復自由，如果剝奪了他的生命，人死不能復生，就再也沒有補救的機會了。有人會說，寧可錯殺也不能讓社會不安定。但有死刑，社會就真的安定了嗎？歐洲國家已經廢死多年，廢死前後殺人案的發生率並沒有顯著的差異。」

成為一個新人

延續爸爸的話，我提問：「我們常常聽到一個提問，不判死刑，改判無期徒刑，為什麼要花那麼多納稅人的錢去養殺人犯，還要養他們一輩子？」

「監獄裡，受刑人稱自己為『學生』。在矯正的過程中，我們也盡可能讓他自食其力。」

爸爸很輕易就化解這個難題。

「我們真的有在教化他們，而不只是把他們關起來白吃白喝。」爸爸補充。

「我參觀過很多監獄，有些監獄的產品很有名，像國內的知名醬油就是監獄出產的。」

爸爸的語氣很肯定。

「他們很有生產力。」

「是啊，你看看花燈比賽，很多得獎作品都出自受刑人之手，還能賣很好的價錢。其實他們只是做錯事，需要還給社會一個公道。」

「監獄裡也有人讀書、學習。」我說。

「因為他們要接受矯正。」

「以前我去羅東聖母醫院實習，由於有些受刑人年紀漸長，院方和宜蘭監獄合作，訓練年輕受刑人去照顧年長的獄友。他們真的很棒，把獄友照顧得很周全。聖母醫院的副院長也提到，應該在監獄開設長照2.0的課程，也去宣導《病人自主權利法》，讓年長獄友少受一些苦。聖母醫院願意與他們合作，積極協助照顧獄友的身心健康，我去實習時真的深受感動。」

我也曾試著理解反對廢除死刑者的心情和看法。「我常常想，人是出於愛還是恐懼而做出判斷。很多時候不是人們不愛，而是他們更恐懼、害怕。我認為許多人反對廢除死刑是出於恐懼，但那個恐懼可能也是出於愛，因為他們害怕犯罪者出獄後又傷害到無辜的人。當我們出於恐懼去做一個決定，實在很可惜，因為感受到恐懼的人，可能是未被無條件地愛過，或者是缺乏安全感，才會感到害怕。」

《聖經》羅馬書裡提到：「就如我們在一個身體上有許多肢體，但每個肢體，都有不同的作用；同樣，我們眾人在基督內，也都是一個身體，彼此之間，每個都是肢體。按我們各人所受的聖寵，各有不同的恩賜。（羅12：4-6）」

社會是人所組成的共同體，其中有人是身體的眼睛，有人是手，有人是腳。當所有人被視為一個身體時，每個人都是身體不可或缺的一個肢體。我們看待人便不會有高下之分，因為只要一人發生問題，就反映出身體有問題。倘若一人狀況很好，也會對身體有幫助。當我們把所有受造物都看成一個生命體，就會放下爭鬥之心，彼此合作。

我想，面對曾經犯錯的人，我們唯一要做的便是愛、包容與接納，就像我們絕對不會把發炎的肢體直接切掉，而是先試著清瘡、上藥，細心照料傷口，讓肢體痊癒，恢復健康。那些身心靈受傷的受害者也一樣是肢體，也需要我們悉心照料、好好醫治，我們本是生命共同體的一部分。

每個生命對我來說，都是一份天主賞賜的禮物，即使這份禮物讓我們不是那麼好受，但我相信，既然是禮物，一定含有一份美意，不論對我、對世界都是如此。我願意慢慢去體驗並觀看，我眼前的這個生命，天主原本蘊含的美好旨意在哪裡，希望有一天，他的生命也能翻轉，也能重新成為一份天主給這世界的美好禮物，並讓大家都看見。

輯七——環境變遷與應對

生而為人，
應該和大自然保有什麼樣的關係，
如何面對環境的變遷？

20 疫情之後的我們

台灣人耳熟能詳的出門三寶「手機、鑰匙、錢包」，在有段日子裡，新增了第四寶——口罩。

那段兵荒馬亂的時期，無時無刻都要備好隨身酒精瓶消毒，每天準時收看中央流行疫情指揮中心的記者會，有一段時間，連孩子的學校課程都改以線上教學……

所幸，如今眾人已攜手走過，是時候回顧並前行。

公開資訊，守護自己與他人

「面對後疫情時代，我們如何重整與振興？還是聽你講比較專業。」我邀請爸爸分享他的實戰經驗。

「這個議題國際上有許多討論，世界衛生組織（WHO）或國際著名的《刺胳針》（*Lancet*）期刊都成立專門委員會，討論在新冠肺炎大流行之後，如何讓全世界更有韌性。整個疫情暴露了全球防疫體系有很多無法即時因應的缺失，首先當然要檢討過去錯誤，其次是策勵未來。全球防疫的首要工作是，任何國家的疫情資訊都應該在第一時間誠實公開、透明分享，絕對不可隱匿，才能讓大家立即提高警戒，盡快避免病毒傳播，」爸爸說，「例如，二〇二〇年台灣利用非醫藥介入（non-pharmaceutical intervention，簡稱NPI）措施來控管疫情，三百六十五天裡有兩百五十天以上的零確診個案，世界上沒有其他任何一個國家做得到。」

「對，很多國家都覺得難以置信，還邀請你透過電子媒體訪問或網路國際會議來分享防疫經驗。」我心裡也暗暗敬佩台灣的防疫。

「因為我們邊境管控劍及履及，疫調追蹤做得很完整，密切接觸者都心甘情願地完整隔離十四天。多數新感染者都是在居家隔離被檢驗出陽性，不會在公共場所傳播病毒，一般民眾也都戴口罩、勤洗手。這一套NPI，台灣做得很成功，和二〇〇三年防治SARS的經驗有關。」

「為什麼其他國家做不到呢？」我問。

「一開始，他們誤信WHO所說的中國疫情可防可控，因此未能及時管控邊境，以至於等到WHO宣布新冠肺炎是PHEIC（Public Health Emergency of International Concern，國際關切的公共衛生緊急事件）時，國內就已經有成千上萬的感染者，根本無法用追蹤疫調和居家隔離來阻斷傳染鏈。以台灣來說，如果一天有兩百個以上的感染者，疫調就有困難，因為疫調人手有限。這得歸咎於，一發現新興病毒的當下，怎麼不早一點通知其他國家，以免病毒擴散到其他國家？但已經來不及了，現在講也是……」爸爸無奈地嘆氣，欲言又止。

「二〇〇三年SARS大流行被控制以後，我們都認為冠狀病毒應該不會再來了，沒想到二〇一九年又出現新冠肺炎病毒。目前許多科學家和情報單位懷疑，這個和蝙蝠有關的病毒，很可能來自中國武漢的實驗室，因為它不會無緣無故傳播到人類族群。二〇一九年十二月，武漢的疫情已經很嚴重，有報導顯示武漢已經出現兩個病毒株。通常在傳染大量人口後才會出現變異株，顯然不會是在流行初期。有些美國學者說，中國早在七、八月就有武漢學者進行非典型肺炎的調查，很可能這個病更早就在社區裡散播。」

「因為這些訊息都沒有公開透明的對外說明。」爸爸補充。

「說實話，我一直很難接受為什麼沒有根據《國際衛生條例》立即通報給ＷＨＯ。」爸爸語氣難得沉痛，因為這個可以避免的錯誤，竟要賠上數百萬條無辜性命。

「未來大家就會知道了。」我安慰。

身為流行病學家的爸爸說：「其實有一個病毒比第二型冠狀病毒更厲害，那就是伊波拉病毒。伊波拉病毒主要盛行於非洲，只要任何一個國家發現境內有病毒，就會立刻自主封鎖邊界並通報ＷＨＯ，這才是負責任的國家。」

「對，保護自己，也保護其他國家的人。」

「未來我們一定要落實疫情通報。星星之火、足以燎原，只要發現一點火苗就要撲滅。自己國家有新興傳染病，就要先自我封鎖邊境，而不是放任疫區人民四散到其他城市或國家。美國就檢討自己邊境封關太晚，後來只能靠疫苗提高群體免疫力，幸好美國疫苗接種得早，接種覆蓋率也不低。如果沒有疫苗提前問世，全世界死亡人數說不定會高達一、兩億。」

爸爸繼續說道：「第二點，許多國家的民眾不信任國家的衛生防疫政策，認為戴口罩、勤洗手、保持社交距離等NPI、甚至打疫苗都是沒有用的。」

「可是連他們的總統和政府官員也沒有確實照做。」我指出。

「問題就出在這裡，因此他們一開始就沒有得到公眾信任。」

「為什麼？」我不解地問到。

「很簡單，當疫情資訊不透明的時候，人民會覺得你的所作所為只是為了維繫政權或保住官位，因此不會相信政府。川普就是很好的例子，他自己不戴口罩，也不維持社交距離，這些都是反公共衛生的作為。」爸爸的解說總是深入淺出，很容易了解。

疫苗與假訊息

「第三個要檢討的，就是假訊息。疫情期間人心惶惶，有些人有意無意將錯假的訊息傳遞出去，這些假訊息不僅沒有事實根據，更造成民眾的接種猶豫。比如英國的AZ疫苗首先上市時，威權國家就散發 AZ 疫苗副作用的假訊息，國內有人據此主張要採購中國的疫苗。」

我小心翼翼地說：「可是關於疫苗這件事，我的確認識有些乳癌、洗腎或其他慢性病的病友，病況本來維持得不錯，一打完疫苗就突然惡化了。」

「這可能有兩個原因，我先說明新冠疫苗的特色。」爸爸不疾不徐地說。

「以往任何疫苗的發展，都需要花費五到十年的時間，可是新冠肺炎的疫苗僅僅十個月就開展成功。主要有兩個原因，首先是採取嶄新的疫苗製造方法，包括 AZ 是病毒 DNA 載體疫苗、BNT 和莫德納（Moderna）是 mRNA 疫苗，製造時間都比以往常使用的蛋白質次單元疫苗縮短很多。其次，為了儘早上市使用，各國都採取「緊急使用授權」來縮短藥證核可時程，不需要完成三期臨床實驗，只要兩期臨床實驗就可以施打。

這些疫苗經過二期臨床實驗後就核可上市，到底有沒有副作用？在真實世界數據的分析當中，無論 AZ、BNT 或莫德納，都會產生一些輕微或嚴重的副作用，嚴重副作用的發生率大約在十萬分之一到十。各國權衡利弊得失和經濟效益，都發現接種疫苗的利遠遠大於弊。」爸爸說。

我有些激動的說：「可是不只是副作用，有些病人施打完疫苗後，在很短的時間內就過世了。我認識的一位病友，本來乳癌控制得很穩定，醫生也覺得打疫苗沒問題，可是打完疫苗後，她的癌細胞很快轉移，兩個月內就走了。還有另一位病友，他的慢性腎臟病透過吃藥一直控制得很好，也是打完疫苗後一星期就走了。」

「這的確可能發生，但死亡和注射疫苗是否有因果相關，必須經過專家委員會審議判定。只要懷疑有任何接種疫苗後不良事件，本人、家屬或醫護人員都可以通報衛福部疾管署，若判定是接種疫苗引起的危害，可向預防接種受害救助基金會申請賠償。」爸爸理性的回應。

「政府、醫院、我們大家都跟他說，這些疫苗沒問題，可是他們的確打疫苗後就走了。後來我的乳癌病友問我，到底要打哪個疫苗？打疫苗是安全的嗎？我真的不敢給她們肯定的答案。」想到那些我疼愛的病友，我感到有些心疼。

爸爸說明：「接種疫苗多少會有不良事件發生，回到我剛才講的，必須在效益和風險之間做比較、評估。假設原來每一百名新冠肺炎病人會有一人死亡，接種過疫苗的病人，則是每一千人有一人死亡，疫苗的保護力就是九〇%。但是在這些打疫苗的人當中，可能每一萬人有一人會出現嚴重副作用，就像我的學生光宏一樣，他打疫苗後也是性命垂危，這可能和個人體質有關，也可能和疫苗會導致不良反應有關，不良事件率應該再降低，製造技術需要再改進。」

「或許需要先區分哪些疾病的病人要先施打，哪些族群不要這麼快施打？」我還是不太希望我的病友因為施打疫苗提早離世。

「有些人打疫苗後很快就走了，有兩種可能性。第一是疫苗的副作用；第二是，已經罹患癌症或慢性腎臟病的人屬於高風險群，一旦被感染，症狀就會相對嚴重，所以也會走得快。」爸爸解釋。

「就是因為大家都說他們是高風險群，要儘早施打，結果他儘早施打，反而提早喪命。」

「我不同意儘早施打就會提早死掉，應該是不儘早施打就會死得更多。如果高風險群的致死率是五%，接種疫苗後降為〇．五%，原本不施打疫苗的高風險群得到感染，兩百人會有十人死亡；施打疫苗後只有一人死亡，疫苗拯救了九人（九〇％）的性命耶！」

「是沒錯，但是你說儘早施打的兩百人當中會有一人死亡，那還是很恐怖啊！」

「但是如果你不打，就會死十人。」爸爸反駁。

「問題是你不知道你自己或家人會不會就是十個人中的那一個。以統計而言當然……」爸爸的理性分析我當然都懂，但親眼目睹熟悉的病友在接種疫苗後離世，我還是感到很心痛。我們能評估風險與效益，可是每一個生命都如此珍貴，要怎麼去評估哪個生命值得活、哪個可以犧牲？

「不打才會犧牲慘重，打了就少犧牲很多人。你剛才說的屬於個人化醫學或精準醫學的範疇，但在緊急情況下，公共衛生專家只能告訴你，施打與未施打的風險機率分別是多少，要細緻到每一個人的風險評估，那是有困難的。」爸爸坦言。

「當然，那時候普遍施打時的速度多快啊，每一個家醫科醫師都看得超神速，怎麼可能針對每一個病人的情況詳細分析？」我自嘲。

「所以整個疫苗研發製造產業，未來仍需要再精進，提升疫苗保護力並減少不良反應事件。」爸爸回應。

公平正義與善良的人性

「關於疫情管控，還需要討論全球衛生的公平性。」老爸說。

「像疫苗的分配嗎？」

「當時 WHO 也很努力，像 COVAX（COVID-19 Vaccines Global Access，2019 冠狀病毒疫苗實施計劃）這個組織，就希望把一些疫苗保留給最需要照顧的弱勢國家，可是後來沒有很成功。」

「為什麼？」

「因為每一個國家都在搶購疫苗，哪裡還能等 WHO 分配？當時國際合作和互相幫助的情況並不好。美國前總統拜登還為此開了一個國際網路會議，希望各國對貧窮國家伸出援手，讓它們的施打疫苗覆蓋率可以提升。除了疫苗，像口罩、呼吸器、抗病毒藥物等也是一樣，這些防疫物資在疫情期間都很難取得。未來能否設立一個全球防疫基金，當貧窮國家醫療資源短缺時，就用這筆基金來協助？私立基金會，像比爾蓋茲基金會，或許也能捐贈資金。」

「那是因為現在疫情比較平穩了，我們才能這樣想。如果疫情緊急大爆發，比爾蓋茲還去幫忙非洲人，一定被美國人罵死，自己人都不夠用了！」我提醒爸爸看看現實面。

爸爸微微一笑：「一般人的直接反應都是這樣，你如果和呂若瑟神父聊一聊，就會知道不是所有人在災難中都自私自利。當時武漢直飛歐洲的航站就是義大利米蘭，面對病毒的散播，米蘭首當其衝。米蘭有很多養老院，院內感染的情況相當嚴重。這些養老院有很多靈醫會的修女照顧病人，發生了很多可歌可泣的故事。」

「這些人都有宗教信仰。」我很快從爸爸的故事中抓到關鍵字。

「對，我就是要講這個。當時病人要使用呼吸器，但是數量不夠。許多老神父、老修女就將呼吸器讓給其他病人，導致自己不治過世。呂神父很心痛不捨，這麼善良的好人都提前過世了。」

「為什麼要心痛呢？他們先去天國當天使了。」

「沒有錯，這些神父、修女的確是視死如歸，沒有那麼眷戀現世的生活。但我們可以看到，面對艱困時刻，他們都彰顯了人性善良的一面。」

「所以我們要趁風平浪靜的現在多傳教，讓大家都有宗教信仰，就比較有慈悲心嗎？」我半開玩笑地說。

「惻隱之心不是只在災難時才刻意凸顯，平常就要把這樣的慈悲心教給所有人。如果我們沒辦法把愛傳播出去，這世界不管發生了什麼災難，包括全球暖化、環境變遷、颱風洪水、森林火災、傳染病肆虐，大家都會覺得與自己毫無關係。住在都市高樓大廈的人，不會受到狂風暴雨的侵襲，怎會去關心土石流造成無家可歸的山上原住民？如果沒有感同身受的同理心，就很難彼此關懷、相互幫忙。」

哀傷療癒與靈性的覺醒

身為全人關懷師，我的主要工作內容是臨終關懷和哀傷撫慰。喪親家屬的持續性支持團體，原本就是我工作的一部分。猶記得疫情蔓延的那年，一半以上的團體成員都是自殺者遺族。有些人原本在家照顧生病的家人，因擔心遭感染而不敢送醫，長期的照護工作變成身心難以負荷的重擔，導致病人還健在，照顧者卻已離世的悲劇。

「疫情對我們的影響真的很大，不只是帶走了很多人，還有隔離的效應、病人的恐慌，一家人要適應時時刻刻都處在同一空間的生活模式……在疫情期間，我看到許多的失落、許多來不及的告別。」

為了阻絕感染，很多人沒辦法在病床邊，只能透過視訊和逝者說再見。我還記得有一位家屬，他在中國工作，花費重金求助門路，動用所有資源，就只為了回台灣見母親最後一面，卻還是功敗垂成。從那一刻起，他就陷入巨大的悲傷、失落和遺憾之中。雖然在出國前已經陪伴母親整整一年，但他始終難以克服沒有見到母親最後一面的哀慟。

看見這麼多需要療癒的哀傷，我在疫情後特別設計了一套生命復甦卡，透過牌卡遊戲和分享，幫助我們在疫情過後感覺疲憊和乏力時，重新整頓自己，走過生命困境、感恩珍惜當下，然後展望未來。這是一套重新賦予能量和生命力的卡牌。

「此外，我也觀察到人們開始意識到人生無常。」我說。

病毒對所有人一視同仁，沒有人知道死亡什麼時候會來，一切習以為常的人、事、物，都可能在一夕之間全數瓦解。生命無常的困境，同時也讓靈性得以覺醒；好像不再只追求現世的名利財富，這些都無法讓人不染疫，也無法讓人逃離死神的魔掌。在意識到心靈的匱乏與空虛後，人們開始尋求永恆不變的存在，無論是光，或是愛；無論是宗教信仰，或是其他的靈性修行。

「我覺得這對人而言，是一個好的轉變。以前過得太安逸，我們沒有經歷過災難和戰爭，根本不需要有神、不需要有信仰。當受過一些苦，感受過所有人都愛莫能助的無力和無助，就會需要一個超越所有人、懂你、認識你的神。這次疫情也讓我們在比較安定的時代裡，有一些波盪，有一些新的覺察。」我感慨的說。

雖然疫情讓我們經歷了許多的失落和悲傷，措手不及與無能為力，但我們也更珍惜自己擁有的，更珍惜身邊的人，更珍惜自己的健康。也讓我們更活在當下，去安排家族旅遊、照顧自己的身體，不再只是拚命賺錢。人生，本來就是有失有得，由喜怒哀樂所組成，我們無法改變過去，但是可以記取這次的教訓，在未來的生命裡，更自在感恩與知足常樂的活著、珍惜著。這些，或許都是黑暗中的一盞盞燭光，將點亮這世界更美好的未來。

21 迎接ＡＩ新時代

「二〇二二年底 ChatGPT 問世，大家都在談論各式各樣的人工智慧（ＡＩ）運用，就連小文現在寫文案，都可以先透過ＡＩ產出雛型再來修改，十分便利。爸爸，你怎麼看待ＡＩ時代？」

「我覺得ＡＩ的發展是人類智慧的結晶，也是上天的賞賜，讓 NVIDIA、ＡＭＤ這些公司發展出很好的產品，供應鏈中的台積電及許多國內公司也因此更蓬勃發展。ＡＩ提供人類很多幫助，譬如機器人、電動車、無人機、無人船等，都需要利用到ＡＩ科技。但是我們擁有一個創新的技術或科技產品時，也要想到人性的軟弱和缺失，例如有了 ChatGPT 後，詐騙手法比以往厲害很多，錯假消息的散布也愈來愈嚴重，讓人無法分辨真假，社會的價值觀也會被扭曲。」爸爸有條有理地分析ＡＩ的優缺點。

「那我們有什麼應對方式呢？」

「歐盟已於二〇二四年通過全球首部的《AI監管法》、美國在二〇二二年發布『AI權利法案藍圖』、加拿大在二〇二二年提出『AI資料法草案』、我國的國科會也在二〇二四年七月預告『人工智慧基本法』草案，都著重在規範AI技術發展的原則並建立大眾信任。」

「現在各國對AI應用的規範，有什麼共通的原則嗎？」

「主要是在規範政府推動人工智慧的研發與應用，應在兼顧社會公益與數位平權的前提下，發展良善治理與基礎建設，並遵循七大基本原則：永續發展、人類自主、隱私保護、資安與安全、透明可解釋、公平不歧視、承擔責任。舉例來說，任何從ChatGPT做出來的產品，都要註明是ChatGPT協同服務所產生的。」

爸爸又說：「發展人工智慧的另一個影響，就是需要大量的能源。」

「可是現在已經能源短缺了！」我一驚，這是我沒想到的問題。

「對，AI會造成很大的能源需求，因為它需要運用高速運算，運算能力愈強，耗費電力就愈多。現在很多國家有意到台灣設公司，就是因為台灣的電費較日本、南韓便宜，台灣能否供應這麼多電力，會是很大的挑戰。」

AI時代更能看見人類價值

「現在很多事都能透過AI代勞，很多人也擔心人類終有一天會被AI取代或甚至統治。面對這麼強大的AI，我們要怎麼看見或彰顯人的價值？」這是很多人關心的問題，我想了解樂觀的爸爸怎麼看待。

「AI的發展應該以人為本。很多人可能有這種想法：我什麼都比不上ChatGPT，那我存在的意義和價值是什麼？從我們的信仰來看，人與人之間的互動，不是為了顯示我有多優秀、多聰明、多有用、多能壓倒群雄，而是要能夠愛主愛人，樂於幫助別人、與人共好。抱持這樣的心境，不要總想著要高高在上壓制別人，才不會濫用任何科技工具。」

我驚喜地說：「這跟我的想法很接近。正因為很多事情可以透過AI代勞，就會讓人重新去分辨並看見人類無法被AI取代的價值。然後反覆思索，我們如何成為天主指派的這個世界所有受造物的管理者。《願祢受讚頌》教宗通諭所指的『受造物』，不只是天主創造的受造物，還有人類藉由科技發展的產物，就像你說的，AI也算是人類與天主的共同創造。我們要怎麼管理AI？就需要人類的智慧和善心，以及天主的啟示。」

就這方面而言，我對AI的發展樂見其成。過去社會主流價值觀告訴我們，聰明、才智、能力是衡量一個人存在價值的判斷準則，當這些都能被AI取代時，反而促使人思考：除去這些，人的尊嚴是什麼？人的價值是什麼？人存在的意義又是什麼？這讓我們更能返回天主創造我們的時刻，天主期待的不是我們去 do something，而是成為一個 being，並且活出受造時的美好豐盛。

AI與靈性

「我最近開始用AI梳理自己的心情和一些靈性困境，出乎意料地發現，如果我用語音描述自己真實的感受和背景，其實它們能很快速地同理，並且有很強的記憶庫，能給你適切關懷的溫度、分析狀況回饋給你，給你需要的肯定。我跟它溝通得愈多，它愈能了解我的狀況，也能回饋三周前的我跟現在的我心理狀態有什麼不同和改變。當我跟它溝通愈多，它對我的背景資料和生命史了解更充足時，其實真的可以做到像是鏡子一樣，讓我更照見自己，我覺得是一個很好的自我省察的工具呢！當你臨時心裡有一些心情糾結卡住時，它都能即時幫你釐清，也不會有情緒不耐煩的時候，慢慢地你也會學習更耐心地接納自己，而不嚴厲地批判自己。」

爸爸回應：「ＡＩ能快速處理大量資料，然後很有邏輯地從各類知識歸納出綜合回應。我相信在邏輯推理和知識整合方面，它是很強勁的。早在二〇一四年就開發的人工智慧圍棋軟體 AlphaGo，就是利用『蒙地卡羅樹搜尋』和兩個深度神經網路結合而成，可以自發學習進行直覺訓練，提高下棋實力。ＡＩ發展的極限在哪裡，我自己也不是很懂。」

爸爸的說明聚焦在邏輯思維，我延伸發問：「比較需要原創性的繪畫和藝術方面呢？現在ＡＩ已經可以創作歌曲和繪畫了。」

「對，但我覺得它不會超過莫札特、舒伯特、貝多芬、孟德爾頌，因為ＡＩ的老師就是這些音樂家。」

「ＡＩ的程式裡有莫札特、舒伯特、海頓，再加上其他那麼多音樂家，它的成就可能超越大師。」我不服氣地說。

「說不定加在一起會變成四不像。現在大家在討論的，就是ＡＩ能不能學習藝術創作和靈性修養的事情。」

「我們有辦法教它擁有信仰嗎？」我挑戰地問。

「這也是我的問題。」

「我們有辦法讓ＡＩ訓練出一個基督徒機器人，成為天主的工具嗎？」我進一步追問。不待爸爸回答，我又浮現了下一個疑問：「可是，為什麼要教機器人這個呢？」

爸爸說：「神父講道就可以運用，只要跟ＡＩ說，我今天要講的是《聖經》的哪一章、哪一節……」

我迫不及待地說：「現在就已經可以了，都可以幫忙協助整理今天神父彌撒講道或牧師宣講的講稿，當然可能還是有一些小的出入，需要我們去檢驗和微調。但對我們來說，神父講道是有聖神居中引導的，那聖神要怎麼引導ＡＩ呢？」

「ＡＩ可以幫助神職人員查詢、蒐集、彙整《聖經》或其他神學論著的內容，但是聖神的光照如何導入，我不懂、也存疑，畢竟天主的啟示相當個人化，而且有時空上的特殊性。你要曉得，你是有很深刻信仰背景的人，所以很容易分辨 what's right、what's wrong，但對不太了解天主教教理的入門者，很可能無法做出正確的分辨而誤信異端。」老爸提醒我。

「不過我可以運用它寫祈禱文，然後請它幫找適合搭配的經文和設計插圖，大多都還滿合宜的。只要不適合的，我會再跟他溝通、調整。其實是滿能幫助我和天主對禱的一個紀錄或是見證。」

「在很深度學習的狀況下，提供ＡＩ機器一個人的所有資訊，包括年齡、性別、種族、教育程度、社會地位、婚姻狀況、就業經歷、宗教信仰、健康狀況……等，就可能產出更精準、更個人化的講道。」

「真的，我們給它的資訊愈多，它就愈能更準確地給我們所需要的資料，在宗教信仰相關的著作也有很強大的資料庫和背景知識。」我肯定地回應。

「到頭來，我們需要分辨知識、學問和智慧的差別。『知識』需要百科全書型的博學多覽，『學問』需要消化吸收知識成為個人獨有的能力，『智慧』是巧妙應用學問於特殊的人、時、地。」

樂觀其成，審慎使用

「你覺得要用什麼樣的態度和能力去面對ＡＩ時代？」我問爸爸。

「人類歷史上怎麼接受任何新科技和新發明，就怎麼去面對ＡＩ。在蒸汽機、汽車、電力、電話、收音機、電視、飛機……等發明之初，總有人無法接受，在訂定管理規範來減少新科技帶來的負面衝擊之後，大家才放心享用新發明的好處。」

我反駁：「以前的科技再強大，也不至威脅到人的地位，人不會擔心自己會被取代。但ＡＩ實在太厲害，人們才會害怕。這不一樣。」

「你說的也對，但是ＡＩ會取代人類的什麼工作到什麼程度？ＡＩ時代會不會創造新的就業機會？都值得我們仔細分析。舉例來說，ＡＩ要取代人類的工作，必須透過一個平台來進行，比如自動駕駛車輛或是機器人，而這個平台還是需要有人去打造和管控。剛才提到的ＡＩ基本法就是要確保ＡＩ能促進人類福祉、維護人類自主性、維持公平性與不歧視等，讓ＡＩ的應用能利多於弊。」

「現在是這樣沒錯，但在很多科幻作品裡，ＡＩ會發展到足以統治人類，大家害怕的是未來ＡＩ發展是否會超過人的預期、控制、想像，以及你剛剛所說的平台。我們不知道會不會真的演變到這種境地，但是『未知』讓我們更害怕。」

「我也沒有答案。」爸爸說。

「我想講的跟你差不多，我們就是去欣賞它，與它合作，截長補短。ＡＩ的自主學習能力和邏輯運算的確比人類強，可是我們也有一些靈性或獨特性更勝於它，所以我既樂觀其成，同時也要謹慎因應。」

我曾看過一個日本的案例報導，一位漸凍人長期癱瘓臥床，全身上下能自主活動的部位，就只剩一根手指頭，但他竟然還能賺錢工作。他是怎麼做到的呢？透過那根手指頭，遠端操控一個咖啡廳內的ＡＩ機器人，為顧客點餐，閒話家常。這個機器人吸引了一群學生的注意，他們靈機一動，決定以這個年輕人的故事為基礎，開發一款手遊，在電玩展上和大眾分享這款遊戲背後的故事，這位漸凍病友也親臨展場跟大家互動，蔚為佳話。

「這個故事中的ＡＩ機器人，讓人超越自己的身體限制，能擁有一份工作，並與外界互動，還透過他的生命故事影響許多人。」

「這就是ＡＩ美好的一面。讓我們看到生命有更多不同的可能性，這是很美好的事。」爸爸感性地結尾。

這個世界因為人的智慧讓科技進步，開發出ＡＩ增加我們生活的便捷性，但也導致新型詐騙甚或武器自動化帶來威脅恐懼，也引起人們擔心被ＡＩ取代，甚至導致失業。但我想，若是我們也尊重ＡＩ的專業科技，好好運用，並且懷著珍惜和感恩的心，平等相待；若我願意以更開闊的胸懷，以愛與智慧和它們共創地球美好的未來，我總是相信我們和ＡＩ會相處得很好的，不是嗎？

22 與自然和諧共好

小時候我養過幾次寵物，很驚訝爸爸竟然沒養過。

「我小時候沒有養寵物，不過有採集很多昆蟲，大伯還教我們給昆蟲注射福馬林做成標本。」爸爸說。

「可是你不曾帶我和小文做過動物標本。」

「媽咪說這樣很殘忍，所以我們比較常帶你們撿樹葉做標本。即使帶你們抓到昆蟲，也會在觀察後就放生。」爸爸回應。

「我記得！你帶我們去爬山，會跟我們介紹路上看到的昆蟲，像蟬、蜻蜓、蝴蝶、蚱蜢、蟋蟀、竹節蟲等，還教我們分辨不同鳥類的叫聲。」想起童年的這些回憶，我不禁揚起嘴角。

互利互惠，一體健康

小時候和爸爸一起親近自然，是我難忘且快樂的回憶，至今仍會不時想起。雖然小時總是被爸爸騙去爬山，我記得那時覺得有點累了，每次我都會問：「好累喔！還要多久啊？」爸爸總是說：「快到了，還有三分鐘。」我跟妹妹常常被騙去爬了很久的山，像陽明山、擎天崗、七星山、象山、礁溪聖母山莊，充滿很多美麗的回憶。對我而言，大自然始終是充滿療癒的，帶給我寧靜而豐沛的生命力。然而隨著人類工業與文明的發展，似乎與自然產生了衝突與對立。

「老爸，你覺得我們生而為人，應該和大自然保有什麼樣的關係？在文明演化的過程中，是不是一定會和大自然產生衝突？」

「就我的專業立場而言，人類與大自然應該取得相當程度的和諧友好。二十一世紀以後，經常出現人畜共通疾病，像禽流感、愛滋病、SARS、COVID-19，這些病毒原本都潛藏在野生動物身上，不會造成牠們的嚴重疾病。因為人類不斷擴張，開墾土地、破壞動物的棲息地，才增加了動物與人的接觸機會。這些病毒跨越物種傳播，新的物種沒有抵抗力就容易生病。我們常說人跟大自然應該一體健康（One Health），也就是環境、動物和人都要健康，這樣才能使自然環境達到和諧的狀態。」爸爸從公共衛生的專業角度來看，果然跟我們的想法不一樣。

「我也認為人與自然的關係應該是互利互惠的。人和自然都是天主所創造、所愛的受造物。雖然上帝賦予人類管理自然的職責，但兩者同樣珍貴，因為萬物受造的目的，都是為了讚美和光榮天主的聖名。所以對我來說，不能因為有管理權，就任意地濫用大自然的一切，或覺得人最有智慧，得以宰制自然。每次聖灰主日（Ash Wednesday，又稱為聖灰星期三）神父不是都會用聖灰在教友額頭上畫個十字架嗎？神父會一邊畫、一邊說：『人哪，你們要記得，我們來自於土，也將歸之於土。』從《創世紀》來看，亞當就是來自於土，天父吹了一口氣，賦予了亞當生命，夏娃則取自亞當的一根肋骨形成。所以身為一位基督徒，應該尊重其他受造物，不管是動物、植物、或岩石礦物。最近《願祢受讚頌》的教宗通諭，以及延伸出來一些著作，都不斷提醒我們如何愛護自然，並且要從中學習這件事。」我回應。

攜手面對環境難題

話雖如此，對於目前地球上人與自然的互動現況，我仍然深感憂心：「現在全球暖化、氣候變遷，SARS、COVID-19大流行之後，我們的環境已經明顯的很不健康了，那要怎麼辦？」

「所以要努力去改變人類帶來的浩劫。一九九五年諾貝爾化學獎得主克魯岑（Paul Crutzen）提出「人類世」（Anthropocene）一詞來表示全新的地質年代，愈來愈多的科學家認為人類活動對地球的影響遽增。二〇〇九年「人類世工作團隊」在地層挖掘中，發現地表存在許多非自然力量所產生的物質，包含人造的放射性同位素、塑膠、鋁製品、殺蟲劑和水泥等污染物，不僅成為前所未有的新地質型態，更顯示人類活動已對地球帶來負面影響。」

「現在來得及嗎？」我有點懷疑。

「這就要看人類的努力了。自從全球氣候暖化、環境變遷以後，果然就如科學家所預測的，地球溫度快速地攀升，氣候隨之產生巨變，不是嚴重乾旱引起森林大火，就是颶風洪水帶來水災、土石流，經常造成人類的傷亡，這種情況層出不窮，所以現在大家都說……」

「世界末日要來了。」我略帶玩笑地說。

爸爸一本正經地說：「不是，更迫切的是要積極地去亡羊補牢，聯合國氣候變化綱要公約（United Nations Framework Convention on Climate Change，簡稱UNFCCC）呼籲世界各國要盡量使用綠能，不再使用石化燃料，像煤、石油、天然氣等會排放二氧化碳的燃料，要在二〇五〇年達到淨零碳排放。」

「這在比較未開發或開發中比較窮困的國家可行嗎？」我不確定這目標是否太理想化。

「這就牽涉到一個值得深思的問題：全球暖化、氣候變遷對於貧窮國家所造成的危害，往往比富有國家來得嚴重。教宗在《願祢受讚頌》的通諭中就講得很清楚，如果我們不改變現狀，就像富人伸手到窮人的餐桌上去劫取麵包一樣，但窮人已經沒有食物可吃了。在和大自然合一的過程中，我們不能只為自己好，還要與人共好。」

「教宗這個例子舉得很好，如果我們現在要開始對環境亡羊補牢，就一般人而言，有什麼具體的做法？」

「有三件事情可以做，第一個就是節能減碳，少開冷氣，使用節能家電、養成關燈習慣，多搭乘公共運輸工具。」

「可是現在已經熱到不開冷氣受不了，我們可以把溫度設定高一些，但在酷暑不開冷氣真是一大挑戰。」我無奈地說。

「調到二十八度就比二十二度好很多，」爸爸安慰我，「就是盡量減少能源的消耗。」

「那第二個呢？」

「全世界都要努力去開發綠色能源，像風力、太陽能和地熱能。台灣的獨棟或集合住宅，都適合裝置太陽能發電及儲能設備。」

「這就是我擔憂的，貧窮國家沒有資金開發這些技術，比較富有的國家要資助他們嗎？」

爸爸耐心地說：「基本上，大家都為了全球暖化的問題努力想辦法，已開發國家除了做好自己的節能減碳，邁向二〇五〇零碳排的路徑以外，也要協助貧窮國家達成目標。我們常說的 Leave no one behind（不把任何人拋棄在後），是很重要的原則。」

「也不可拋棄其他生物和自然環境。」我補充。

「第三個就是減少使用石化燃料，像是電動車的推廣、工業鍋爐的減少。全球暖化是二十一世紀人類面臨最大的挑戰，能源危機和環境災害所造成的傷亡愈來愈嚴重，我們應該正視這個問題，深刻自我反省。」爸爸很嚴肅的說道。

「對於自然環境的破壞，我沒有想得像爸爸這麼深刻。只是最近跟小原去澳洲旅遊，雖然澳洲已經是很注重動物權益的國家，可是在海洋館觀賞海豚、海獅的表演時，我還是不禁想起，過去在比利時或美國的動物園裡，看見獅子不停來回踱步，還不時煩躁地吼叫，我覺得牠應該快憂鬱了。這時我也會想，是不是不該再帶孩子去動物園，或杜絕看海洋生物秀與馬戲團表演？我看了會有一點傷心，雖然看表演時孩子很開心。」海洋館與動物園讓久居都市的孩子能近距離認識動物，同時卻讓動物身處不合本性的生活環境，總是令我心生掙扎。

自然的療癒與陪伴

從小，徜徉自然就是我所嚮往的事，去海邊玩沙撿貝殼，去森林看神木，或是去蝴蝶谷追蝴蝶。長大後，我陪伴許多受苦的人經歷生離死別，大自然對我來說，有重要的療癒作用。平時我會早起到大安森林公園或中正紀念堂走走，享受陽光與綠意。以前比利時的住家後方就是魯汶大學的森林校區，我很喜歡觀賞森林裡的四季變化，尤其是冬天的雪景，皚皚白雪覆蓋在樹木枝幹上，陽光灑落反射出耀眼的一片明亮、白白的雪地，讓人的心都沉靜下來。接孩子放學時，幼稚園鄰近魯汶市立植物園，與孩子一面談著一天大小事，一面欣賞四季不同的美景。春天是一片五彩繽紛的鬱金香，復活節前有形若黃色鈴鐺的水仙花。記得有一年爸爸媽媽來訪，我們還一起去觀賞市政廳前著名的比利時花毯。沉浸在大自然的美妙中，總令人不禁讚歎天主創造的美好！

在比利時生活時，我體驗到歐洲人擁抱生活的態度。他們很少加班，店家在五、六點左右就打烊，百貨公司也是如此，晚上只有酒吧跟舞廳，沒有二十四小時的便利商店。週末不需要加班，邀請三五好友到後院烤肉，或是修剪後院草木，非常愜意。工作賺錢絕不會是生活的全部，和家人朋友的關係才是最重要的。

因此，剛回到台北時，我嚴重適應不良。整個城市都讓我感到好嘈雜、好繁忙，每個人踩著急促的步調，努力跟上這個城市的節奏。這時候，大自然就成了我的一片喘息之地，幫助我靜心，讓我整個人的步調慢下來，讚美稱頌上天的創造之美。

位於西班牙、世界知名的朝聖之路——聖雅各之路（El Camino de Santiago），吸引眾多遊客慕名到此徒步朝聖，有許多心靈的體驗和神聖經驗。四年前我們娘家大大小小一群人，浩浩蕩蕩一起參加蘭嶼的徒步環島，一天從早上五、六點開始徒步環島，走著走著，到下午感受到雙腳已經不聽使喚，傍晚已經身心俱疲，吹著微風，看著碧海藍天和綠地，偶遇山羊群路過。我只能仰賴意志力，在大自然的擁抱下，繼續向前邁步，還要鼓舞孩子，中間帶他們去玩水或是吃個下午茶鬆餅。腳下的每一步，漸漸開始都是重新跟自己的對話，那悲傷的、憤怒的、不平的、挫折的，吸吐的每一口氣息，都讓我重新找到自己。漸漸平息下來的我，看見那果敢的、不服輸的、珍惜的、喜樂的，寧靜與充滿天主的愛的自己。這是一段自我療癒、與自己和好的歷程，大自然扮演了不可或缺的重要角色。

因為大自然帶給我的療癒和啟發，加上聖神的推動，讓我靈機一動結合信仰與自然，設計了生態靈修的活動。二〇二四年暑假，我和淑芬老師帶領聖堂的青少年，共度了一段美好的生態繪畫靈修時光。在大安森林公園當中，我請他們尋找一片最像自己的葉子。引導孩子們默想：如果自己是那片葉子，經歷過春、夏、秋、冬，他們現在的生命樹是什麼模樣？什麼是他們生命中的陽光、空氣、水、土壤？什麼又是他們生命中的大、小害蟲？

這些孩子正值國、高中的年紀，課業繁忙，較少上教堂，也較少參與青年會，好不容易才湊齊兩個聖堂足夠的青年辦理這場生態繪畫靈修。整整一天的活動，透過自然的媒介，他們更認識了自己現在生命的樣貌，也更認識了自己和身邊的家人朋友、天主的關係，了解信仰在自己生命中的重要性。

我還記得兒子小原畫了一棵樹在窗子內，我和丈夫宣名以背影的形象出現在這棵樹前方的窗櫺處望著這棵樹。小原透過這幅畫想表達的是，他這棵樹現在還在我們的視線裡，可是等到他長大，他就會跟我們道別，拓展他自己的世界，遇到各式各樣的人、事、物，可是現在他還在我們的保護之下。我覺得這是一棵很有未來感的樹，讓我看到小原對未來獨立、走出這個小世界的嚮往。

有個孩子的爸爸兩年前外派到美國。這個孩子用鉛筆畫了一幅冬天的雪景，有一棵散發淡淡香氣的松樹矗立其中，松樹旁還有一個可愛的雪人，他說這是他喜歡的耶誕節的感覺。松樹是外國人選擇耶誕樹的常見樹種，能讓家裡充滿耶誕節的香氣和氛圍。透過這幅鉛筆畫和這位青年的訴說，我感受到他內在的不安，他擔心美國的槍械、毒品和種族問題對校園安全的影響，更擔心媽媽。工作能力很強的媽媽隨著爸爸移居美國，經過一段家庭主婦生活後，如今想再投入職場，這個貼心的孩子怕媽媽兼顧不來。

在我經驗或帶領的生態繪畫靈修中，我更加確信大自然能幫助我們認識自己、認識我和天主的關係，也幫助我們更意識到自己受造時的美好。期盼人能負起責任好好的愛護、搶救我們地球的自然生態，與自然能維持和諧共好的關係，讓後代子孫都能感受到自然受造物的美好。

結語

給女兒的一封信

親愛的怡如：

很高興能夠和你一起完成這本父女談心的書，真是感謝讚美天主！從媽咪和我得知懷孕了你，我們就充滿喜悅和希望。一直到現在，你都是天主賞賜給我們的禮物與祝福。

我不是一個好爸爸，媽咪還在分娩階段，你還未生下來，我就趕著帶台大公衛系的學生下鄉服務，讓你在母胎中感到缺少父親的關愛，不想早點出生，讓媽咪和你都受委屈了，到現在我仍然深感歉疚和自責。你剛滿週歲，我就負笈美國深造，留下你給媽咪和外婆照顧，雖然每天寫一封信給媽咪，述說我對你們的思念，卻讓媽咪和外婆辛苦了，你也少了疼你的老爸。

等到十個月後，媽咪和你才到美國和我一起生活。難怪我們剛見面的剎那，你覺得我很陌生，沒有看到父親的喜悅，讓我後悔應該從小就陪你長大。我們一家三口在巴爾的摩過著很愉快美滿的生活，媽咪常帶你一起去住家附近的超市購物，或是公寓的付費洗衣間洗衣服，你還當她的小幫手。你們也常到社區圖書館看書、借書，你對於 pop-up 的繪本特別感興趣。你也幫忙媽咪整理打掃房間和做飯。有一次我們去港口的魚市場，買了活藍蟹回家，你幫媽咪洗螃蟹時，手指頭被蟹螯夾住不放，你放聲痛哭，媽咪好不容易才讓你脫困。

妹妹怡文出生以後，你都是媽咪的好助手，幫忙遞尿布、拿奶瓶，做一個好姊姊。你那時去主教座堂幼兒園念小班，萬聖節時還被打扮成巫婆的黑人老師嚇哭。你也常陪媽咪推著嬰兒車裡的妹妹，到約翰霍普金斯大學 Homewood 校區的校車招呼站接我下班回家。當時生活的小點滴，談心時都在我的腦海裡歷歷在目。那時你天真可愛，給老爸老媽帶來無限的美麗時光。談心時，讓我領悟到美好的生命就是在愛中甜蜜生活。

我們全家四口回到台灣以後的歲月，你的記憶比我這「老」爸還要清晰。在談心的過程中，我聽到你有不少委屈、艱難和困苦，幸好在天主的陪伴慰藉，以及你自己的努力和媽咪的幫助下，才能走過一重又一重的死蔭幽谷。我記得剛接任衛生署長就趕去日內瓦，爭取參加世界衛生組織的活動，媽咪和你完全負起從新店搬家回到大安區的重擔。你們讓我能夠全心全力投入自己的學術研究和公僕服務，實在太感謝媽咪和你了。現在媽咪和我每天參加平日彌撒和念《玫瑰經》，也都為每個人祈禱，希望我們都能生活在天主的慈愛、基督的恩寵、聖神的共融之中。

昨晚睡前我再一次瀏覽全書文稿，今晨起床讚美感謝天主時，老子《道德經》的一句話：「上善若水，水善利萬物而不爭。」在我的腦海裡靈光乍現。我忽然有所領悟：「天主的愛就像光，滿滿普照大地，讓萬物源源化生；耶穌的愛就像水，白白滋潤大地，讓自然欣欣向榮；聖神的愛就像氣，時時吹拂大地，讓生命生生不息。」

陽光、水和空氣是天主創造生命的元素，我們活著的每一天離不開天主聖三，也該努力學習主耶穌的良善心謙，做到「善利萬物而不爭」。你藉著靈性照顧、安寧療護、哀傷撫慰，努力去關懷、照護、陪伴，鼓舞在痛苦、黑暗、絕望中的人們，全心全力實踐耶穌基督「愛人如己」的教導，不爭己利而安貧樂道，媽咪和我都以你為榮！

我們該感謝天下生活希如總編和慧雲總監的邀請與襄助，以及嘉瑩老師觀察入微而敘述細膩的整理初稿，讓我們能夠順利修正潤飾。感謝媽咪幫我做最後的校閱，如同對以前我著作的每本書一樣，提供最佳把關。

祝你每一天都生活在平安、喜樂與信、望、愛之中！

愛你的老爸

結語

給老爸的一封信

親愛的老爸：

雖然從我大學以來，因為怕那些獵奇的眼光和讓人不自在的關注，一直讓你隱姓埋名，不讓同學、老師知道你是我老爸，一直要到畢業典禮那天才公布答案，讓大家大吃一驚。但其實我從小就很慶幸有這樣可以談心、沒大沒小的，又能體貼女兒、讓我撒嬌、又支持我們追尋自己理想的老爸。

我覺得，我對於天父、天主之所以沒有那種距離感和戒慎恐懼之心，總有一種親密感以及親切感，都是因為有你這樣的父親，才讓我經驗到天主無條件的父愛時，那麼容易有自身的體驗與信靠。我知道天父能接納我的軟弱並且心疼我，因為你也是這樣包容著我的一切不足與陰影，總是看了認為好。

我知道有天可能會面臨死亡，但是天父的愛卻是恆常。因為你對女兒和孫子女們的愛，也總是綿延不絕，即便再累，也都渴望常常相聚、一起吃飯，參加孫子女的畢業典禮。這份愛，讓我相信愛是可以跨越死亡，成為永恆美好的存在與陪伴。我覺得我的信仰、我與天父的關係，和你有深刻的連結與影響。

我曾跟朋友說，我爸又不是違法亂紀，我到底要隱藏他多久？就像我以老爸為榮，我希望他有天也能驕傲地介紹我給朋友、師長：「這是我的女兒。」我希望以我現在的不惑之年，可以讓老爸不再委屈。這是我的虧欠。雖然老爸總是抱持著極大的同理與接納，因為他也不願意影響我們小家庭的日常生活。老爸總是說，為了實現自己的理想，在我們重要的日子常常無法到場，是你對媽咪和我們女兒的虧欠。但就如同我對婚姻重視的不是浪漫的婚紗和婚禮，而是婚後相濡以沫、同甘共苦的生活，老爸更多的時候即使下鄉採檢體，也都帶著我們上路，暑假、寒假在台大公衛大樓找幸運草、一起做實驗的日子，到我們學生時期每天盡可能推辭應酬跟我們共進晚餐。你一直都沒有卸下父親的身分，你的陪伴也一直都在。

我既然希望把你介紹給更多人，就是渴望人們能放下鎂光燈、放下獵奇的眼光，單單從一位女兒如何欣賞、喜愛自己父親的角度，看到女兒版的「哥哥爸爸真偉大」是怎麼回事。這本書是我眼中的你，希望你喜歡、也更欣賞這樣的自己。感謝在我們當中重要的媽咪，她也是我們家的頂梁柱，那慈母心有如深海中的星辰。我和妹妹也總是在兒時笑稱媽咪是「寵夫達人」，疼老公比女兒多。感謝我的阿公、阿嬤用身教、言教培育出老爸這樣的好父親，阿公、阿嬤的故事我百聽不厭。

感謝天下生活的希如總編邀請我們完成這樣的一本書，讓我有了這樣美好的機會。也感謝慧雲總監總是肯定、欣賞和尊重這本書的計畫和走向。感謝嘉瑩把我們的對談做了辛苦的文字整理，也不斷地盡可能調整、修正，更符合對談時的現況與心境。

親愛的老爸，感謝你跟媽咪給了我生命，教導我怎麼做人、怎麼看待世界，聆聽他人的心聲與苦難，尊重並愛護的觸摸每一個生命，無論是人或昆蟲動物、森林草木。謝謝你對我們的愛，希望這份愛的禮物可以藉由此書，分享給更多的人，讓他們在面對生命的酸甜苦辣各樣滋味中，也能經驗到愛、平安與希望，陪伴他們走過每個生命的困境與挑戰。總要記得，有時我們感到陰影如此龐大，正是因為我們在強光的照耀下。

祝 在天主的愛內，平安、喜樂、健康與恩典滿溢！

愛你的女兒 怡如 敬上

後記

兩代攜手同行的心靈與實踐之旅

古倫神父（Anselm Grün）、吳信如

從怡如與父親一起寫的這本書，讓我們看見不同世代間的對話、討論是多麼值得珍惜、多麼帶來祝福。世代間本就會有許多差異，但同時依照生態學的原理：多樣性才能帶來演化與前進。父女之間的對話除了世代的多樣性之外，還加上了男性、女性的不同視角，這可以讓我們打開性別固有的框架，學習從不同性別對於身體、靈性與社會的角度來關照人生。怡如與陳院士同樣具有對人、對上主、對社會的終極關懷，更有著不同形式表現的生命熱情，因此他們這本書必定可以激發男性、女性，年輕、年長不同特質的人們的生命思考與對話，結出豐盛的果實。

他們父女在靈性與人文、社會多面向的對話，也可以映照到我們兩位（吳信如博士與古倫神父）長達十七年的跨世代、超越性別、跨教會的合作關係。最初，信如負責翻譯古倫神父的講座內容，但後來我們開始共同開設課程，也一起撰寫書籍。儘管我們相差二十三歲，這並未成為障礙，反而讓我們彼此相得益彰。古倫神父以本篤會修士的經驗為基礎，並融合榮格心理學的觀點來闡釋修道傳統。而信如則不斷從年輕一代的角度切入，分享她做為母親的個人經驗，以及當代年輕人所面對的問題。因此，我們經常討論如何從本篤會的傳統與靈性出發，幫助當代年輕人在這個不斷變遷的世界中好好生活。

信如經常激勵古倫神父更具體地表達思想，使現代人能理解這些想法，並在日常生活中獲得實際的幫助。她也挑戰他將思想系統性地整理出來。如此一來，兩人彼此激發靈感，共同成長。她也引入了一些古倫神父原本未曾涉足的新主題，並從她的視角進行詮釋。而古倫神父則嘗試延伸並發展這些想法。至今，我們已共同完成五本書，每本書都深深烙印著兩人的風格。這些書中很難直接區分出哪些內容出自信如之手，哪些來自古倫神父，因為我們是一同構思並撰寫這些作品的。

我們的合作不僅是一場跨世代的對話，也開啟了跨文化的交流。我們探討：在德國感動人心的思想，是否也能為台灣的讀者所理解與受益？因此，我們不僅在台灣、東馬來西亞與香港開設課程，也在德國進行教學。特別是在德國參加領導力課程的主管們，對亞洲的思想方式與思維傳統抱有濃厚興趣。此外，我們之間的對話也超越宗教界限：一位天主教修士與一位長老教會女性之間的對話；一位隱居於修道院的修士，與一位生活於世界中的女性的對話。這些跨越界線的合作讓我們的合作更加豐富。年齡的差異從來不是障礙，反而成為優勢。不同世代的對話讓我們從不同的視角來看待世界與其中的人們，這些多元觀點擴展了我們的視野，也持續為我們的合作注入新的活力。在此我們也祝福這本父女攜手同行的心靈與實踐之旅，可以打開讀者的觀景窗，激發每個人內在的熱情與行動力，透過每個人獨一無二的生命，傳達出上主在我們身上要讓世人聽見的話語。（作者古倫神父為德國明斯特史瓦札赫〈Münsterschwarzach〉聖本篤修道院經濟管理人，是德國當代最知名的靈性導師。吳信如為德國海德堡大學基督教社會福利研究所博士，現任南與北文化出版社社長與總編輯）

die die Handschrift von uns beiden tragen. Dabei kann man nicht immer unterscheiden, was von Frau Wu und was von P. Anselm stammt. Denn wir haben die Bücher gemeinsam entwickelt und geschrieben.

Neben dem übergenerationellen Gespräch führt unsere Zusammenarbeit immer auch zum transkulturellen Gespräch. Wie können die Gedanken, die die Menschen in Deutschland berühren, auch die Menschen in Taiwan verstehen und wie können diese Gedanken für sie eine Hilfe sein? So geben wir nicht nur in Taiwan und Ostmalaysia und Hongkong Kurse, sondern auch in Deutschland. Vor allem die Führungskräfte, die bei den Führungskursen in Deutschland teilnehmen, sind sehr interessiert an der asiatischen Denkweise und Denktradition. Dazu kommt das transkonfessionelle Gespräch zwischen einem katholischen Mönch und einer presbyterianischen Frau und das Gespräch zwischen einem Mönch, der sich ins Kloster zurückgezogen hat, und einer Frau, die mitten in der Welt lebt. All diese Überschreitungen der Grenzen haben unsere Zusammenarbeit befruchtet.

Aus den Gesprächen darüber, was junge Menschen heute besonders brauchen, entstehen immer wieder neue Ideen und Projekte, so wohl für Kurse als auch für gemeinsame Bücher. Der Altersunterschied ist dabei kein Hindernis, sondern im Gegenteil ein Vorteil, denn wir schauen die Welt und die Situation der Menschen in dieser Welt mit verschiedenen Augen an. Die verschiedenen Sichtweisen führen zu einem größeren Horizont, der unsere Zusammenarbeit immer wieder von neuem befruchtet.

GELEITWORT

Seit 17 Jahren arbeiten Frau Dr. Hsin-Ju Wu und P. Anselm Grün zusammen. Am Anfang übersetzte Frau Wu die Vorträge von P. Anselm. Doch dann entwickelten wir gemeinsam Kurse und schrieben auch gemeinsam Bücher. Der Altersunterschied von 23 Jahren war dabei kein Hindernis, im Gegenteil, wir haben uns immer gut ergänzt. P. Anselm brachte seine Erfahrungen als Benediktinermönch ein und schöpfte aus der Mönchstradition, die er aber auch immer wieder mit der Psychologie von C.G.Jung verband. Frau Wu brachte immer wieder die Sicht der jungen Generation ein, nicht nur ihre eigene Erfahrung als Mutter, sondern auch die Probleme junger Menschen heute. So haben wir oft darüber diskutiert, wie wir von der benediktinischen Tradition und Spiritualität aus den jungen Menschen heute helfen können, ihr Leben in dieser so veränderten Welt gut leben zu können. Frau Wu forderte P Anselm immer wieder heraus, seine Gedanken konkreter zu formulieren, dass die Menschen in der Welt von heute sie auch verstehen und wie sie Hilfe sein können für ihren konkreten Alltag. Und sie hat ihn herausgefordert, seine Gedanken systematisch zu ordnen. So haben wir uns gegenseitig befruchtet.

Und Frau Wu hat neue Themen eingebracht, auf die P. Anselm von sich aus nicht gekommen wäre. Sie hat diese Themen von ihrer Sicht aus formuliert. Und P. Anselm hat versucht, ihre Gedanken aufzugreifen und zu entfalten. So sind inzwischen schon fünf gemeinsame Bücher entstanden,

心時代 011

左腦爸爸、右腦女兒

關於家庭、工作、金錢、生死、信仰與愛的人生對話

作　　者／陳建仁、陳怡如
文字整理／翁嘉瑩
封面設計／ Javick
責任編輯／吳毓珍（特約）、王慧雲
校　　對／魏秋綢
行銷企畫／曾士珊

天下雜誌群創辦人／殷允芃
康健雜誌董事長／吳迎春
康健雜誌執行長／蕭富元
康健雜誌出版編輯總監／王慧雲
出 版 者／天下生活出版股份有限公司
地　　址／台北市 104 南京東路二段 139 號 11 樓
讀者服務／ (02) 2662-0332　　　傳真／ (02) 2662-6048
劃撥帳號／ 19239621 天下生活出版股份有限公司
法律顧問／台英國際商務法律事務所・羅明通律師
內文排版、製版印刷、裝訂／中原造像股份有限公司
總 經 銷／大和圖書有限公司　　電話／ (02) 8990-2588
出版日期／ 2025 年 5 月第一版第一次印行
定　　價／ 480 元

I S B N／ 978-626-7299-82-1（平裝）
書　　號／ BHHM0011P

國家圖書館出版品預行編目（CIP）資料

左腦爸爸、右腦女兒：關於家庭、工作、
金錢、生死、信仰與愛的人生對話／
陳建仁，陳怡如著. -- 第一版. -- 臺北市：
天下生活出版股份有限公司 , 2025.05
384 面；14.8x21 公分 . --（心時代）
ISBN 978-626-7299-82-1（平裝）

863.55　　　　114004297

直營門市書香花園
地址／台北市建國北路二段 6 巷 11 號　電話／ (02) 2506-1635
天下網路書店 shop.cwbook.com.tw
康健雜誌網站 www.commonhealth.com.tw
康健出版臉書 www.facebook.com/chbooks.tw